Kriminalhauptkommissar Lothar Couch-Eck

CACHA

Kriminalhauptkommissar Lothar Couch-Eck

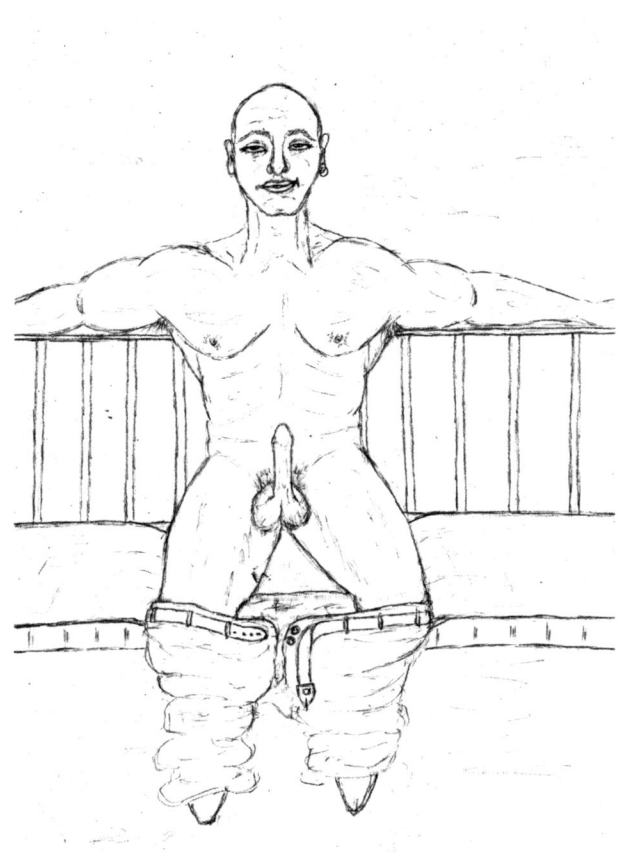

Bibliografische Information der Deutschen Nationalbibliothek:
Die Deutsche Nationalbibliothek verzeichnet diese Publikation in der Deutschen Nationalbibliografie;
detaillierte bibliografische Daten sind im Internet über
http://dnb.d-nb.de abrufbar.

Satz, Umschlaggestaltung, Herstellung und Verlag:
Books on Demand GmbH, Norderstedt
ISBN: 978-3-8448-7713-7

Großstadt Frankfurt in Hessen, Polizeirevier Mitte

… dort arbeitete Lothar Couch-Eck bereits sein halbes Leben.

Er war ein gut aussehender, schlanker, selbstherrlicher junger Mann, der seine wachsamen blauen Augen manchmal lieber auf den Reizen üppiger Frauen verweilen ließ, als sie beruflich zu justieren.

Die Quote seiner kriminalistischen Falllösungen lag nichtsdestotrotz höher als bei irgendeinem anderen Polizisten im gesamten Bundesgebiet. Er brachte es immerhin auf 65 % gelöster zu nur 35 % ungelöster Verbrechen. Schnell wurde er zum Kriminalhauptkommissar befördert; dabei half ihm nicht nur seine extrem feine Spürnase, nein, er besaß zudem eine besondere schwanzgesteuerte Kompetenz, womit er auch der in tiefer Trauer hinterbliebenen Weiblichkeit immer wieder rasch auf die Beine helfen konnte!

…

Auf den Vornamen des mittlerweile 32-Jährigen hatte allein seine eigensinnige Mutter bestanden. Sie war ein großer Fan eines berühmten Fußballers, der so hieß und dem die Frauen wie Motten um den Latz schwärmten. Auch wenn Lothars Vater streng gegen diesen Rufnamen war und es deswegen tagelangen Streit zwischen den Eheleuten gab, ließ sie dahin gehend keinerlei Einwände zu.

Der erste Teil seines Nachnamens, Couch, war britischer Herkunft. Lothars Vater, Ben Couch, kam damals nach Deutschland, weil er endlich einen Job als Barkeeper im Rotlichtviertel gefunden hatte. Hier lernte er die Kellnerin Ilse Eck kennen und verliebte sich Hals über Kopf in sie. Der zweite markantere Teil des Namens stammte mithin von ihr. Ilse hatte ihren Mädchennamen auch nach der Heirat mit Ben nicht abgelegt, und da eine namentliche Kombination die interessanteste Variante ergab, die zudem ungemein an eine amerikanische Lolli lutschende Spürnase erinnerte, war der Doppelname für Sohn Lothar gebongt.

Im Auftrag: MORD

(Herbst 2010)

1.

»Guten Morgen, Frau Heißloch!«, rief Kriminalhauptkommissar Couch-Eck gut gelaunt bereits von der Türschwelle aus.

»Mein Name ist Heißluft, Herr Kommissar, wie oft soll ich Ihnen denn das noch sagen?«, empörte sich die ältere Frau am Schreibtisch. »Ich bin doch nun schon ein Vierteljahr als Ihre Sekretärin hierher versetzt worden, da müssten Sie sich das doch eigentlich eingeprägt haben!« Sie stand auf und schaltete den Kaffeeautomaten ein.

»Ja, ja! Äm, wollte auch nur sagen, Sie sehen heute wieder einmal entzückend aus! Diese Blümchenbluse mit dem hochgeschlossenen Kragen und dazu passend der … der graue Faltenrock. Ihre Frisur, diese streng nach hinten hochgesteckte graue, äm …, Dings …!«

Frau Heißluft drehte sich verärgert zu ihm herum, stemmte die Arme in die Hüften und erwiderte mit strengem Gesichtsausdruck: »Was soll das werden, Sie Glatzkopf? Eine Anmache? Ich bin 56 Jahre alt, verwitwet und lebe in einem Singlehaushalt. Sie sind mehr als 20 Jahre jünger, könnten mein Sohn sein und leben noch bei Ihrer Mutter! Weiter, so schätze ich, wiegen Sie um die Hälfte weniger als ich. Das hieße, ich wäre diejenige von uns beiden, die immer unten liegen müsste, und dazu hätte ich auf Dauer keinen Bock! Also, erklären Sie mir, wie das gehen soll?«

Etwas ratlos über den prompten Gegenschlag seiner Mitarbeiterin kam Lothar noch mehr ins Stottern. »Äm, äm, Frau … äm … Heißluft, es ist noch früh am Morgen! Da … da kommen bei Ihnen die Gedanken noch gar nicht richtig zusammen, äm, also so konzentriert, meine ich! Natürlich haben Sie recht! Ich fände es auch schöner, wenn eine Frau mehr oben …! Bei Ihnen ginge das gewiss nicht ein einziges Mal!«

Um vom Thema abzulenken, nickte er mit dem Kopf in Richtung Kaffeemaschine. »Nun, Frau Heißluft, wenn wir schon körperlich nicht zusammenkommen können, ich möchte dann auch einen Kaffee, schwarz, nur mit Zucker!«

»Selbstverständlich, Chef, ich werde ja auch nur ausschließlich dafür bezahlt, dass ich Ihnen einen mitmache!«, entgegnete sie barsch. »Damit Sie sich hier keine Plattfüße stehen, es dauert noch einen Moment! Dieses veraltete Maschinenmodell muss erst noch aufheizen und eine neue Kaffeemaschine wird mir ja hier nicht zugestanden!« Sie bedachte Lothar mit einem geringschätzigen Blick, bevor sie ihm ihren Rücken zukehrte. »So ist das!«, seufzte sie, und der ganze Kühlschrank wackelte, als sie ruckartig die Tür aufriss. Etwas umständlich ging sie in die Knie und bückte sich weit nach vorne, um die Kaffeesahne herausholen zu können.

Lothar beobachtete sie kopfschüttelnd und erschrak richtig, als ihre Gelenke plötzlich lautstark knackten. Voller Unverständnis drehte er die Augen Richtung Decke.

»Oje, mein Rücken!«, stöhnte Frau Heißluft und hielt sich beim langsamen Hochkommen die rechte Hand über den Steiß.

»Nur der Rücken?«, fragte Lothar ungläubig und starrte dabei auf ihren Hintern, der ihm in diesem Moment doppelt so breit erschien wie der Kühlschrank.

Schneller als gedacht drehte sie sich ihm wieder zu. Die tiefe Steilfalte zwischen ihren Augenbrauen verriet nichts Gutes. »Sagen Sie mal, haben Sie nichts zu tun? Ich bringe Ihnen Ihr Gesöff schon, wenn es so weit ist!«, sagte sie schroff und riss ihn damit aus seinen Gedanken.

»Was? Äm, doch, doch es gibt genug!« Lothar musste ein paarmal seinen Groll gegen sie hinunterschlucken, um nicht loszuschreien. Wie gerne hätte er ihr jetzt einmal richtig die Leviten gelesen. Voller Selbstbeherrschung ging er schließlich in sein Büro und warf die Tür hinter sich ins Schloss. Dort ließ er seinem Ärger freien Lauf.

»Der Tag fängt ja schon wieder mal gut an! Die alte Schnepfe da vorne geht mir tierisch auf den Sack! Frage mich, wer die überhaupt einstellen konnte! Warum habe ich nicht das Glück, ein James Bond zu sein? Der hatte immer was für seine Latte in der Nähe! Ich hab hier nicht mal was fürs Auge!« Verzweifelt fuhr er sich mit beiden Händen über den kahl rasierten Kopf und ließ sich auf den Drehstuhl an seinem Schreibtisch fallen. Dann rollte er ein wenig nach hinten und legte sich mit der rechten Wange auf die Schreibtischunterlage. »Scheiß Job!«, gähnte er müde und hatte gerade die Augen für einen Moment geschlossen, als er heftig niesen musste. Dabei versaute er die Auflage mit Rotzflecken und zwei seiner Notizzettel flatterten auf den Boden.

»Fuck, jetzt muss ich das hier auch noch sauber machen und somit wieder an der Alten vorbei! Doch bevor ich mir das antue …« Lothar zog die ganzen Schubladen seines Schreibtisches auf und fing an, nach seiner alten Ersatzunterhose zu suchen, die er für alle Fälle schon immer im Büro deponiert hatte. »Irgendwo in einer meiner Schubladen habe ich die doch reingestopft, verdammt!«

Es klopfte, gleichzeitig wurde die Tür aufgerissen und das Telefon klingelte. Frau Heißluft kam mit dem Kaffee herein und stellte klirrend die Tasse vor ihm ab.

Lothar nahm den Hörer ab und meldete sich mit den Worten: »Couch-Eck, Moment mal, Moment mal, bitte!«, drückte schnell seine linke Hand auf die Sprechmuschel und schaute zu seiner Sekretärin hoch. »Danke, Frau Heißloch …, äh … -luft! Sagen Sie, haben Sie eventuell was zum Wischen vorne?«, und sein Blick wanderte auf ihren Faltenrock.

»Wie darf ich das denn nun wieder verstehen? Sie werden immer unverschämter! Wenn Sie glauben, ich überließe Ihnen dafür meinen Rock, haben Sie sich tief geschnitten!«

»Herrgott, nun beruhigen Sie sich mal! Ich brauche einen Lappen zum Aufwischen! Mein Schreibtisch ist irgendwie feucht geworden! Das ist alles!«

»Ferkel!«, erwiderte sie kurz und blickte kopfschüttelnd auf seinen Hosenlatz.

»Nein, nein, nicht das, was Sie jetzt …!«, und er sah an sich hinunter. »Äm, ach, den habe ich wohl vergessen, heute Morgen zuzumachen!«

Als seine Sekretärin die Tür wieder geschlossen hatte, schimpfte er ihr hinterher: »Blöde Schnepfe!«, und nahm das Telefonat wieder auf. »Ja, äm, hallo, hier ist Kriminalhauptkommissar Couch-Eck, wer ist denn dran?«

»Wenn Sie einmal einen Blick auf Ihr Display riskieren würden«, polterte eine männliche Stimme los, »anstatt den Arsch Ihrer rheumakranken Schreibperle zu bewundern, dann wüssten Sie's!«

»Oh, äm, ja natürlich! Verzeihen Sie, Herr Balzer, Chef! Wie …, was kann ich denn schon so früh …? Was gibt es denn, um diese Uhrzeit?«

»Couch-Eck, wir haben mittlerweile 11.00 Uhr und einen komplizierten Mordfall von höchster Brisanz! Absolute Priorität für den heutigen Tag! Es handelt sich um einen Freier der weit und breit bekanntesten Edelnutte und Pornodarstellerin im ganzen Rhein-Main-Gebiet. Nur, damit Sie voll informiert sind, Couch-Eck, der letzte von ihr gedrehte Streifen heißt: Wer macht mir den arschgeiergeilen Aasgeier? Der Film brachte mehr Männer ins Kino als zu einem Fußballspiel unserer Eintracht Frankfurt!«

Lothar staunte nicht schlecht und fragte ihn neugierig: »Woher wissen Sie bereits diese so wichtigen Details, Chef?«

»Information ist das halbe Leben, Couch-Eck! Ich übertrage Ihnen diesen Fall und nehmen Sie als Assistenten Fritz Klotz mit! Die Spurensicherung ist schon dort und Sie sollten sich auch auf den Weg machen! Weitere Einzelheiten habe ich Ihnen bereits heute Morgen um 9.00 Uhr auf den Rechner gegeben! Sie haben Sie doch bestimmt schon gelesen?«

»Klar, Chef, äm, klar! Sie können sich voll auf mich verlassen! Ich mach alles!«

»Gut, ich sehe, Sie kapieren wenigstens hin und wieder!«

»Danke, Herr Polizeipräsident Balzer!« Couch-Eck legte auf, schnaufte kurz durch und bemerkte zu seiner Zufriedenheit, dass die Rotzflecken auf seiner Schreibtischunterlage mittlerweile getrocknet waren. Das Putzen konnte er sich also schenken.

Er schaute kurz in seinen Computer und überflog die zwei Seiten lange Mail seines Chefs in drei Sekunden, bis er zu den letzten Zeilen kam. Diese musste er sich noch einmal laut zu Gemüte führen:

»Die 1,68 m große, schlanke und vollbusige Schönheit, zwischen den Beinen weit geschlitzt, mit langen roten Haaren und ebensolchen Fingernägeln sollte genauer unter die Lupe genommen werden! Ihr angeblicher Neukunde war vielleicht gar nicht so neu und nur ein Freier, den sie verkehrsmäßig überfordert hatte!«

Lothar spürte tief in seinem Innern nun auch die Dringlichkeit der Sache und schaltete kurzerhand den PC aus.

»Klotz«, sagte er zu sich, »den hole ich jetzt noch ab – und los geht's! Endlich scheint es mal wieder im Gebälk zu knistern!« Daraufhin schloss er sich noch schnell den Hosenlatz und verließ sein Refugium, ohne Frau Heißluft auch nur noch eines Blickes zu würdigen.

Am anderen Ende des Ganges angelangt stürmte er ins Büro seines Kollegen. Bereits in der Tür rief er: »Klotz, Klotz, wir haben einen tierisch wichtigen Fall!«, lauschte und hielt verdutzt inne, denn von irgendwoher war ein abgehacktes Stöhnen zu hören. Sorgenvoll ging Lothar ein paar Schritte näher an den Schreibtisch heran. »Klotz? He, Klotz, bist du in Ordnung?«

Und da waren sie wieder, diese schmerzvollen Laute.

Lothar konnte sich das nicht erklären und rief wiederum nach ihm. »Klotz, verdammt noch mal!«

Endlich antwortete sein Kollege ihm, wenn er auch undeutlich sprach. »Ja, ja, Couch. Fuck, hab dich gehört! Es ist alles okay! Bin hier auf dem Klo! Boa, was ist denn los?«

Auch Kommissar Klotz hatte, genau wie jeder Kommissar auf diesem Revier, hinter seinem Büro einen direkten Durchgang zu einem eigenen Waschraum mit integriertem WC. Das ersparte ihnen im Ernstfall wertvolle Zeit und sie mussten nicht erst hoch in den zweiten Stock zu den Personaltoiletten laufen.

Lothar stellte sich direkt vor die Klotür und hielt sein rechtes Ohr daran. »Ach, dass du dort sein könntest, auf die Idee bin ich gar nicht gekommen! Wer leidet denn da an so furchtbaren Schmerzen oder verreckt jemand bei dir, Klotz?«

»Hä …, was? Fuck! Um was geht's denn? Was für ein Fall?«

»Scheint diesmal eine höchst verruchte Sache zu sein, Klotz! Bei einer Hure, äm … Edelnutte oder so! Die hat ihren Stecher irgendwie um die Ecke gebracht und wir sollen sofort recherchieren! Strikte Anweisung vom Chef!«

»Moment mal, eine Nutte? Ui, ui …, boa, Scheiße, ich kann jetzt nicht unterbrechen, Couch! Brauche hier noch ungefähr zwei, maximal drei Minuten! Danach, boa …, stehe ich dir …, boa …, mehr oder weniger zur Verfügung!«

»Was treibst du denn nur so lange?«, fragte Lothar neugierig und trommelte ungeduldig mit den Fingern an den Türrahmen.

»Eine Spermaprobe, Couch! Meine Alte will doch Kinder und da soll ich nachher meinen Saft in der Arztpraxis abliefern! Da müssen wir dann noch vorbeifahren! Boa … boa …, au … au, au, au, ooooh …, boa, boa …, ui, ui, ui …!«

»Äm, sorry, habe ich das richtig verstanden, du wichst dir da gerade einen ab? Mensch, Klotz, äm, äm, das geht doch nicht!«

»Gleich, gleich …, boa, boa, gleich …, ja, ui … ui …, ich komme!« Und seine Ausrufe kamen mehr und mehr unbeherrscht. »Ich komme … Fuck, boa … tuff … Fuck, boa … tuff …, boa … tuff, tuff …, boa …«

»Tuff, tuff, tuff …!«, führte Lothar weiter aus und drehte dabei die Augen an die Decke. »Mensch, geht das auch etwas leiser?«

Plötzlich wurde die Klotür aufgerissen und Kommissar Klotz spähte vollkommen verschwitzt und mit hochrotem Kopf hindurch. Schwach lächelnd sah er Lothar

mit seinen braunen Augen entgegen, während er zitterig einen Plastikbecher in der rechten Hand hielt. Er strich sich die braunen schulterlangen und schweißfeuchten Haare aus dem Gesicht und schnaufte ganz außer Atem: »Hey, Kollege!« Dann drehte er noch einen Deckel auf den Becher. »Was ist das also für ein Akt mit der Nutte da?«, wollte er wissen.

»Eigentlich ist sie wohl mehr ein, äm ... Filmsternchen im Pornogeschäft, Klotz! Wir klären das auf der Autofahrt dorthin. Jetzt beeil dich mal!«

»Bin schon dabei!«, entgegnete der und prüfte schleppend seinen Waffengurt, den er fast immer über die rechte Schulter geschnallt trug und auf den er irgendwie stolz war. Träge nahm er Handy und Portemonnaie vom Tisch und gähnte dabei lautstark. »So, habe alles ..., obwohl ... obwohl ich ...«

»Was denn noch, Klotz?« Lothar war bereits sehr ungeduldig.

»Obwohl ... ich, tja ... so was von müde werde! Verdammt, willst du nicht besser alleine der Bordsteinschwalbe einen Besuch abstatten?« Wieder gähnte Kommissar Klotz hemmungslos.

»Das kommt gar nicht in die Tüte!«, herrschte Lothar ihn an. »Deine Müdigkeit kommt vom Wichsen! Darauf kann ich keine Rücksicht nehmen! Reiß dich gefälligst am Riemen, sonst muss ich dem Chef Meldung machen! Hast du das kapiert?«

Kommissar Klotz nickte ergeben, wobei die Augenlider bereits schwer über seine Augen hingen. Nachdem er noch mühevoll den Autoschlüssel vom Wandhaken geangelt hatte, fragte er: »Wo ..., in welcher Gegend ist'n das überhaupt?«

»Frankfurt, Dichter-Viertel, du fährst!«, antwortete Lothar und gab ihm einen kräftigen Schubs nach vorne.

»Bei den Feinen! Na, dann!«

»Und setz das Blaulicht aufs Dach, Klotz!«

»Wie, einfach so? Warum das denn? Es pressiert doch nicht, Couch!« Kommissar Klotz sah ihn mit großen Augen an.

»Doch, es pressiert, Klotz! Ausdrückliche Anordnung vom Chef! Ich hab bei ihm den Verdacht, na ja, vielleicht, äm, kennt der Boss die ja irgendwie!«

»Du meinst persönlich?«, staunte sein Kollege. »Guter Scherz, Couch! Der und eine Nutte!«

»Ja, du Wichser, und nun mach hin! Übrigens, was mich momentan ebenso brennend interessiert, warum konntest du nicht zu Hause abspritzen? Unsere Arbeitszeit ist viel zu eng geschnürt, als sie für die körperliche Befriedigung zu verwenden!«

Kommissar Klotz ging gerade vor zum Wagen, als er abrupt stehen blieb und sich nach Lothar umdrehte. »Halt mal den Ball flach, Couch! Gerade du nutzt doch jede Gelegenheit, dir einen runterzuholen! Das ganze Revier spricht von fast nichts anderem mehr. Bei mir ist das nur die Ausnahme! I-ich …«, und er fing an zu stottern, »ich kriege halt zu Hause keinen mehr hoch. Wenn ich meine Alte sehe, dann kommt es mir höchstens hoch. Fickmäßig läuft da schon lange nichts mehr. Aber, Couch, was ich dir eben gesagt habe, darf der alte Balzer keinesfalls erfahren! Versprichst du mir das?«

»Warum darf das denn der Chef nicht wissen, Klotz? Das sind doch ganz normale, äm, Alltagsprobleme für einen alternden Beamten!«

»Arschloch!«, konterte Kommissar Klotz. »Du sollst nichts sagen, weil der mir sonst wieder Vorschläge machen will, wo ich da im Zweifelsfall hingehen könnte, und ich kann sein Gehabe nicht leiden. Auch will ich meine Frau nicht mit seiner Unterstützung betrügen. Ich wäre ja dann erpressbar und … wenn Rita das herausbekommt! Nein, die zum jetzigen Zeitpunkt misstrauisch zu machen würde mich zu viel Nerven kosten!«

»Ich sag schon nichts! Aber zugegeben, umfangreiches Wissen hat der Chef auf diesem Gebiet. Der kennt jedes noch so schmutzige Loch und selbst wenn es im, äm, dreckigsten Winkel der Stadt zu finden ist!« Lothar nickte noch bestätigend und schlug seinem Kollegen kumpelhaft auf die Schulter.

2.

Nachdem die beiden Kommissare unter Blaulichteinsatz mit dem Polizeiwagen eine Weile quer durch die Stadt gebrettert waren, entdeckte Lothar als Erster das Ziel.

»Dort! Da ist es! Die weiß getünchte Villa mit den vergitterten Fenstern! Da müssen wir hin!«, rief er und rieb sich die Hände. »Mal gespannt, wie die Tussi aussieht! Wenn die schon für andere ihren Arsch in die Kamera hält, dürfte, äm, der Rest normalerweise nicht von schlechten Eltern sein! Was meinst du, Klotz?«

Der grinste und sagte schmunzelnd: »Ja, und wenn du es dir heute kannst besorgen, dann verschieb es nicht auf morgen!«

»Die ist doch in Trauer, du Sack!«, warf Lothar ein. »Oder die ist eine von denen, die nur so tun als ob, verstehst du?«, gab er noch zu bedenken.

»Na, das werden wir beide bestimmt schnell herausfinden, Couch! Schließlich sind wir geübte Jungs!« Mit einem zwinkernden Auge lenkte er den Wagen in die Straße ein. Lothar hatte das Gefühl, seinen Kollegen noch einmal zurechtweisen zu müssen. »So oder so, Klotz, es schickt sich nicht, da gleich drüberzusteigen! Jede Hinterbliebene braucht ein paar Trauerminuten, bis sie sich unten wieder öffnen kann!« Er fasste sich dabei zwischen die Beine und nach einer kleinen Pause des Schweigens sagte er noch: »Oh, Mann, und da will ich ein Vorbild sein!«

»Wieso?« Kommissar Klotz konnte die Äußerung von Lothar nicht nachvollziehen.

»Nichts Besonderes! Nur, ich fühle, äm, wie mein Taktstock am Sack den Ton angeben will, und das ausgerechnet jetzt! Nun ja, das gibt wohl wieder einmal ein Verhör mit ausgebeulter Hose!« Er sah von seinem Latz hoch wieder aus dem Fenster. »Parke den Wagen da drüben! Da ist alles frei!«

Kommissar Klotz sah kurz zu ihm hinüber. »Couch, ich widerspreche dir wirklich ungern, aber es sieht so aus, als sei das ein Schwerbehindertenparkplatz!«

»Herrgott, ja, na und? Äm, wir sind im dringenden Einsatz! Außerdem werden die Kollegen von der Streife vollstes Verständnis haben, sobald sie dich gesehen haben!«

Kommissar Klotz hielt den Wagen an. »Danke für das Kompliment, Couch! Soll ich das Blaulicht jetzt ausmachen?« Vorsichtshalber sah er ihn bei dieser Frage an.

»Ja, du Depp!«, antwortete Lothar. »Du kannst dann jetzt das Rotlicht anmachen, falls du es nicht auf dem Revier vergessen hast!«, und hatte bereits seine Hand an den Türöffner gelegt.

»Hä …? Davon hast du gar nichts gesagt!« Kommissar Klotz kratzte sich verunsichert am Kinn.

Lothar stöhnte ungehalten und öffnete die Autotür. Etwas umständlich stieg er aus. »Klotz, Herrgott, wo bleibst du denn? Musst du dir erst wieder einen runterholen, oder was?«

»Wenn du nichts dagegen hast, Couch, wäre mir das in der Tat jetzt lieber, ja!«

Als die beiden Männer vor dem mindestens zwei Meter hohen Tor, das zum Grundstück führte, angekommen waren und sich gerade durch die Sprechanlage melden wollten, ging das Tor bereits wie von selber auf.

»Aha, Kameraüberwachung!«, bemerkte Lothar und schritt voraus.

Sein Kollege folgte ihm. Nach ein paar Treppenstufen standen sie auch schon vor der Haustür. Lothar wählte anstatt der Klingel den goldglänzenden großen Ring, der an der Wand neben dem Eingang angebracht war, und klopfte damit ein paarmal lautstark an. Kurz darauf waren klappernde Schritte zu hören.

»Ja, bitte?«, fragte jemand dahinter, während gleichzeitig die Tür geöffnet wurde und eine junge verheulte Frau zögerlich herauskam.

»Uiiii …, ei, ei, ei, ei, ei …, wen haben wir denn da? Jetzt bin ich aber … platt!«, entfuhr es Lothar überrascht. Auf so eine heiße Schwester war er nicht gefasst.

Die hatte ja mal ein wirklich hübsches Mondgesicht. Ihre stark verschmierte schwarze Schminke um die tiefgründigen Augen machte sie für ihn noch schärfer als scharf. Sie trug ein tief ausgeschnittenes rot glitzerndes Kleid bis knapp über dem Arsch, dann waren nur noch lange kerzengerade Beine bis zu den grün schillernden Pumps zu sehen.

Lothar schluckte heftig mehrmals hintereinander. Dieses Weib war einfach perfekt für einen Profifick! Als seine Blicke dann noch auf ihre hoch drapierten Brüste fielen, verschlug es ihm die Sprache. Wortlos beugte er sich tief über ihren Ausschnitt und wollte etwas sagen, aber es kam nur schwer und bruchstückhaft über seine Lippen. »Äm, äm, äm, Obsttag! Äm, Frau …, Obst … Obst … ob Sie wohl heute …, äm, äm …?«

Sein Kollege hielt das Gestammel nicht aus und wollte auch nicht warten, bis Lothar endlich etwas Verständliches zusammengestottert hatte. So drängelte er sich frech an ihm vorbei. Doch kaum konnte er einen Blick auf ihre üppige Brüstung werfen, war er ebenso geplättet. Dennoch fasste er sich rasch und sagte unter tiefem Schlucken professionell und höflich: »Hi, Frau …, äh, tja, wir sind die vom Revier! Das ist Kommissar Lothar Couch-Eck«, hob den Zeigefinger und tippte ihm auf die Brust. »Und ich, äh, bin Fritz Klotz! Also Kollege, also …, äh, sein Kommissar Fritz Klotz! W-w-wir sind wegen des Mordes hier!« Er fing auf einmal genauso an zu stottern wie Lothar. Um nicht fortwährend auf ihren Busen starren zu müssen, legte er seinen Kopf weit in den Nacken und schaute beim Weitersprechen in den Himmel. »Könnten Sie … Sie uns feuchter-, äh, freundlicherweise mal ran-, äh … verdammt, reinlassen?«

»Depp!«, bemerkte Lothar abfällig und stieß ihm mit dem Ellenbogen in die Rippen. Von seiner eigenen versauten Fantasie gepackt setzte er das Gespräch seines Kollegen fort. »Dürfte ich zuerst rein, junge Sau, äm, äm, Frau, junge Wildfrau? Unsere Kollegen hatten ja schon das … das Dings, äm … Vergnügen!«, verbesserte er sich selbst und quetschte sich energisch wieder an Kommissar Klotz vorbei hinein ins Haus.

Die junge Frau schaute Lothar verblüfft nach und rief ihm laut hinterher: »Ooohhh, Sie scheinen hier der kompetentere Polizeimann zu sein! Bitte, bleiben Sie trotzdem mal stehen!« Sie hielt ihn am Oberarm fest und säuselte mit weinerlicher Stimme: »Wenn Sie von der Dienststelle sind, Meister, wo auch Ihre anderen Polizeileute herkommen, die in meinem Haus rumschnüffeln, dann bringe ich Sie auf direktem oder indirektem Weg zu denen!«

»Denen? Äm, na gut!« Lothar nickte einverstanden und zwinkerte seinem Kollegen zu. »In Ordnung, Frau …, äm! Nach Ihnen, Frau, Frau …, äm, äm …!«

Die beiden Kommissare gingen hinter ihr her.

Schließlich fragte Lothar sie: »Frau, äm, wie ist denn Ihr Allerwertester?«

Die junge Frau drehte sich erstaunt nach ihm um. »Die Filmproduzenten meinen, ich könne meinen Arsch noch eine ganze Weile vor die Kamera halten!« Sie blieb stehen, wackelte kurz mit den Hüften und bückte sich leicht nach vorne, sodass die Kommissare ihr Hinterteil noch besser einschätzen konnten. Anschließend ging sie forsch weiter voran.

Lothar kratzte sich verlegen auf der Glatze. »Nein, äm, ich meinte Ihren Namen, nicht Ihren Arsch! Wie ist Ihr Name?«

Kommissar Klotz hörte seinem Kollegen sehr aufmerksam zu und blieb ebenso von ihr fasziniert. Sie hatte auf jeden Fall das gewisse Etwas! Welch eine leckere Spalte musste die haben! Die Männer lagen ihr bestimmt reihenweise zwischen den Füßen, um das sehen zu können.

Die Frau drehte sich wieder nach den beiden Männern um und wischte sich dabei Tränen ab, die ihr erneut in die Augen geschossen waren.

»Romina! Mein Künstlername ist Romina! Die Produzenten meinten: wegen der damaligen Invasion, die über unser Volk gekommen war. Sie wissen schon!«

»Oooohh, ja, wegen … der … invasiven Scheiße, klar!« Lothar hatte keine Ahnung, sah seinen Kollegen fragend an und zuckte mit den Schultern. »Und so dürfen wir Sie auch nennen, Romina, und haben Sie auch einen Nachnamen für uns?«

»Ach je …, dazu bin ich gar nicht befugt!«, klärte sie die beiden auf. »Wissen Sie, Nachnamen kann eine einfache Pornodarstellerin und Liebesdienerin, wie ich es bin, gar nicht vergeben! Da müssen Sie erst pubertär werden, dass Ihnen die Möglichkeit für einen Zweitnamen geschaffen wird! Wären Sie ein Mensch der Öffentlichkeit, so wie ich eine öffentlich Zugängliche bin, dann ginge das! Mir hat man auch angeboten, den Nachnamen zu wechseln, aber der neue Rufname war für mich schon schwer genug zu behalten!«

Kommissar Klotz zeigte ihr hinter dem Rücken den Vogel und betonte mit Nachdruck: »Gnädige Frau, es geht hier nicht um unsere Nachnamen, sondern um Ihren Nachnamen. Wie lautet Ihr bürgerlicher Nachname?«

Ihr Hintern wackelte heftig, wie sie so eifrig voranschritt. Aber auf die Frage ging sie zunächst nicht weiter ein. »So, mein Wohnzimmer sehen Sie hier rechts, links das Badezimmer und geradeaus mein Büro! Da sitzt der Tote dann auch schon!«, erklärte sie und deutete alle Räumlichkeiten mit ausgestreckter Hand an. »Wollen Sie zuerst den Toten sehen oder wollen wir erst noch einen Kaffee trinken? Ich hab eine ganz tolle Maschine, die setzt sich quasi von selber in Gang, wenn man sie nur anschaut, hi, hi, hi!«

»Das kann ich mir lebhaft vorstellen!«, sagte Lothar und starrte dabei auf ihren kürbisförmigen Hintern.

Gut, dass er heute Morgen etwas gegessen hatte, sonst wäre ihm vom Hinsehen wahrscheinlich schon lange schwindelig geworden!

»Ein Kaffee wäre super, Frau …, äh, Frau …!«, sagte Kommissar Klotz und leckte sich über die Lippen.

»Pilz!«, ergänzte sie lachend und mit wesentlich festerer Stimme. Ihre Traurigkeit schien just in diesem Moment verflogen zu sein.

»Pilz?«, fragte Kommissar Klotz ungläubig.

»Ja, mein bürgerlicher Name ist Pilz!« Plötzlich blieb sie stehen und drehte sich um. Die Kommissare wären fast gegen sie gelaufen. »Ihr Polizisten, seht her! Seht genau in meine Augen! Na, machen Sie schon! Was sehen Sie?«

»Oh …!«, entfuhr es Kommissar Klotz und packte sie fest am Kinn, um das besser beurteilen zu können. »Ein seltenes und wunderschönes Braun, Rehbraun!«

»Fast eher hellbraun, überhaupt nicht kanakenmäßig!«, bemerkte Lothar, nachdem er seinem Kollegen über die Schultern ebenfalls in ihre Augen gesehen hatte.

Frau Pilz nickte und zum ersten Mal lächelte sie verträumt. »Richtig erkannt, meine Herren! Ich habe Pilz-Augen! Mein Vater sagte immer: Dich erkennt man an den Augen! Du hast richtige Pilz-Augen! Halt eben die Augen der Familie Pilz! Geerbt, meine ich!«

»Ihr Vater sagte?«, fragte Lothar verwundert.

»Leider ja, Herr Kriminalist, er ist vor zwei Jahren gestorben!«

»Das tut mir leid!«, sagte Lothar anstandshalber, obwohl ihm das eigentlich am Arsch vorbeiging.

»Sehr nett, ja, danke! Wenn Sie mir dann bitte in mein Büro folgen wollen!«

»Wohin auch immer!«, hauchte Kommissar Klotz und hatte sich bereits zu diesem Zeitpunkt an dem Anblick ihrer üppigen Kurven festgebissen. Heimlich zog er Lothar zur Seite und flüsterte ihm ins Ohr: »Scheiß auf den Mord, Couch! Die Tussi macht mich tierisch an! Können wir nicht irgendwie ihre Fotze untersuchen anstatt dieses langweiligen Tatorts?«

»Das ist ganz in meinem Sinne, Klotz! Was glaubst du, weswegen ich so schnell hierher wollte! Wir müssen zumindest erst einmal so tun als ob! Alles Weitere ergibt sich wie von selbst!«

»Hier!« Frau Pilz zeigte auf die Leiche. »Der tote Bruno Balzer, der Ersatzfreier für die sonst so fickfreudige Grausäule Theo Balzer!« Wieder heulte sie los wie ein Schlosshund. Ob das nun echt war oder nicht, konnten weder Lothar noch Kommissar Klotz auf die Schnelle so genau beurteilen, und so registrierten sie auch nicht gleich, wen sie da mit dem Toten vor sich sitzen hatten.

»Oha …, au, au, au, das sieht aber böse aus!«, stellte Kommissar Klotz fest, während er um den Ermordeten herumging. Aber nicht, ohne seinen Blick von dem Arsch der jungen Frau Pilz zu nehmen. »Kot …, überall Kot!«

»Kot?«, fragte Lothar erstaunt. »Was redest du denn da? Bist du nicht ganz dicht in der Birne, Klotz?«

»Sorry, Blut, ich meine Blut! Weiß gar nicht, wie mir der Schwanz, äh, der Kopf steht!«

»Man merkt's! Dich scheint die Pilz ja schon mächtig beeindruckt zu haben! Deine braunen Augen sind verdächtig geschwollen!« Lothar ging auf ihn zu und gab ihm mit der flachen Hand einen kurzen Schlag auf den Hinterkopf. »Vergiss es!«

»Ha, ha, ich denke gar nicht daran!« Beleidigt wollte Kommissar Klotz gerade seinen Unmut äußern, als sie hinter sich eine männliche Stimme hörten.

»Er ist von hinten erschossen worden!«

Ein Mann von der Spurensicherung kam mit eiligen Schritten auf die Kommissare zu. »Guten Tag, die Herren! Hm …, ja, kommen Sie! Ich möchte Ihnen den Einschusskanal zeigen!« Er führte sie hinter den Toten und deutete mit einem Kugelschreiber auf die Wunde. »Hier, daran können Sie den exakten Verlauf der Kugel nachvollziehen!«

»Danke, Karl«, sagte Kommissar Klotz nach einer Weile und intensiver Begutachtung, »aber ich erkenne nur ein Loch im Rücken, keinen Kanal! Wie soll man denn da …?« Er wagte sich noch näher an die noch nachblutende Rückenwunde des Ermordeten heran. »Ach jaaaa …, jetzt habe ich den Durchblick gefunden! Ich kann sogar was sehen. Couch, stell dich mal vor seine Brust und guck von vorne durch. Mach mal winke, winke, dass sich für mich der Winkel gedanklich besser nachvollziehen lässt!«

Lothar lehnte sofort dankend ab, überlegte kurz und wandte er sich an Frau Pilz: »Äm, äm, Frau Pilz, Romina, warten Sie bitte nebenan! Wir greifen, äm, kommen gerne gleich auf Ihre weichen …, äm, auf Sie zu!« Schon hatte er seine Hände auf ihren Titten und schob sie vorsichtig rückwärts aus dem Zimmer, schloss die Tür und ging zurück zur Leiche.

Jetzt betrachtete er den Toten genauer, was natürlich für ihn als Kriminalhauptkommissar selbstverständlich war. Er besah ihn sich von oben bis unten, von hinten und vorne, als ihm etwas auffiel, was die anderen wohl übersehen hatten. Er pickte sich schnell noch etwas Störendes aus dem rechten Nasenloch, dann teilte er den Anwesenden seine Entdeckung mit: »Karl, warum sitzt der Tote im Schreibtischstuhl? Die Lehne ist unversehrt! Die müsste doch auch durchschossen sein! Warum ist Ihnen das nicht aufgefallen?«

»Ich bin nicht umsonst seit Jahren dabei, Herr Kriminalhauptkommissar!«, entgegnete der Angesprochene gereizt. »Natürlich weiß ich darum. Dachte aber, ich setze ihn erst mal da hinein, bis wir hier alle Spuren rundherum gesichert haben!«

»Ach so?«, staunte Lothar. »Na ja, Sie müssen's wissen! – Da steckt übrigens eine abgebrochene Klinge in der Holztäfelung, Karl! Wieso, wenn der Typ hier doch erschossen wurde?«

Der brummelte etwas Unverständliches in seinen Bart, bevor er antwortete: »Es handelt sich nicht um irgendeinen Typen, Herr Hauptkommissar, sondern um Bruno Balzer, seines Zeichens Bruder unseres Polizeipräsidenten! Laut Aussage von Frau Pilz wäre unser Chef normalerweise selbst zu einem schnellen Fick vorbeigekommen. Er schien aber terminlich verhindert gewesen zu sein; und bevor die Tussi hier Ausfallgeld für ihre Zeit verlangt hätte, schickte Herr Balzer ihn quasi als Ersatz hierher!« Dabei nickte er mit dem Kopf in Richtung des Toten.

»Was …, das hier ist der Bruder vom Chef?«, riefen die beiden Kommissare entsetzt wie aus einem Mund.

»Ja – und da ist noch was!«, sprach Karl weiter. »Bruno Balzer kam demzufolge in freudiger Erwartung her, dann muss ihn die Kugel auch schon zielgenau aus dem Hinterhalt getroffen haben. Das begründet, warum er stehend zur Seite kippte. Nach meiner ersten Analyse wurde er absichtlich nackt und mit voll ausgefahrenem Rohr in diesen Raum gelockt, damit er beim Schuss sofort das Gleichgewicht verliert. Nur so konnte er leicht Opfer dieses Verbrechens werden!«

»Oh Gott, mit welch einem brutalen Kalkül muss der Mörder hier gewirkt haben!«, rief Lothar erschrocken aus, leichenblass im Gesicht. »Dann sollte man dieser Frau Pilz auf gar keinem Fall unvorsichtig näher kommen! – Und, äm, das abgebrochene Messer in der Wand, Karl …?«

Der Kollege von der Spurensicherung schritt gewichtig am Tatort auf und ab, ehe er in seinen Bewegungen innehielt und sagte: »Tja, ich vermute, Herr Kommissar, die Tussi wollte ihm auch noch was abschneiden! Frau Pilz sieht zwar harmlos aus, aber wenn man die näher betrachtet, dann heißt es die Eier festhalten, sonst …!«

Mit tiefer Betroffenheit über den möglichen Tathergang musste sich auch Kommissar Klotz eingestehen, dass er so ein berechnendes Wesen in ihr keinesfalls vermutet hätte. »Also ich bin der Meinung, so harmlos sieht die gar nicht aus, Karl, und jetzt ist die noch angezogen! Wo ist denn der Rest des Messers? Der Griff, wo steckt der eigentlich?«

»Gute Frage, Herr Kommissar Klotz, danach haben wir auch schon fieberhaft gesucht! Aber Frau Pilz behauptet steif und fest, wie sie nun mal ist, das Messer sei aus einer Zeit von vor 15 Jahren, als man es für Renovierungsarbeiten verwendet hätte.

Seitdem stecke es unverändert in der Wand! Leider haben wir in unserem kleinen Stadtlabor keine solche, wie heißt die noch mal, Rhododendron-Methode, wie die Universitäten sie zur Altersbestimmung verwenden, um festzustellen, wie viele Jahre das Messer bereits auf dem Buckel hat. Ich würde sagen, das spielt hier auch keine wesentliche Rolle. Sollte es euch doch interessieren, ich habe den Aufenthaltsort des damaligen Malers und Verputzers, der hier renovierend herumgepinselt haben soll, herausgekriegt!«

»Prima, Karl! Gleich her damit – und du, Klotz, wirst bei dem Kerl eine reguläre Befragung vornehmen! Ich knöpfe mir inzwischen Frau Pilz noch einmal vor und du kannst gerne auf dem Weg dahin deinen Samen in der Arztpraxis abliefern!«

»Hier!« Karl hielt ihm stolz den Zettel mit der notierten Adresse hin.

Lothar dankte ihm kurz und reichte diesen ungelesen an seinen Kollegen weiter.

Der nickte und sagte: »Mensch, Couch, gut, dass du mich daran erinnerst! Meine Hodensoße, die hätte ich fast ganz vergessen!« Er nahm Karls Zettel und las laut die Adresse vor, die er anfahren sollte: »Platz der guten Seelen? Karl, das ist doch der städtische Friedhof!«

Dieser zuckte mit den Schultern. »Tja, für die Adresse kann ich auch nichts! Vielleicht ist der Typ ja mittlerweile Friedhofsgärtner?«

»Schleich dich endlich, Klotz!«, befahl Lothar und wandte sich wieder an den Beamten der Spurensicherung. »Karl, sagen Sie mir noch, wie alt ist denn der tote Balzer hier genau und wie lange ist er schon tot?«

Karl nickte verständnisvoll und verbesserte sogleich Lothars Äußerung. »Nicht ist, Herr Kriminalhauptkommissar, war! Wie alt war der Tote!«

»Ja, ja, Herrgott, also?«

»Nun, Bruno Balzer wurde gerade mal 73 Jahre alt und …«, Karl blickte auf seine Armbanduhr, »… der Tod trat zwischen 11.00 Uhr und 11.15 Uhr ein. Die Zeitspanne ist deswegen so präzise zu benennen, weil Herr Balzer durch den Todesschuss nach vorne stürzte und mit dem Kopf auf die Kaminuhr schlug. Das Glas wurde dadurch eingedrückt und der Zeiger blieb in diesem Moment stehen!«

»Also doch eine ganze Ecke älter als unser Chef! Gut, Karl, könnte es auch der Fall gewesen sein, dass die Uhr möglicherweise schon vorher kaputt war und überhaupt nicht mehr lief?«

»Natürlich, möglich ist alles, Herr Hauptkommissar! Wir werden das früher oder später genauer wissen! Brauchen Sie mich noch?«

»Nein, vorerst nicht! Klasse Arbeit, Karl, machen Sie weiter so!« Lothar dachte kurz nach, dann wollte er jetzt Frau Pilz dazu befragen. Er drehte sich um und erschrak heftig.

»Huch …, Klotz! Was machst du denn noch hier, verdammt?«

»Ei …, ich will doch bei der Befragung von der scharfen Verdächtigen dabei sein! Was tangiert mich da die Adresse von diesem schwulen Pinselputzer?«

»Na gut, Klotz, vielleicht ist es ja besser so und ich habe in dir sogar einen Zeugen. Komm mit!«

»Na also, geht doch!«, sagte der und seine Augen bekamen ein undefinierbares Leuchten. »Habe mir überlegt, Couch, vielleicht könnte ich bei der noch einmal frisch abspritzen! Die Jungs im Becher sind eh schon zu kalt für befruchtende Übertragungszwecke!«

»Wir werden sehen, du Sau! Gehen wir am besten zu ihr ins Wohnzimmer. Wir müssen sie ja nicht im Beisein der Leiche vernehmen. Das wirkt auf den Verstorbenen auch irgendwie pietätlos!« Er wischte sich mit der flachen Hand noch einmal den Fettglanz von der Glatze, bevor er schnellen Schrittes das Wohnzimmer ansteuerte.

»Ganz deiner Meinung, Couch!« Kommissar Klotz lief ihm hinterher. Um seinem übereifrigen Kollegen zuvorzukommen, rief er bereits vom Flur aus: »Frau Pilz! Frau Pilz, Romina, jetzt sind Sie dran mit Ficken, äh, Fracken, nein, Quatsch Fragen fricken!« Dabei fasste er sich freudig in den Schritt; mit verheißungsvollen Aussichten zwischen seinen Eiern öffnete er sich schon einmal den Hosenlatz bis zur Hälfte. Von Lothar erntete er dafür vorwurfsvolle Blicke, aber das war ihm zu diesem Zeitpunkt egal.

Es dauerte gar nicht lange, da erschien Frau Pilz in der Tür zum Wohnzimmer. Sie machte noch immer einen ziemlich verheulten Eindruck. Die langen roten Haare hingen ihr wild ins Gesicht und in beiden Händen hielt sie jeweils ein verrotztes Taschentuch. Die Kommissare standen dem etwas hilflos gegenüber, bis Lothar sich aus seiner Bewegungslosigkeit löste. Diese Frau musste jetzt getröstet werden, und er streckte bereits seine Arme nach ihr aus, als etwas Unfassbares geschah. Entgegen jeglicher Erwartung streckte sie ihre Zunge heraus, machte sie ganz lang und leckte wie verrückt über den beigefarbenen Lack des Türrahmens.

»So …, seht her, ihr Herren Polizisten, so und nicht anders hab ich's ihm gemacht!«, schnaufte sie, fuhr noch ein paarmal zur Abwechslung mit schnalzender Zunge über das Holz und wiederholte ihre Worte unter Tränen. »Ja, genau so habe ich's ihm gemacht, bis er einen Ständer bekam! Wie soll ich das anders und besser erklären? Bruno hätte es eigentlich lieber gehabt, wenn ich seinen Schwanz in den Mund genommen und ihm die Tonleiter hoch und runter geblasen hätte. Doch damit war bei mir der Bogen überspannt! Sie müssen sich mal in meine Lage versetzen! Es war mir zuwider, ihm diesen Wunsch zu erfüllen. Da war dieser greise Geruch von Patina und Moder, den ich ja während meiner ruckartigen Kopfbewegungen, die ja dabei vonnöten sind, ständig mitkriege. Nein danke!«

»Tonleiter?«, fragte Lothar voller Erregung und bekam seinen Mund gar nicht mehr zu.

»Ja, und sein Bruder, Theo, der sonst immer zu mir kommt, hatte mir 100 Mäuse auf meine Krallen«, und sie zeigte den beiden Männern dabei ausgiebig ihre langen Fingernägel, »für die Wichsstunde versprochen – und wo sind die? Ich habe Bruno während des Leckens nach dem Geld gefragt und heimlich seine Hosentaschen durchsucht, aber Kohle hatte der alte Sack nicht dabei!«

»Interessant!« Kommissar Klotz räusperte sich gewaltig. »Sehr, sehr interessant! Ich glaube, ich muss mich mal hier auf Ihr braunes Ledersofa setzen, junge Lady, und ich brauche dringend einen Drink!«

Lothar schritt nachdenklich noch ein wenig im Wohnzimmer auf und ab und nickte ständig mit dem Kopf. »Hm, hm, hm …!« Plötzlich blieb er stehen und baute sich breitbeinig vor Frau Pilz auf. »Na, holen Sie schon was zu trinken für meinen Kollegen! Übrigens als, und ich setze das jetzt in Klammern, ›nur‹ leckende Freudentante war Herr Balzer bestimmt nicht zufrieden mit Ihren Diensten. Das ist eventuell auch der Schlüssel zu der ganzen Scheiße hier und Sie haben damit durchaus ein Tatmotiv!«

»Tatmotiv? Nein, Herr Kriminalist, so können Sie nicht mit mir umgehen! Sie können hier und sofort meinen ganzen Körper untersuchen! Ich habe kein einziges dieser eingeritzten Motive! Das kann ich mir gar nicht leisten! Wenn man Nacktaufnahmen dreht, so wie ich, kommen diese bläulich-schwarzen Körperbilder bei den Kunden überhaupt nicht gut!« Leicht beleidigt rollte sie ihre Zunge noch einmal ein und aus, zupfte an den Trägern ihres roten Kleides und ging an den großen eichefarbenen Wohnzimmerschrank. Dort legte sie ihre zerknüllten Taschentücher in eines der Regale, ehe sie mit einem kleinen Schlüssel die Klappe für das Barfach öffnete. Ihre Brüste drohten aus den Körbchen zu rutschen, als sie bückend nach einem passenden Getränk suchte.

Nachdem sie sich entschieden hatte, fragte sie die beiden Männer: »Wollen Sie mehr etwas Frisch-Feuchtes oder etwas Stark-Scharfes?« Während sie auf die Antwort wartete, kickte sie mit Daumen und Zeigefinger einen übrig gebliebenen Likörstöpsel vom Schrank auf den Boden. Wieder drehte sie den beiden den Rücken zu und bückte sich noch tiefer als tief. Ab und zu schluchzte sie dabei auffallend weinerlich.

Kommissar Klotz sprang sofort vom Sofa hoch und betrachtete ihre Spalte näher. »Feminal, äh, phänomenoanal ..., einfach eine tolle Aussicht!« Er ging extra ein wenig in die Hocke, um sich ein noch schärferes Bild machen zu können. »Und damit meine ich nicht Ihr Barfach, Frau Romina!«

Frau Pilz blickte ihn kurz an, ohne ihre Körperhaltung zu verändern. »Danke, Herr Kriminalist, Sie meinen meine Wäschemarke, gell? Dann verstehen Sie wohl viel von leichten Frauen?« Sie kam wieder in den Stand, noch bevor Lothar auch nur ansatzweise zum Zuge kam.

Verärgert darüber warf der seinem Kollegen einen bösen Blick zu und äffte die Stimme der jungen Frau nach, als er mit gehässigem Unterton zu ihm sagte: »Ja, der Herr Kriminalist kennt sich so gut mit leichten Frauen aus, dass er ausschließlich, und ich betone, ausschließlich auf dem stinkenden Revierklo einen hochkriegt!«

»Aber sonst alles klar?« Kommissar Klotz reagierte sauer. »Du hast doch gar keine Ahnung von solchen Dingen! Ich kann überall einen Ständer kriegen! Erst vorgestern, in dem neu eröffneten Supermarkt im Westend neben der römisch-katholischen Kirche. Du hättest mich sehen sollen! Ich war nicht zu halten! Die haben einiges an jungem Gemüse hinter der Obsttheke, und da die Weiber mich gefragt haben, ob sie mir helfen können, konnte ich natürlich nicht Nein sagen und habe mich selbstverständlich von denen bedienen lassen. Die wurden richtig scharf und wollten meinen harten Schwanz gleich zu den Maiskolben sortieren! Das ist nicht die üblich billige Sorte an Verkäuferinnen, nein, zwar etwas schlampig, aber oho, tja ..., und jetzt ist mir jedes Mal schon auf dem Fußweg dorthin so streng danach. Wie du sicherlich weißt, Couch, bin ich, weiß Gott, der Letzte, der nur einer perfekten Lady seinen Lutscher ins Maul hält!«

»Klotz, es reicht!«, unterbrach ihn Lothar unsanft. »Wir sind schließlich wegen der Schilderung des Tatherganges durch Frau Pilz hier, denn hier bei ihr ist jemand um die Ecke gebracht worden! Nicht irgendwo im Supermarkt und auch nicht irgendwo zwischen den Maiskolben!«

Kommissar Klotz dachte sich seinen Teil, winkte ab und nahm wieder auf dem Ledersofa Platz. Von dort aus beobachtete er die Pornodarstellerin stillschweigend und spitzte ab und zu die Lippen.

Währenddessen musste sich Lothar erst einmal hörbar hinter dem rechten Ohr kratzen, bevor er mit dem eigentlichen Verhör begann. »Äm, äm, Frau Klotz …, quatsch, Pilz, Frau Pilz, wie war das nun heute Morgen? Bitte erzählen Sie uns doch einmal ganz exakt, wie der Ablauf war!«

»Ja, das ist hoffentlich gar nicht so schwer, Herr Kommissar!«, flötete sie sogleich und stellte sich in eine extrem animierend breitbeinige Position. So blieb sie für einen Moment. Dann angelte sie ein frisches Taschentuch und schniefte kräftig hinein. Anschließend setzte sie sich Kommissar Klotz gegenüber auf einen der Ledersessel. »Tja, dann will ich mal!«, fing sie an. »Um 9.00 Uhr stehe ich für gewöhnlich auf. Das war auch heute so der Fall, dann habe ich geduscht und meine Lieblingsmusik eingeschaltet. Ich machte Wackelübungen mit meinem Arsch, um in den Hüften locker zu bleiben, und danach musste ich mich entscheiden, ob ich mir die Möse rasiere oder ob ich einmal damit aussetzen kann. Aber wie das meistens so ist, wenn man keinen richtigen Bock darauf hat, sie musste rasiert werden. Bei mir muss leider immer alles glatt wie ein Kinderpopo sein, von Berufs wegen, verstehen Sie? Das ist manchmal recht zeitaufwendig. Aber was erzähl ich, davon habt ihr Polizisten sowieso nicht den geringsten Dunst!«

Die beiden Kommissare widersprachen vehement. »Doch, äm, äm …!«, beteuerte Lothar. »Äm, aber erzählen Sie weiter, Frau Pelz, äm, Pilz!«, und nahm ebenfalls auf einem der braunen Ledersessel Platz. Zu seinem geistigen Unverständnis spürte er seinen Penis überraschend schnell anschwellen und eventuell weiter eintretende Ausmaße waren im Sitzen wesentlich unauffälliger. Schließlich stand er im Dienst des Staates, musste also zumindest nach außen hin einen Funken Beherrschung walten lassen.

Frau Pilz überlegte kurz und öffnete ihre Beine noch etwas weiter. »Wo war ich denn? Ach ja, nach der frisch geschorenen Schambeinglatze bin ich raus aus dem Bad, um für mich das Frühstück vorzubereiten. Das heißt, ich schmiere mir zunächst mein zartes Brötchen zwischen den Beinen und dann den Rest des Körpers mit sämiger Straffungslotion ein. Sie müssen wissen, das ist in meinem Job ebenfalls unabdingbar. Danach setze ich mich splitterfasernackt an den Tisch. Ich liebe das!« Ein strahlendes Lächeln huschte ihr über die Lippen. Doch schnell schien ihr wieder bewusst zu werden, mit wem sie hier sprach. Röte stieg ihr in die Wangen und leicht verlegen sah sie von einem zum anderen. »Nun ja, das war auch heute so! Es erregt mich, und bei mir kommt die Lust auf, wenn ich mir, wie Gott mich erschaffen hat, morgendlich die saftigen Radieschen aufs Brot schneide und der kalte Saft mir dabei zwischen die Beine tropft. Da kann ich vor lauter Feuchte nicht mehr an mich halten und finde mich selbst so unwiderstehlich, dass ich es mir selber machen muss! Verstehen Sie, was ich damit meine?« Erneut sah sie die beiden abwechselnd an, bis ihr Blick an Kommissar Klotz hängen blieb. »Sie, Meister, Sie sind auf einmal so blass geworden! Können Sie mir noch folgen oder spreche ich unklar? Soll ich Ihnen vielleicht ein Glas Wasser holen?«

Doch von ihm kam keine Antwort. Er starrte nur mit offenem Mund auf Frau Pilz und knetete fleißig mit der linken Hand seinen Hosenlatz. Lothar sah das überhaupt nicht gern. Er wollte unbedingt wissen, wie die Geschichte weiterging.

Um die Gedanken der jungen Frau von seinem Kollegen abzulenken, bemerkte er ungehalten: »Äm, machen Sie sich keine Gedanken um den alten Wichser da!« Obendrein spürte er, wie sein bester Freund zwischen seinen Eiern immer fordernder wurde. Ihm schoss die Hitze in den Kopf, und solange er noch konnte, wollte er mit dem Verhör auch fortfahren: »Äm, Fräulein Blitz, äm, äm, Frau Blank, was geschah denn, äm, äm, nachdem der Radieschensaft in ihre frisch rasierte, geblankte Blitzmuschi, äm, ich meine, blankblitze Blankmuschi …, Herrgott noch mal, also in die halt …, gelaufen war?« Lothar fasste sich, immer nervöser werdend, an die Stirn, während Frau Pilz ihre Beine noch ein Stück weit mehr öffnete, sodass beide Kommissare tiefen Einblick gewinnen konnten. Völlig ungeniert fuhr sie mit dem rechten Zeigefinger zwischen ihren eng geschnürten Brüsten auf und ab, stöhnte ein bisschen und antwortete, nicht ohne den Blick von Lothar zu nehmen.

»Ich musste es mir machen, Herr Kommissar!«, hauchte sie. »Ich war so scharf und onanierte prompt direkt am Frühstückstisch, vor dem Plastiktöpfchen mit dem Schichtkäse und dem großen Glas Quittengelee!« Als Frau Pilz dann noch den Mittelfinger der linken Hand auf ihre Möse legte, war das Schnaufen von Kommissar Klotz nicht mehr zu überhören.

»Hm, hm …«, stöhnte nun auch Lothar, »ei, ei, ei …, äm, wie lange haben Sie denn zeitlich dafür gebraucht, Frau Pilz? Das heißt, was ich wissen will, ist, wann Sie mit der saftigen Wichserei fertig wurden?« Er rutschte bereits unruhig auf dem Sessel hin und her.

Wie aus heiterem Himmel meldete sich Kommissar Klotz zu Wort: »Na, länger als eine Viertelstunde braucht ihr Weiber dafür doch nicht, oder?«

»Falsch, Herr Kommissar«, wehrte Frau Pilz kopfschüttelnd ab, nahm gleichzeitig den Mittelfinger von ihrer Möse und roch daran, »da muss ich Ihnen aber heftigst widersprechen! Bis zum Orgasmus dauert es bei uns im Schnitt circa eine halbe Stunde. Wenn erst einmal ein Mann an uns herumorgelt, dann verlängert sich diese Phase bis ins Unendliche und kann regelrecht zur Qual werden. Damit wir von euch Kerlen nicht zu sehr gegängelt werden, bluffen wir meist und bedienen uns der mittlerweile so weit verbreiteten Vortäuschung des Höhepunktes!«

Kaum hatte sie das gesagt, schob sie mit beiden Händen ihre Oberschenkel noch weiter auseinander und schüttelte zudem wie wild ihre roten Haarlocken. Kommissar Klotz konnte sich kaum noch auf dem Sessel halten. Diese Frau war einfach zu geil. Er wollte gerade seinen Senf dazu abgeben, da trafen ihn ihre hungrigen Blicke mitten auf seinen Sack. Wie eine Raubkatze zischte und fauchte sie, schnalzte mit der Zunge und bewegte zudem nebenbei auch noch ihre Schultergelenke abwechselnd so schnell nach vorn und hinten, dass ihre Brüstung richtig in Wallung kam. Er konnte mittlerweile nur noch schwer Luft holen, während Lothar sich schon leicht abgedreht am Hosenknopf spielte. In einem lichten Augenblick wusste Kommissar Klotz sich keinen anderen Rat mehr, als laut in die Hände zu klatschen. Daraufhin erschrak Frau Pilz zutiefst und setzte sich wieder einigermaßen anständig in den Sessel zurück.

Nach einem kurzen Hüsteln sagte sie zu ihm: »Ich sehe schon, Herr Polizeimann, und ich sehe es in Ihren dicken braunen Augen, Sie glauben meiner Aussage nicht!«

Der Angesprochene klappte jäh seinen Unterkiefer zu. »Doch … doch, schon, irgendwie!«, stotterte er. »Mir ist zwar vieles neu und … und es rückt die Weiber für mich in ein vollkommen anderes Licht, aber ja …, Scheiße ja …, ich glaube Ihnen bis hierher und … nun verzeihen Sie mir das!«, befreiend öffnete er den Hosenlatz. »Sorry, Frau Pilz, aber ich bin auch nur Mann und bestimmt nicht der Einzige, dem es hier auf einmal heiß wird!«

»Mensch, Klotz, äm, geht's noch?«, schnauzte Lothar ihn an.

»Danke, Couch, jetzt ist es besser!«, sagte er und lehnte sich bequem zurück.

»Ich kann gern für Sie ein bisschen unten dran herumdrehen, Herr Polizist!« Frau Pilz schaute hilfsbereit auf seine geöffnete Hose und stand bereits auf.

»Äh, jetzt noch nicht, Fräulein Pilz, danke, aber …, äh, nachher gerne!« Der Gedanke, dass eine berühmte Pornodarstellerin an den Klotz'schen Sack wollte, gefiel ihm. Seine innerliche Erregung ließ sich kaum noch verbergen, und da ihm aber auch bewusst war, dass sein Kollege ihn scharf beobachtete, hielt er sich die Hände über den Hosenlatz und fing an, gleichgültig vor sich herzupfeifen.

»Nein, ich gehe für Sie sofort unten dran!«, sagte sie. »Nur einen ganz kleinen Moment. Ich werde schnellstens in den Heizungskeller gehen«, lächelte und hob ihren rechten Fuß ein wenig hoch, »sofern es mir mit meinen Stöckelschuhen hier möglich ist, und für Sie am Thermostat etwas kühler drehen! Bin gleich wieder da!«

»Hä, was …?« Kommissar Klotz schien sie wohl nicht richtig verstanden zu haben, denn er gab sofort seine legere Haltung auf.

»Sie bleiben gefälligst hier und setzen sich wieder auf Ihren fickerigen Arsch, Romina!«, brüllte Lothar plötzlich los und wühlte umständlich nebenbei in seiner geschlossenen Hose zwischen den Beinen herum.

Sein Kollege erschrak so sehr, dass er sich dabei voll auf die Zunge biss und vor lauter Schmerz stiegen ihm die Tränen in die Augen. Was jedoch viel schlimmer war, Frau Pilz schluchzte mehrfach und brach in einen heftigen Weinkrampf aus.

»Oh Gott …, äm, das habe ich so, äm, nicht …!«, entfuhr es Lothar sichtlich angetan und er senkte beschämt den Kopf.

Als es Frau Pilz nicht mehr allzu arg schüttelte, hob sie den Blick wieder. »Das mit dem fickerigen Arsch, Herr Polizist, hat mein Schwiegervater auch immer zu mir gesagt!« Sie sah ihn traurig mit ihren großen Pilz-Augen an.

»Das tut mir leid! Ich …, äm, äm, entschuldige mich! Ich wollte Ihnen auf diese Weise nicht zu nahe treten!«, erwiderte Lothar wesentlich leiser und kratzte sich hörbar am Kopf.

»Auf welche Weise dann, Couch?«, fragte Kommissar Klotz, während er sich mit der rechten Hand den Schwanz aus der Hose angelte.

»Klotz, Herrgott, muss das sein?«

»Ja!«, gab der zurück und grinste breit.

Lothar versuchte, seine Gedanken dennoch zusammenzuhalten, und wendete sich wieder an die Tatverdächtige. »Leider, äm, müssen wir heute im Mordfall Bruno Balzer irgendwann einmal vorwärtskommen! Wie ging es denn weiter, nachdem Sie Ihren Höhepunkt hatten, Frau Pilz?«

»Lassen Sie mich überlegen, Herr Kommissar! Ich bin ja keine professionelle Rekonstrukteurin! Habe zwar ein sehr gutes Gedächtnis, aber andere Dinge kann ich halt noch besser! Hm, hm …, ja, ja, ja, ich weiß!« Sie tippte sich mit dem Zeigefinger an die Stirn. »Ich hatte meinen Orgasmus, gewaltig muss ich sagen, und ihr Herren Polizisten, ihr könnt froh sein, dass ich hier überhaupt noch Rede und Antwort stehen kann! Sie müssten das einmal miterlebt haben, dann könnten Sie mich auch verstehen!«

Kommissar Klotz verlor gänzlich seine Contenance und massierte sich zur Beruhigung leicht den bereits steifen Penis. Starke Hitzewallungen erfassten ihn, trotzdem hielt er es für unabdingbar, Frau Pilz zu belehren. »Wir erleben so eine Orgasmussache mindestens einmal am Tag …, äh, mindestens auch öfter, also wenn nicht noch mehr. Wir verstehen Sie da durchaus! Oder was meinst du, Couch?« Er sah fragend zu seinem Kollegen hinüber.

Der hatte sich durch das Fummeln im Latz einen langen Faden am Ärmel seines blauen Baumwollpullovers gezogen und probierte genervt, den Reißverschluss wieder gangbar zu machen.

»So wie's aussieht, Couch, kommst du da alleine nicht mehr raus!«, witzelte Kommissar Klotz. »Hast dich wohl während deines so nüchternen Verhörs mit Frau Pilz verfangen, was? Na ja, Strickmode im Außendienst zu tragen war eben schon immer Scheiße!«

»Herrgott, noch mal aber auch!«, schimpfte Lothar, während der Faden seines Pullovers durch das Zerren immer länger geriet.

Frau Pilz sprang plötzlich auf Lothar zu und beugte sich tief über seinen Latz. Mit erotisch klingender Stimme säuselte sie ihm ins Ohr: »Sie brauchen eindeutig etwas Scharfes, Herr Kommissar! Lassen Sie mich mal ran!«

»Niemals …, äm, äm. Niemand …, niemand greift mich an«, schrie er wie verrückt los, »wenn ich es nicht ausdrücklich erlaube! Kapiert?«

Erschrocken wich sie zurück und hielt sich die Ohren zu. »Ich wollte doch auch gar nicht an Ihre Samenstation, Herr Polizist! Wollte nur sehen, ob ich eine Schere oder ein Messer zum Abschneiden vom Faden holen soll!« Wieder fing sie an zu weinen und stand wie ein verlorenes Kind vor ihm.

Lothar biss sich fest auf die Zähne. Bereute er doch sogleich, so harsch mit ihr umgegangen zu sein. Zur Geste der Beschwichtigung hob er beide Arme nach oben. »Mea culpa, Frau Pilz!« Allerdings hatte er in diesem Moment nicht an den festhängenden Faden gedacht, sodass sich dabei der ganze rechte Unterarm seines

Pullis auflöste. »Scheiße, Scheiße, Scheiße, das war ein Geschenk meiner Mutter, Sie blöde Heulsuse!«, fluchte er und wesentlich schlechter gelaunt fuhr er fort: »Was war also, verdammt noch mal, nach Ihrem Radieschen-Orgasmus, Frau Pilz?«

»Gute Frage! Ja, was war?« Sie ging ein paar Schritte rückwärts, zog nachdenklich die Stirn kraus und nahm wieder Platz. »Ich glaube, ich stand vom Tisch auf, um mir die verschmierten Wichsfinger und die Möse zu waschen. Ja, genau, dann klingelte es! Dachte erst, es sei mein elektrischer Eierkocher, aber dann fiel mir ein, ich hatte ja gar keine Eier aufgestellt. Also konnte das nur an der Tür gewesen sein!«

»An der Tür, fein, ja, Sie haben mitgedacht!«, sprach Kommissar Klotz anerkennend dazwischen. »Aber stopp mal, stopp, stopp, stopp!«, und seine Stimme überschlug sich fast. »Was, äh, wie …? Heißt das etwa, Sie haben …, oder anders gesagt, haben Sie nackt geöffnet, oder wie?«

»Lass mich die Befragung besser weiterführen!«, fiel Lothar ihm streng ins Wort. »Ich bin nicht so verblendet wie du!« Er drehte seinen Kopf zu Frau Pilz, als sein Blick dabei wieder auf den langen Faden fiel. »Romina, damit Sie das auch kapieren, Sie sind für uns hier die mutmaßliche Täterin! Aber …, äm, ich bräuchte dann doch wohl erst einmal eine Schere!«

»Ich? Täterin?« Erneut fing sie zu heulen an und schniefte zwei Taschentücher voll.

Irgendwie wirkten ihre Tränen diesmal künstlich und Lothar verlor langsam die Geduld.

»Beruhigen Sie sich doch, Herrgott! Äm, äm, Sie können später weiterheulen! Wenn Sie mir bitte erst eine Schere brächten!«

Frau Pilz gehorchte. »Ja, ich hole Ihnen eine!« Weinend verließ sie das Wohnzimmer.

»Indirekte Rede, Kollege? Das heißt doch: Wenn Sie mir bitte erst eine Schere bringen täten!«

»Maul, Klotz!« Lothar konnte jetzt nicht mehr sitzen bleiben. Er stand ungeduldig auf und sah sich im Wohnzimmer um. »Ist dir aufgefallen, dass die Tussi unwahrscheinlich edel eingerichtet ist? Überall vom Feinsten. Die muss Kohle ohne Ende haben. Guck mal, die kleinen Marmorbrüste …, äm, -büsten im Regal und diese vielen bunten Keramikeier in der Vitrine! Frage mich, wie das bei ihrem Intellekt überhaupt möglich ist. Da müsste ich ja schon lange superreich sein! Selbst der Boden ist edel verlegt und glänzt wie Sau!«

»In der Tat! Die Hochglanzfliesen in der Luxushütte hier sind mir auch nicht entgangen, Couch!« Er streckte die Beine weit von sich und rutschte etwas nach vorne, um sich seinem mittlerweile arg angeschwollenen Schwanz intensiver widmen zu können. Gerade fühlte er die ersten starken Stoßkräfte in sich aufkommen, als vom Flur aus plötzlich ein schrilles »Soooooooo!« zu hören war. Sofort wechselten die beiden Kommissare wachsame Blicke. Lothar zog vorsichtshalber seine Pistole und positionierte sich kampfbereit hinter der Wohnzimmertür, während Kommissar Klotz vom Sofa hochsprang und sich noch mit offener Hose dahinter versteckte. Auch er hielt seine Pistole im Anschlag.

Da war es wieder, dieses sirenenartige »Sooooooo!«. Diesmal klang es bedrohlicher und hallte sogar in den Räumlichkeiten nach.

»Aufgepasst, Klotz!«, zischte Lothar ihm von der Tür aus zu.

Der nickte, kam kurz hinter seinem Versteck hervor und hängte sich schnell noch die auf der Sofalehne liegende Wolldecke über den Kopf.

»Warum das?«, wollte Lothar wissen.

»Ei, ich ermittele verdeckt, Couch, aber davon verstehst du nichts! Du warst immer schon eher der Ballermann-Typ!«, gab er scharf zurück und versteckte sich wieder.

»Idiot!«, rief Lothar und verzog geringschätzig seine Mundwinkel. Schon waren eilige Schritte im Flur zu hören. »Achtung, Klotz, es kommt jemand!«

Und während Kommissar Klotz ab und zu wie ein Erdmännchen hinter der Sofalehne hervorspähte, empfand Lothar zum ersten Mal in seinem Leben, wie das harte Klacken von Absätzen in seinen Ohren richtig wehtun konnte. Voll konzentriert suchte er breitbeinig einen sicheren Stand, umfasste seine Handfeuerwaffe mit beiden Händen und führte sie mit weit ausgestreckten Armen hoch bis auf Augenhöhe.

»Terminator!«, spottete Kommissar Klotz von gegenüber, als die Wohnzimmertür aufgerissen wurde und eine weibliche Stimme rief: »Sooooo! Hä..., wo sind Sie denn? Hallo, ihr Herren Kriminellen? Huhu?« Frau Pilz kam zurück und wunderte sich, dass die beiden anscheinend wie vom Erdboden verschluckt waren. »Hallo? Ich habe eine Schere für Ihren Faden! Ei, wollen Sie mich jetzt verarschen? Wo sind Sie denn oder wollen Sie mit mir Blindekuh spielen?«

Lothar griff sich irritiert an den Kopf und steckte verärgert über sich selbst seine Pistole zurück in den Gurt. »Fuck! Fuck!«, presste er kleinlaut zwischen den Zähnen hervor und musste erst einmal tief durchatmen, bevor er wieder in Erscheinung trat und langsam hinter der Tür hervorkam. »Äm, hallo, Frau Pilz, ja, ich … ich habe nur eben mal Ihre weiße Tapete bewundert. Die ist einfach genial strukturiert und passt wie die Faust aufs Auge hier zu den polierten …, äm, Bodenfliesen! Welch eine Überwindung musste es gekostet haben, so etwas …, äm, wirklich, wirklich Tolles an die Wände kleben zu lassen! Sie werden es ja wohl nicht selbst gemacht haben?«

»Jetzt bin ich aber beeindruckt, Herr Polizist, Sie beweisen ja Geschmack!« Die junge Frau betastete sogleich mit den Fingerkuppen zärtlich die Wandverkleidung. »Ich mache mir schon vieles selbst, aber torpezieren, nein, nein, hi, hi, hi …«, und fing an zu kichern, »nein, das kann ich nicht. Mein verstorbener Mann, der war der Fingerfertige von uns beiden. Der hat die Rollen in der Tat selbst da drangemacht und seitdem hängen und halten die wie eine Bombe. Mein Mann hatte sich die Villa, die übrigens den Beinamen eines berühmten Architektivaren hat – Moment, Moment, wie heißt der denn noch mal? Verflixt!«, grübelnd fasste sie sich ans Kinn. »Ach ja, Jungenstil! Ja, mein Mann hat diese Jungenstilvilla hier noch gekauft und selbst eingerichtet, bevor er verstarb! Tja, das ist alles schon so lange her!« Traurig lehnte sie ihren Kopf an Lothars Schulter, und er wollte gerade ihre rechte Hand möglichst unauffällig an seinen Hosenlatz führen, als sie wie aus heiterem Himmel mit schriller Stimme fragte: »Wo ist eigentlich Ihr Kollege, dieser starke männliche Polizist mit der dicken Hosenbeule?«

»Hier!«, rief Kommissar Klotz, erfreut über das Lob der Verdächtigen. »Hier, Romina, hier bin ich!« Noch verhüllt kam er sofort hinter dem Sofa hervor. »Frau Pilz, nicht wundern! Ich habe mir hier nur Ihren außergewöhnlichen Langhaarteppich unter Ihrem ledernen Dreisitzer näher betrachtet. Ich kann nur bestätigen, was ich schon vermutet habe. Diese wollige Unterlage ist …, tja, nahezu milbenfrei!« Er schenkte ihr ein strahlendes Lächeln, während er sich die Decke von seinem Kopf zog, ordentlich zusammenfaltete und sie wieder an ihren Platz zurücklegte.

Frau Pilz sah das mit Besorgnis. »Dass Sie bei mir so frieren und sogar eine Zudecke brauchen, tut mir leid! Ich schwitze eher, aber die Menschen sind halt verschieden. Sie scheinen von Natur aus ein eher verfrorener Typ zu sein, obwohl Sie äußerlich doch eine so starke maskuline Erscheinung sind!«

Dieses Kompliment ließ seine Brust mehr als nur anschwellen und er wirkte augenblicklich mindestens zehn Zentimeter größer.

»… äußerlich so eine starke Erscheinung sind …!«, äffte Lothar Frau Pilz nach und verzog missbilligend seine Mundwinkel nach unten. Doch zu seinem Leidwesen bekräftigte sie ihre Worte noch einmal. »Übrigens, Sie können doch beide Romina zu mir sagen! Wissen Sie, der Name Pilz klingt immer irgendwie nach … hi, hi, hi, wie soll ich mich ausdrücken? Nach altem Gemüse, hi, hi … und in meiner Branche muss die Wahrheit nicht auch noch unbedingt durch solche dummen vegetarischen Fehler unterstrichen werden!«

Kommissar Klotz verstand sofort und machte es sich in einem Sessel bequem. Dann knöpfte er sein Hemd bis zum Nabel auf und zog es absichtlich weit auseinander, sodass Frau Pilz seine Bauch- und Brustbehaarung sehen konnte. Dann fragte er: »Sagen Sie, Romina, haben Sie nach dem Tod Ihres verstorbenen Ehemannes wieder geheiratet?«

»Nein, nein, Herr Kommissar, wo denken Sie hin. Der eine hat mir für meine Altersvorsorge vollkommen gereicht! Darauf sollte eine Frau immer achten, hat mein Vater mir schon gesagt!«, antwortete sie und hielt Lothar die Schere hin. »Hier!«

Immer noch beleidigt, dass sein Kollege und nicht er von ihr mit Nettigkeiten bedacht worden war, riss er ihr grob die Schere aus der Hand und schnitt sich wütend seinen Ärmel frei. Danach fiel er erschöpft auf den Sessel zurück und sah Frau Pilz eindringlich an.

»Woran ist denn Ihr Ehemann gestorben, Romina?«

»Ja, was ist mit ihm passiert?«, wollte auch Kommissar Klotz wissen, wobei er für einen Moment seine lässige Haltung aufgab.

»Nun …«, sie richtete nebenbei das Sofa so her, dass sie darauf liegen konnte, »er hat …«

»Ha!«, unterbrach Kommissar Klotz sie jäh. »Das ist ja noch ein ausziehbares Sitzmöbelmodell!«, und wog bereits gedanklich ab, ob er sich darauf von ihr gefahrlos niederreiten lassen könnte.

»Praktisch, gell?«, zwinkerte sie ihm zu. »Ja, mein Mann hatte da ausnahmsweise mal mitgedacht. Er und ich konnten, wenn wir keine Lust mehr fürs Ficken im Sitzen hatten, im Liegen weitermachen und trotzdem Fernseher dabei gucken! Andere Leute müssen in ihrem Zuhause dann den Sex unterbrechen und sich erst ins Schlafzimmer schleppen. Verpassen dadurch den einen oder anderen Filmausschnitt, dann gibt es Streit, Beziehungskrach und so weiter und so weiter!«

»Hatten Sie auch Streit, Ihr Mann und Sie? Haben Sie ihn deswegen umgebracht?«, fragte Kommissar Klotz direkt und zog einen kleinen Notizblock aus der Hosentasche.

»W-was haben Sie da eben …?«, fiel ihm Frau Pilz ins Wort. »Ich soll ihn umgebracht haben?« Wieder fing sie hemmungslos zu heulen an. »Bei meiner trockenen Möse, nein! Mein Mann ist bei einem Verkehrsunfall ums Leben gekommen! Da war ich gar nicht beteiligt!«

»Oh, Verzeihung, ich wusste nicht …!« Kommissar Klotz steckte seinen Notizblock wieder zurück.

»Sagen Sie uns, wo der Verkehrsunfall war?«, fragte Lothar und sah sie erwartungsvoll an.

Frau Pilz nahm ein Päckchen Papiertaschentücher vom Tisch und setzte sich halb liegend auf das ausgezogene Sitzmöbel. Es dauerte eine Weile, bis sie antworten konnte, denn sie fühlte sich zunächst in jeglicher Körperlage unwohl. Schließlich aber fand sie eine Stellung für sich, die ihr endlich die Möglichkeit gab, in Ruhe zu antworten.

»Die stabile Seitenlage haben Sie drauf!«, bemerkte er noch kurz und kratzte sich nachdenklich am Kopf. Frau Pilz rekelte sich ein paarmal und streckte ihre langen Beine aus. Dabei schimmerten die seidenen Nylonstrümpfe wie Perlenglanz bei jeder ihrer Bewegungen.

»Darf ich an Ihren spitzen …, äh, Absätzen lutschen?«, fragte Kommissar Klotz plötzlich gedankenverloren und schaute wie gebannt auf die giftgrünen Pumps an ihren Füßen.

»Wir sind hier nicht im Puff, Klotz!«, schnauzte Lothar ihn an und wendete sich wieder an Frau Pilz: »Wo also war der Verkehrsunfall?«

Wiederum nickte sie, zog ihren Rock hoch bis über die Hüfte und antwortete: »Herr Kommissar, mein Eber war …«

»Eber? Wer ist das denn nun schon wieder?«, unterbrach Lothar sie ungehalten. »Sie müssen sachlich bleiben!«

»Entschuldigung, ich nannte meinen Ehemann Eber! Eigentlich hieß er Eberhard. Also er war an dem besagten Abend bei meiner besten Freundin Lola, dieser Schlampe, und hat sich von ihr einen gewaltigen Ständer blasen lassen. Er hatte dadurch so dicke Eier bekommen, dass sogar noch Stunden nach der Erektion sein Schwanz wie eine Eins stand. Auf der Heimfahrt hatte der Arme dann, dadurch immer noch vollkommen durcheinander, die Pedalen im Auto verwechselt. Anstatt zu bremsen, hat er wohl Gas gegeben und ist frontal gegen einen Baum gefahren. Die Feuerwehrleute hatten ihre Last, ihn aus den Trümmern zu bergen, denn sein

Ast hatte sich durch den Aufprall mitten durch die Armatur seines Mercedes gebohrt.«

»Oh Gott, das tut mir leid!« Lothar schüttelte voller Bedauern den Kopf. »Wie lange ist das nun her?«

»Nicht lange genug, Herr Polizeimann, es ist nicht mehr der Rede wert!«

»Ach so?« Lothar schien irgendwie erleichtert. »Tja, äm, gut, dann kommen wir auf unseren Ansatz von vorhin zurück, Frau Pilz, äm, Romina! Sie hatten also Ihren Orgasmus!«

»Den hatte sie nun schon drei Mal!«, quatschte Kommissar Klotz dazwischen. »Sie hatte sich bereits ihre Finger und die Möse abgespült, als es an der Tür klingelte, Couch!«

»Ach ja, äm, stimmt! Wie ging es nach Ihrer Intimpflege weiter, Frau Pilz?«

Sie dachte nach und fuhr mit dem Zeigefinger in kleinen kreisenden Bewegungen über ihr blank rasiertes Schambein. »Glaube, ich ging dann zur Tür und machte sie auch auf!«

»Nackt oder befleckt …, äh, bedeckt?«, wollte Kommissar Klotz von ihr wissen. »Das ist sehr wichtig für unsere Ermittlungen. Wir müssen wissen, welchen ersten Eindruck das Opfer von Ihnen hatte.«

»Meine Güte, Ihre Arbeit ist aber auch kompliziert! Ja, soweit ich mich erinnern kann, hatte ich gar keine Zeit mehr, mir großartig was überzuziehen. Meistens sind Freier so gierig auf einen Fick, dass sie recht schnell ungeduldig werden und lieber kehrt marsch in den nächsten Puff machen, bevor sie bei mir ewig darauf warten müssen!«

»Nachvollziehbar!«, bemerkte Lothar. »Und dann?«

»Wir begrüßten uns mit gespielt freudigem Hallo, und was mir besonders auffiel, die Augen von Herrn Balzer verfinsterten sich irgendwie. Ich konnte sagen, was ich wollte, aber er starrte nur noch auf meine Brüste. Plötzlich faselte er etwas von Seniorenfick und dass seine Pension nicht so hoch sei wie das Gehalt seines Bruders. Er rückte ständig seine Brille zurecht und brummelte nur, sein Bruder hätte ihn geschickt. Er wolle in jedem Fall heute dessen Position einnehmen. Ohne mich zu fragen, hielt er mir seine Schimmelstange unter die Augen, und ich fand mich binnen Sekunden unter seinem Sackgesicht wieder. Wissen Sie, das ging alles so schnell. Ich wollte ihn gerade ermahnen, da hatte ich auch schon den Mund voll! Wenn Sie verstehen, was ich meine!«

»Nicht ganz, äm, könnten Sie das bitte näher ausführen?«, fragte Kommissar Klotz höchst interessiert und kratzte sich hörbar am Bauch.

»Ja, hm …«, sagte Frau Pilz, zog plötzlich die Knie an und klappte ihre Beine weit auseinander, »ich lag kaum unter ihm, da steckte er mir einfach seinen Schwanz in den Mund!«

»Was … was, äm, wollten Sie ihm denn sagen?«, stotterte Lothar und machte sich den Hosenlatz wieder auf.

»Mein Eber hat doch überall Selbstschussanlagen im Haus einbauen lassen! Eine falsche Bewegung und hier kracht es! Puh … Entschuldigung, aber ich schwitze!« Sie schob die Träger ihres Kleides und des Büstenhalters von den Schultern und legte ihre Brüste frei.

»Selbst … selbst …, äm …« Lothars Stimme schien bei diesem Anblick nicht mehr zu gehorchen. »Selbstschussanlagen, warum das denn? Äm, äm, Klotz, hast du das gewusst? Hast du, äm, äm, weil du da so blöde sitzt und vor dich hin grinst?«

»Nee, wusste ich nicht, Couch! Ist das in diesem Moment nicht auch völlig egal? Ich sehe doch schon von hier aus, wie sich deine Spritze auflädt!«

Plötzlich setzte sich Frau Pilz in den Schneidersitz, sodass beide Kommissare den roten String zwischen ihren Beinen sehen konnten.

»Strapse!«, hauchte Kommissar Klotz und sein Kopf wurde auf einmal purpurfarben.

»Und … und bis zum Arsch rasiert! Blankenese …, äm, äm, blanke Möse!« Lothar verlor den Faden.

»Ich erklär Ihnen das gerne, meine Herren!«, säuselte Frau Pilz, wusste sie doch genau, worauf die beiden Männer abfuhren.

Die Kommissare nickten begeistert und sie erzählte weiter: »Ja, mit vollem Pelzbesatz zwischen den Beinen kann ich verschiedene Szenen gar nicht drehen! Man sieht dann entweder den Schwanz des Mannes nicht richtig, wie er in mich eindringt, mich stößt und wieder rausflutscht, oder die Schamhaare hängen dem Hauptdarsteller bei der Leckszene ständig in den Zahnlücken. Der fängt an zu spucken und es ist aus! Die Szene ist gelaufen. Der Regisseur explodiert dann immer, wenn er so oft von vorne drehen muss, und bricht sauer alles ab! Übrigens, bevor Sie fragen, ja, mein Arschloch ist auch rasiert! Wenn das Ihrer Aufklärung des Mordfalles hier dienlich sein kann, zeige ich es Ihnen selbstverständlich gerne!«

»Hm, wenn ich eine Zwischenfrage stellen darf?« Lothar schluckte heftig und begann in seiner Unterhose zu wühlen. »Rom…, Romina …, äm, äm, wenn Sie so kahl-schlitzig sind, äm, äm, puh, äm, und Sie stehen, ist dann das Fet…, Fet…, Fet …«

Kommissar Klotz merkte, dass sein Kollege nicht recht weiterkam, und half ihm aus der Verlegenheit. Dabei öffnete auch er seinen Hosenlatz ein Stück weit und sagte: »Du meinst Fettschürze, Couch? Das kann ich mir bei dem Knochengerüst hier jetzt nicht vorstellen!«

»Nein, Depp, äm, das hängende Dings, meine ich, Frau Piss, äm, helfen Sie mir, wie nennt Mann das?« Doch ihm fehlte das Wort und er unterbrach grübelnd den Satz. Vorrangig musste er nun erst einmal seinen Penis aus dem Seitenschlitz der Unterhose freilassen, sonst würde er noch ungewollt in den Stoff abspritzen.

Auch Kommissar Klotz hatte keine Ahnung, was Lothar meinte, und zog derweil seine Jeans bis auf die Knie herunter. »Das interessiert mich jetzt aber auch, Couch!«, schluckte er. »Was genau willst du denn wissen?«

Frau Pilz zuckte ratlos mit den Schultern. »Wie soll ich Ihnen weiterhelfen, Herr Kriminalist, wenn Sie sich wortmäßig nicht artikoagulieren können?«

Lothar wiegte zweifelnd mit dem Kopf. »Sie meinen artikulieren!« Er hatte die Augen halb geschlossen und massierte sich in freudiger Erregung den Schwanz. Unter Stöhnen sagte er weiter: »Äm, puh, Frau Pilz, ich weiß mich nicht nur auf der Toilette, sondern auch sehr wohl sonst auszudrücken! Bitte unterlassen Sie künftig diese Belehrungen! Äm, stellen Sie sich mal …, äm, auf die Fü…, Füße, puh! Ziehen Sie dabei Ihren … Ihren Rock noch mehr über die Hüfte und den String zwischen den Beinen weit zur Seite. Nur so … so kann … kann ich eine exakte Detailanalyse vornehmen!«

Frau Pilz fügte sich und stand auf. Langsam zog sie den roten Seidenstoff ihres Minikleides so weit es ging bis hoch zur Taille. Hielt den Stoffstreifen vor ihrer Möse weg und fragte: »Meinen Sie so? Ist das so recht?« Voller Hoffnung, dass sie alles richtig befolgt hatte, sah sie abwechselnd von einem zum anderen.

»Korrekt! Voll korrekt!«, antwortete Kommissar Klotz anstelle seines Kollegen und zog scharf die Luft zwischen den Zähnen ein, während Lothar in der Zwischenzeit seine Lippen spitzte und vom Sessel rutschte.

Vom Boden aus kommandierte er kraftlos: »Frau Pilz, noch mehr breitbeinig, mehr spagat- …, puh, -mäßig, kapiert?«

»Jetzt weiß ich, was du vorhin gemeint hast«, rief Kommissar Klotz in höchster Erregung und kraulte sich leidenschaftlich die Eier. »Du meintest ihr Fetzchen!«

»Richtig, Klotz! Du scheinst auch erst richtig denken zu können, wenn deine Leitung lang genug ist!« Sofort wandte er sich wieder an die Verdächtige: »Sie stellen sich jetzt mal wieder gerade hin und öffnen die Beine nur leicht, ganz, ganz, ganz … puh, ganz leicht … nur!«

»Mach ich, Herr Polizist! Soll ich die Strapse abknöpfen?«

»Auf keinen Fall!«, schrie Kommissar Klotz plötzlich unbeherrscht. »Auf keinen Fall, Couch, knöpft die jetzt die Dinger ab!«

»Nein, Klotz, du bleibst ruhig und die bleiben dran! Aber siehst du, was ich auch sehe?«

»Bei der Pilz jetzt?«

»Ja, Mensch, Klotz!«

»Nein, was denn?«

»Glotz der Alten doch mal …, mal, boa, genau zwischen die Beine, Klotz! Man kann …, boa, äm, äm, das Fetzchen weit raushängen sehen! Boa, geil!«

»Verdammt, ja, jetzt wo du's sagst! Mein lieber Schwan und die scharf rasierten Schmolllippen. Scharf, einfach nur scharf!« Kommissar Klotz schmolz dahin. »Allein das Hinsehen tut mir schon richtig gut, Couch! Bei meiner Alten ist da unten immer alles so zugepelzt, dass ich schon lange nicht mehr einen so freien Blick über die Prärie hatte!«

Plötzlich klopfte es mehrmals laut an der Wohnzimmertür.

»Wer kann das sein, Klotz?«, fragte Lothar und stopfte enttäuscht seinen Schwanz wieder zurück in die Hose.

»Keine Ahnung! Vielleicht ist der Tote wieder erwacht! Du musst hingehen! Ich kann mit den dicken Eiern jetzt nicht laufen!«

»Wie stellst du dir das vor? Ich komme gar nicht erst hoch!«, entgegnete Lothar und bekam nur umständlich den Hosenknopf zu.

»Aber ich kann doch …!«, bot Frau Pilz lächelnd ihre Hilfe an. »Mir macht es nichts, wenn die Leute mich nackt sehen. Ich bin das gewohnt – und ja, ich liebe es sogar!«

»Na, Sie trauen sich was! Aber gut, Romina, gehen Sie!«, stimmte Lothar zu. »Ich gebe Ihnen derweil Feuerschutz!«

Frau Pilz nickte und ging zur Wohnzimmertür. Es klopfte mittlerweile energischer und heftiger.

»Seien Sie mutig! Ich liege für Sie im Anschlag!«, rief Lothar ihr nach.

Tapfer griff Frau Pilz nach der Klinke, riss die Tür auf und sagte mit freundlicher, aber strenger Stimme: »Was sind Sie, wie wollen Sie es und wer will was von mir?«

»Oh, oh, oh …«, stotterte eine männliche Stimme, »oh, oh, oh, Entschuldigung! Ich wollte eben nur … nur fragen, ob meine Kollegen Klotz und Couch-Eck bei Ihnen sind. Wir haben … haben nämlich eine heiße Spur gelegt!«

Kommissar Klotz drehte die Augen an die Decke und bewegte sich mit noch heruntergelassener Hose hüpfend neben Frau Pilz. »Wir auch, Karl!«, bemerkte er. »Was gibt's denn?«

»Oh, oh, oh …«, stotterte er wieder und seine Blicke blieben auf den nackten Brüsten der Pornodarstellerin haften. Dann beugte er sich näher zu ihr und fragte: »Kann ich Sie nachher mal unter sechs Augen sprechen?«

»Gerne, Herr Beamter!«, antwortete Frau Pilz und schüttelte ihre Oberweite kräftig durch. »Nur, dass die zwei rosigen Augen, auf die Sie gerade so starren, keine besonders guten Zuhörer sind!«

Verlegen wich er zurück. »Oh, oh, oh …, ich meine nicht Sie! Ich meine die … die beiden Kollegen!«

»Schon gut, Karl, wir kommen nach draußen!«, sagte Lothar und stand etwas umständlich vom Boden auf. »Sie, Frau Pilz«, und er richtete dabei die Pistole auf die junge Frau, »Sie warten hier gefälligst und rühren sich keinen Zentimeter von der Stelle, wenn wir Ihnen das nicht vorher ausdrücklich erlauben! Das ist eine polizeiliche Anordnung, kapiert?«

»Ja, schon gut, Herr Polizist, ich warte hier!«, sagte sie eingeschüchtert und verschränkte die Arme über der Brust.

»Klotz, bist du so weit?«, fragte Lothar.

»Geht …, aber wir können!«

»Mir nach, die Herren Kommissare!«, sagte Karl und führte sie zurück in das Zimmer, in dem das vermeintliche Verbrechen stattgefunden hatte.

»Die Leiche wurde abgeholt, Karl?«, fragte Lothar verwundert und sah auf den leeren Schreibtischstuhl.

»Ja, aber schon vor einer halben Stunde, Herr Kommissar Couch-Eck! Hier, sehen Sie!«, erklärte Karl stolz. »Diese Idee ist auf meinem Mist gewachsen!« Er holte einen Kugelschreiber aus seiner Tasche und zeigte damit in jede Ecke auf dem Boden.

»Ich glaub, mein Schwein pfeift! Was ist denn das für ein weißes Zeug überall, Karl?«, fragte Kommissar Klotz.

»Ganz einfach, ich habe den Boden mit handelsüblichem Mehl einstauben lassen! So wird es uns möglich, Fußspuren außerhalb dieses Raumes zu sichern, und zwar von denjenigen, die sich illegal in diesem Büro herumtreiben, hier vielleicht unerlaubt etwas suchen oder sogar verbotenerweise etwas finden wollen!«

»Genial, Karl!«, sagte Lothar bewundernd. »Nach Angaben von Frau Pilz fehlt ja bislang hier nichts!«

»Vielleicht blieb der Täterin oder dem Täter keine Zeit mehr zum Stehlen, weil Bruno Balzer dazwischenkam, und vielleicht kommt die oder der noch mal wieder!«, gab Karl zu bedenken.

Lothar nickte wiederum. Während er auf Zehenspitzen dem Mann von der Spurensicherung folgte, sagte er: »Endlich mal etwas, Karl, was logisch klingt! Eine komplett neue Variante des Tathergangs und für mich eine vollkommen einleuchtende Theorie! Du, Karl, Frau Pilz behauptet, im ganzen Haus seien Selbstschussanlagen installiert. Haben Sie das überprüft? Hat sich der Todesschuss womöglich aus einer der Anlagen gelöst und Herrn Balzer versehentlich getroffen?«

»Es gibt einen Zentralschalter im Stromkasten dafür«, antwortete Karl. »Der ist unten im Keller. Habe nachgesehen. Der Einschalter für diesen Verteidigungsmechanismus stand auf ›Aus‹. Hätte also gar nicht funktionieren können, und da sich auf dem dafür notwendigen schwarzen Umlegehebelchen eine mindestens ein Zentimeter hohe Staubschicht angesammelt hat, ist das ein bestätigendes Zeichen, dass daran schon lange keine Veränderung mehr vorgenommen wurde!«

»Hm, tja, merkwürdig! Frau Pilz wusste also gar nicht, dass die Anlage ausgeschaltet war? Die ganze Sache scheint immer undurchsichtiger zu werden!«, seufzte Kommissar Klotz, der den Raum nicht mehr betrat, sondern von der Tür aus seinen Senf dazugab. »Wirklich ein schwieriger Fall!«

»Du hast recht, Klotz!«, sagte Lothar und wandte sich an Karl: »Und dass sich ein Schuss einfach so von selber löst, ist das eventuell möglich?«

»Schwer, eventuell nur durch starke, sehr starke Erschütterungen. Ein Erdbeben ab Stärke sieben käme hierfür in Betracht und könnte somit ein Auslöser werden!«

Lothar senkte nachdenklich den Kopf und ging ein paar Schritte in dem Mehl auf und ab. Dann drehte er sich zu Kommissar Klotz um. »Du, frag doch gleich mal in der Wetterzentrale nach, ob es hier im Dichter-Viertel ein solches Beben gegeben hat!«

»In Ordnung, Herr Feldwebel!«, entgegnete der knapp und salutierte vor ihm.

»Gut, Klotz, ich übernehme dann die schwierige Aufgabe und werde mich noch einmal mit der Pilz beschäftigen!« Breit grinsend klopfte er sich mit der rechten Hand auf den Hosenlatz, ehe er sich wieder Karl zuwandte: »Wann denken Sie, sind die Spuren ausgewertet?«

»Frühestens Ende der Woche! Heute haben wir Donnerstag, folglich morgen Freitag, tja, dann Samstag am Spätnachmittag!«, antwortete Karl und rückte seine übergroße Hornbrille auf der langen dünnen Nase zurecht.

Lothar gab sich zunächst einverstanden, doch dann wurde er auf einmal ärgerlich: »Scheiße, da fällt mir ein, ich wollte Samstagabend in den Singletreff auf der Rotmeile, um eine Frau aufzureißen! Ich toure schon die ganze Zeit auf Handbetrieb, und nach einem halben Jahr, denke ich, ist es mal wieder an der Zeit, in ein weibliches Loch zu stoßen! Da ich mir für das Ficken dieses Wochenende Urlaub eingetragen habe, kann ich die Ergebnisse frühestens am Montag abholen!«

»Das ist mir egal, Herr Kriminalhauptkommissar. Wann Sie wie was können, ist allein Ihre Sache!« Karl klatschte entschlossen in die Hände und rief dann seine Mitarbeiter zusammen. »Leute, packt ein! Wir sind für heute fertig hier!«

»Na dann, schönen Feierabend, Karl!«, sagte Lothar und machte sich auf den Weg zum Wohnzimmer, wo Frau Pilz auf ihn warten sollte.

Noch im Flur kam Kommissar Klotz ihm vollkommen abgehetzt entgegen. »Schon wieder da?«, rief Lothar ihm enttäuscht entgegen, wollte er die Befragung mit der Verdächtigen doch viel lieber allein fortsetzen.

»Couch«, schnaufte sein Kollege, »laut Wetteramt gab es bundesweit kein einziges Erdbeben, nicht mal ein Donnerwetter! Die geben mir das datenmäßig noch auf den Rechner, damit ich das ausdrucken und zu den Akten nehmen kann!«

»Klasse Arbeit, Klotz!«, sagte Lothar mit gedrückter Stimmung. »Befragen wir nun noch unsere Rotfotze hier, und dann fahren wir zurück aufs Revier, um unseren Bericht für den Chef zu schreiben!«

Kommissar Klotz nickte und öffnete die Wohnzimmertür, noch bevor Lothar auch nur einen Finger an die Klinke legen konnte. Frau Pilz stand unverändert starr auf ihrem Platz, wie die beiden sie verlassen hatten.

»Frau Pilz, was ist denn mit Ihnen passiert?«, rief Lothar entsetzt, als er die große Wasserlache zwischen ihren Füßen sah. »Haben Sie so viel weinen müssen?«

»Nein, Herr Polizist! Ich … ich musste mal Pipi, und da Sie angeordnet hatten, ich dürfe mich nicht bewegen, wusste ich nicht, wie ich das noch länger einhalten sollte!«

»Sehen wir das positiv!«, warf Kommissar Klotz ein und schluckte tief. »Wenn Sie mal groß gemusst hätten, wäre das für alle Beteiligten hier viel unangenehmer, nicht wahr?«

Frau Pilz nickte dankbar. »Darf ich mich nun wieder rühren?«

»Ja, natürlich, Frau Piss …, äm, Pilz«, antwortete Lothar, »und wischen Sie das auf! Aber vorher muss ich …!« Doch er sprach seinen Satz nicht zu Ende, sondern bückte sich neugierig nach der Urinpfütze und roch ausgiebig daran. »Nicht schlecht, Herr Specht! Äm, können Sie immer so viel, äm, also ich meine, Sie mussten aber viel pinkeln!« Er kam aus der Hocke wieder hoch und sah ihr tief in die Augen. »So viel Pisse, Frau Pilz? Wissen Sie, das war bei meinen Frauen immer dann der Fall, wenn sie sehr aufgeregt waren! Was hat Sie denn bitte so aufgeregt?«

Doch anstatt zu antworten, stellte sie eine Gegenfrage. »Wieso war? Sind ihre Frauen alle tot?«, grinste sie und friemelte sich ein neues Taschentuch aus einem

Plastikpäckchen, das auf dem Wohnzimmertisch lag. Anschließend zog sie ihr Kleid und den String aus, sodass sie nur noch mit Hüfthalter und Strapsen vor ihnen stand. Gelassen machte sie die Beine breit und tupfte sich ungeniert die Möse trocken.

Kommissar Klotz beobachtete äußerst spitz jeden Handgriff von ihr. Lothar schluckte mehrfach, wie er Frau Pilz so in natura vor sich stehen sah. Diese perfekten Rundungen und der irre Geruch von Urinstein, der zwischen ihren Beinen ausströmte. Er schloss kurz die Augen, um seine geistige Fassung wiederzuerlangen. Nachdem er glaubte, so weit zu sein, sagte er: »Rohrprima, äm, Romina, wir haben Ihnen doch schon einmal gesagt, wir stellen hier die Fragen!«

Sie zuckte gleichgültig mit den Schultern und ging wortlos quer durch das Zimmer an einen großen Wandschrank, der auf Anhieb nicht als solcher zu erkennen war, da die Türen von der Zimmertapete nicht zu unterscheiden waren. Hastig machte sie ihn auf und bückte sich nach der untersten Schublade.

»Keine schnellen Bewegungen, Frau Pilz!«, brüllte Lothar auf einmal los, dass sich selbst Kommissar Klotz über diesen Ausbruch an den Kopf greifen musste.

»Nein, nein, keine Sorge! Ich kann gar nicht so schnell, wie das in meinen Pornofilmen immer dargestellt wird!«, erwiderte sie ganz ruhig und bückte sich in Zeitlupe noch tiefer.

»Mein lieber Herr Gesangsverein!«, hauchte Kommissar Klotz erregt, als er die Entfaltung der Hinterschinken von Frau Pilz so rein zufällig beobachtete. Es nahm ihm fast die Luft zum Atmen. »Couch, kannst … kannst du die Fotzen …, äh, die Fragen stellen? Ich bin einfach irgendwie danaben!«

»Klar, äm, äm, kein Problem für mich!« Lothar versuchte, seinen Blick von ihrem Arsch abzuwenden, und fragte: »Was machen Sie denn da so lange? Wir haben bald Feierabend und wollen Sie gerne vorher noch im Kreuz nehmen! Äm, äm, ins Kreuzfeuer nehmen!«

»Suche nur einen Lappen, Herr Polizist, zum Aufwischen!«, gab sie in gebückter Haltung zwischen ihren Beinen hindurch zur Antwort.

»Ach so!« Erleichtert sah Lothar zu Kommissar Klotz hinüber und konnte es nicht glauben. Seinem Kollegen stand ein weißlicher Schaum in den Mundwinkeln und fast chronisch spitzte der immer wieder die Lippen. »Herrgott, Klotz!«, wies er ihn zurecht. Doch auch er konnte nicht länger umhin, sich ausgiebig den Arsch der Verdächtigen anzuschauen. Ihre Pflaume hing gut gebettet zwischen den Beinen, zum Greifen nah nur wenige Schritte von ihm entfernt. Eine Hitzewallung nach der anderen erfasste seinen Körper. »Scheiße, äm …«, fluchte er, »diese verdammten Weiber!«

Kommissar Klotz schreckte durch Lothars Worte hoch. »Ganz ruhig, Couch, denke, bei der besteht keine … keine akute Fickflucht-, äh, Fluchtfick-, Flickflucht-gefahr!«

»Danke, Klotz! Das beruhigt mich ungemein. Aber wenn du ein bisschen Verstand hättest, würdest du erkannt haben, dass allein ihre Hochreckigen …, äm, Hochna-ckigen, Scheiße, Hochhackigen eine Flucht gar nicht zuließen!«

»Korrekt, Couch, vollkommen korrekt!« Kommissar Klotz verschränkte die Arme über der Brust, lehnte sich gemütlich an die Sessellehne und genoss weiterhin die Aussicht. Plötzlich setzte er sich wieder auf. »Couch, du, wäre es nicht von absoluter Wichtigkeit zu wissen, wie viele Haken diese Strapse haben? Schließlich löst das mitunter die Zeitfrage! Wie lange musste der Tote da bei ihr herumfummeln, bis ihm das Geschoss zum Verhängnis wurde?«

»Äm, ja, Klotz! Daran habe ich auch schon gedacht. Nun lass sie doch erst einmal die Pisse wegmachen!« Lothar stellte sich direkt hinter Frau Pilz und ging in die Knie. »Vier!«, sagte er und schaute zu seinem Kollegen hinüber.

»Jede Frau hat höchstens zwei Löcher, Couch!«, rief Kommissar Klotz zurück. »Ist dir der Fall bereits schon zu Kopf gestiegen, oder was?«

»Ich meine die Strapshaken, du Idiot!« Lothar drehte sich wieder zu Frau Pilz. »Nun, wie weit sind wir denn jetzt, hm?«

»Oh, ich werde einen Teufel tun, mich in ihre Arbeit einzumischen!«, antwortete sie säuselnd und zog einen blauen Wischlappen aus der Schublade hervor.

»Nein, nein, äm …!« Lothar schüttelte den Kopf über sich selbst. Er hielt es für besser, mehr Abstand zur Tatverdächtigen einzuhalten, peilte das Sofa an und ließ sich dort nieder. Da ihm die Kniegelenke von der Hocke schmerzten, legte er sich auf den Rücken und streckte seine Beine aus. Massive Müdigkeit erfasste ihn und er musste ein paarmal hintereinander ausgiebig gähnen. Dann sah er zu Frau Pilz und wartete geduldig mit dem weiteren Verhör, bis sie mit dem Putzen fertig war.

In der Zwischenzeit probte Kommissar Klotz das Masturbieren. Heimlich mas-sierte er seinen Schwanz in der Hose und kraulte sich die Eier.

Der jungen Frau entging das natürlich nicht und sie kam noch mit dem Lappen in der Hand auf ihn zu. »Wenn Sie dazu mal aufs Klo müssen, Herr Polizist, dann sagen Sie's ruhig. Die Toilette ist den Gang entlang. Die letzte Tür auf der rechten

Seite. Gar nicht zu verfehlen. Bevor es Ihnen nachher genauso geht, wie mir mit der Pfütze vorhin, gehen Sie besser mal!«

»Reizend, ja, danke, Frau Pilz!«, sagte Kommissar Klotz leicht irritiert. »Sie sind ja beinahe wie eine Mutter zu mir! Ja …, dann werd ich mal! Couch, bis gleich!«, stand auf und verschwand aus der Tür.

Frau Pilz setzte sich auf einen der Sessel und spielte mit der Zugstange des Vorhangs herum. Dann sah sie Lothar mit verschleiertem Blick an und sagte mit etwas weicherer Stimme: »Schade, dass diese Dinger hier so schmal sind! Die sind von der Länge her ideal, aber sonst nicht zu gebrauchen!«

»Äm, äm, äm, Sie treiben es mit diesen Dingern, Stangen?« Wieder schluckte er, und um endlich von diesem Thema abzukommen, fragte er sie: »Können Sie sich erklären, wie es möglich war, dass Herr Balzer lebendig bei Ihnen an der Tür klingelte, Sie ihn aber tot in Ihrem Büro aufgefunden haben? Ich meine, wie ist er Ihrer Meinung nach dahingekommen?« Lothar richtete sich wieder auf, denn er musste sich noch für das Singletreffen am Wochenende vorbereiten und vorher noch ausschlafen. Auf keinen Fall wollte er da wie der letzte Penner erscheinen und deswegen rechtzeitig zu Hause sein.

»Tja, Herr Kommissar, ich bin zwar nur Laie auf dem Gebiet, aber soweit ich das beurteilen kann, ist er wohl selbst in mein Büro gelaufen!«

»Aha, Sie wissen es also nicht genau? Kann denn bei Ihnen jeder tun und lassen, was er will?«

»Ei …, sind wir doch mal ehrlich, Herr Polizist, wenn die Kohle stimmt!«

»Wollen Sie mir damit sagen, dass Bruno Balzer dafür bezahlen musste, zu Ihnen ins Büro laufen zu dürfen, Frau Pilz?«

»So ungefähr! Allerdings habe ich Ihnen bereits vorhin schon gesagt, dass der gar kein Geld bei sich hatte!« Sie schlug die Beine übereinander und lehnte sich müde zurück. Dann fuhr sie sich mit beiden Händen durch die langen roten Haare und sah ihn mit ihren rehbraunen Augen erwartungsvoll an. »Können wir für heute Schluss machen, Herr Kommissar? Ich habe tierischen Durst, bin unheimlich müde und konnte mich seit heute Morgen nicht einmal frisch machen!«

Lothar biss sich auf die Unterlippe und sagte: »Das war auch gar nicht nötig, Frau Pilz. Ich bin ein ganz normaler Mann und kein Oberarzt! Ich besitze einen durchschnittlichen animalischen Grundinstinkt. Bei mir muss nicht jedes Loch tausendprozentig sterilisiert sein und nach Sackrotan riechen!«

»Sie sind sehr gütig, Herr Polizist! Dann reden wir ein andermal weiter?«

Lothar hob seine rechte Hand. »Nicht so schnell! Äm, eine Frage habe ich noch, Frau Pilz! Wie kann es sein, dass Herr Balzer von der Selbstschussanlage erschossen worden ist, wenn der Mechanismus dafür in Ihrem Keller gar nicht eingeschaltet war?«

»Wie …, der war gar nicht an?«, rief sie verwundert aus. »Tja, was soll ich sagen? Dann lag es wahrscheinlich daran, dass mein Mann die Kanonenrohre teilweise mit Platzpatrioten bestückt hatte. Er sagte immer, die würden von Zeit zu Zeit von selber explodieren, aber der Einschüchterungseffekt sei derselbe! Dabei musste er wohl vergessen haben, die Anlage wieder anzumachen!« Nachdenklich stützte sie ihr Kinn. »Aber wenn ich schon mal überlege, ich hab's gar nicht knallen hören! Das ist das, worüber ich mir schon die ganze Zeit so meine Gedanken mache! Kein lauter Knall, kein Schuss, nichts!«

»Stark, Frau Pilz, dass Ihnen wenigstens das noch eingefallen ist! Das hilft uns ungemein weiter! Sie als potenzstarke Hauptverdächtige müssen sich aus dem Schlamassel hier unbedingt selbst rausziehen! So wie Phönix aus der Asche, verstehen Sie?«

»Prima Tipp, danke! Ich werde mir auf jeden Fall noch mehr einfallen lassen, Herr Kommissar! Nur brauche ich etwas Zeit! Ich muss mir unter Umständen auch noch Notizen dazu machen, und da bin ich nicht besonders helle!«

»Fein, ja, einverstanden! Wir setzen das Gespräch am kommenden Montag um 10.00 Uhr in meinem Büro fort! Melden Sie sich bei Frau Heißluft, meiner Sekretärin!«

»Wenn's sein muss! Sie finden alleine raus?«

»Klar, aber ich muss noch auf meinen Kollegen warten. Der ist auf dem Klo!«

»Warten Sie bitte an der Eingangstür auf ihn, Herr Kommissar! Die Toilette befindet sich genau daneben! Sie können ihn dann gar nicht verpassen!« Sie schenkte Lothar ein unglaublich verführerisches Lächeln und kratzte sich intensiv zwischen den Arschbacken.

»Zwickt's?«, fragte Lothar und schaute ihr interessiert dabei zu.

»Sozusagen! Manchmal habe ich Tage, da kann ich den Gummi von den engen Stringstreifen zwischen den Schamlippen gar nicht vertragen. Da fühle ich mich wie eingeschnürt. An anderen Tagen wiederum spüre ich mit Wohlgefallen, wie der Stofffetzen meine Klitoris reizt und ich feuchte voll ab!«

»So, so!« Wieder spürte Lothar seine Eier in der Hose dicker werden. »Da gibt's …, äm, dann also Unterschiede?«

»Ja, ja!«, sagte sie selbstbewusst, stand auf und zog sich das Kleid wieder über. »Und die sind nicht ohne!«

»Äm, äm, tja, äm … dann bis Montag, Frau Pilz!« Überhastet ließ er sie stehen und rief nach seinem Kollegen. »Klotz, alter Sack, bist du immer noch nicht vom Klo runter?«

»Ich war gar nicht drauf, Couch!« Kommissar Klotz kam hinter der Treppe hervor. »Wollte vor dem Fickloch nur den Schein wahren. Aber was hast du denn so lange noch mit der rumdiskutiert?«

»Äm, weiß du, Fragen über Fragen und ein Wort gibt das andere! Das macht schließlich unseren Job aus! Du weißt ja, wie das ist! Übrigens, Frau Pilz kommt am Montag um 10.00 Uhr in mein Büro. Apropos kommen, wir fahren ohne Umschweife aufs Revier zurück und schreiben den Bericht. Ich brauche noch Zeit für mich, damit ich mich zumindest waschen kann, bevor ich heute Abend Weiber treffe!«

Auf dem Weg zum Wagen fragte Kommissar Klotz: »Du schleppst die Weiber von diesem Singlepuff ab? Wolltest du nicht erst am Wochenende dorthin?«

»Treff, Klotz! Es ist nur ein Treff, und ja, du hast recht! Ich habe es mir kurzfristig anders überlegt! Ich brauche jetzt schon eine Frau!«

»In dem Treff, läuft das da so mit Nummern ziehen, Telefon und anschließend die gewählten Weiber durchficken?«

»Richtig, Klotz, mehr ist es nicht!«

»Ich komme mit, Couch!«, sagte er und schloss den Polizeiwagen auf.

»Wie, warum das …, denke, ihr wollt ein Kind machen?«

»Ich habe mich eben anders entschieden! Meine Alte läuft mir nicht weg! Da findet sich außer mir sowieso niemand mehr!«

»Hast du sie so sehr verschlissen, Klotz?«

»Im Gegenteil! Ich habe sie vor der Ehe zu sehr verwöhnt! Dadurch ist die schneller gealtert, als ich es vorher bedacht habe!« Er lachte und kippte sein Sperma aus dem Plastikbecher neben den Wagen.

»Wichser!«, sagte Lothar und ließ sich auf den Beifahrersitz nieder.

Kommissar Klotz überhörte die Bemerkung und startete den Motor.

3.

Auf dem Revier angekommen packte Lothar seinen Kollegen an den Schultern und schob ihn hastig erst einmal in dessen Büro.

»Sachte, sachte, was ist denn mit dir?«, fragte Kommissar Klotz vollkommen überrascht. »Dachte, du stehst nur auf Weiber?«

»Schwätz nicht! Ich will nur der Heißloch nicht begegnen! Gleich ist es 15.00 Uhr, da packt die für gewöhnlich ihren Krempel zusammen und geht!«

»Nachmittags schon?« Er befreite sich energisch aus Lothars Griff.

»Die hat Altersteilzeit, Klotz! Wenn ich die Schreckschraube heute vor Dienstende noch einmal sehen muss, dann kriege ich nachher mit Sicherheit keinen mehr hoch. Du gehst jetzt mal rüber in mein Büro und tust so, als ob du mich suchen würdest, und sobald die sich verpisst hat, gibst du mir Bescheid!«

»Och nö, wieso denn das? Auf den Anblick hab ich jetzt keinen Bock!«

»Herrgott noch mal, Klotz, mit dir kann man auch gar nichts anfangen!«, brauste Lothar auf. »Beweg deinen Arsch und tue mir den Gefallen!«

»Bei aller Kollegialität, Couch, aber ohne mich! Außerdem muss ich dringend unter die Dusche, bevor ich später mit dir in den Puff gehe. Ich verschwinde mal eben in die Mannschaftskabine!« Schon war nur noch sein Rücken zu sehen.

Lothar fegte verärgert ein paar lose Papiere von Kommissar Klotz' Schreibtisch und brüllte hinterher: »Und der Bericht, du Arsch?«

Doch er gab keine Antwort mehr.

Maulend verließ Lothar dessen Büro, knallte die Tür hinter sich zu und überlegte laut: »Wie kann ich die grässliche Grauhaarfotze da vorne nur umgehen?« Aber es war schon zu spät und ihr Gekrächze nicht zu überhören.

»Herr Couch-Eck, na toll, dass man Sie heute auch noch mal hier sieht! Der Polizeipräsident fragt schon seit Stunden nach Ihnen, und ich weiß nicht, was ich ihm noch erzählen soll! Halten Sie besser Ihre Eier fest, denn er ist zutiefst angepisst, weil er Sie selbst über Handy nicht erreichen kann!« Sie setzte ein boshaftes Grinsen auf und stopfte sich genüsslich ein Stück Schokolade in den Mund.

»Hm, Balzer hat nach mir gefragt?« Hektik überfiel ihn. »Frau Heißluft …, Leißhuft ..., äm, verdammt, Sie altes Luftloch, bringen Sie mir noch einen Kaffee, bevor Sie hoffentlich gleich das Haus verlassen!«

»Tut mir leid, Chef, aber die Maschine ist bereits vor einer halben Stunde von mir gereinigt, entkalkt und abgestellt worden! Sie machen so etwas ja nicht!« Sie drehte sich auf den Absätzen herum und setzte sich wieder an ihren Arbeitsplatz. Wie wild tippte sie plötzlich auf der Tastatur ihres Computers herum.

Lothar musste jetzt irgendwo seinen Frust loswerden. Er beobachtete sie für einen Augenblick und bemerkte sarkastisch: »Um diese Zeit noch so sehr beschäftigt? Äm ...«, und er warf dabei schnell einen deutlichen Blick auf seine Armbanduhr, »in fünf Minuten haben Sie Feierabend, wenn ich recht informiert bin!« Heimlich ärgerte er sich maßlos, dass sie sich noch immer nicht anschickte, ihre Sachen zusammenzupacken.

Seine Sekretärin unterbrach sofort ihre Arbeit und legte vorsichtig ihre Brille beiseite. »Sie werden immer dreister! Wir haben hier gleitende Arbeitszeit, Sie Bürospritzer! Ich kann mir meine Zeit einteilen, wie es mir passt! Das gebührt nicht nur Ihnen, weil Sie sich hier für den großartigen Aufklärer halten!«

»Nun mal halblang, Frau ..., äm, Dings!«, presste er beschwichtigend zwischen seinen Zähnen hervor. »Bin doch froh, wenn sich so eine korpulente ..., äm, beziehungsweise kompetente und überaus angenehme Mitarbeiterin in meinem Vorzimmer herumquetscht ..., äm ... -quatscht. Da fühle ich nicht nur den Chef, sondern auch den Mann in mir!« Noch bevor ihm das große Kotzen kam und sie ihm Entsprechendes an den Kopf schleudern konnte, ging er schnell in sein Büro. »Noch was, Frau Heißlust«, rief er ihr noch durch den Türspalt zu, »ich will nicht mehr gestört werden!«

»Sie sind auch schon gestört genug, Sie Arschgeige!«, schrie sie ihm hinterher.

Lothar schloss die Tür und dachte laut nach: »Was mache ich nun zuerst? Rufe ich den Chef an, diesen alten Wasserkopf, oder reserviere ich einen Tisch für heute Abend im Treff?« Er entschied, dass die Vorbereitungen für einen aufregenden Abend wichtiger seien als das unangenehme Palaver mit Herrn Balzer. »Wo hab ich Trottel denn die Telefonnummer für den Sündenpfuhl?« Er durchsuchte seine Unterlagen, bis ihm das Stempelkissen einfiel. Richtig, dort hatte er die Nummer unten draufgeklebt. Vorsichtig drehte er es um und las: »333 666 66 und noch einmal die 6!« Schon allein beim Wählen der Nummer spürte er verstärkt ein Prickeln, das seinen ganzen Sack erfasste, und er wurde richtig fickerig, als er das dumpfe Dröhnen des Freizeichens durch seinen Dienstapparat hörte.

»Single-Zoo!«, meldete sich eine männliche Stimme.

»Äm, äm, ja, also ich möchte …, äm, heute Abend einen Tisch für zwei Personen bestellen, Couch-Eck!«

»Tisch für zwei Personen, gerne! Waren Sie schon mal bei uns?«, fragte der Mann.

»Ja, so, äm, im Halbjahresturnus! Je nachdem, wie stark oder schwach mir danach ist!«

»Schön zu hören! Tja, dann wissen Sie sicher, dass es in unserem gesamten Ambiente kein einziges Couch-Eck gibt? Wir haben nur bestuhlte Flächen und führen auch keine Separees!«

»Guter Mann, äm, äm, haben Sie was am Ohr? Mein Name ist Couch-Eck! Natürlich kenne ich Ihren Laden, in- und auswendig sogar! Also welche Tischnummer hätten Sie denn nun noch frei? Wenn's geht einen, der nicht mitten auf der Schaltfläche thront, sondern etwas abgedunkelt unter einer Rotlichtlampe steht!«, schnauzte Lothar ihn an und trommelte ungeduldig mit den Fingern auf den Schreibtisch. Schließlich hatte er noch anderes zu tun, als sich stundenlang bei diesem Blindgänger anzumelden.

»Ja, ja, Moment, Herr Couch-Eck, ich hätte da die Nummer 45! Die steht etwas separat an der Südwand und eine rote Funsel würde direkt über Ihrer Birne hängen! Dort zieht es zwar durch die Ritzen, aber wenn Sie ein richtiger Kerl sind, dann halten Sie das auch aus!«

»Gebongt! Bitte fixieren Sie Nummer 45 auf den Namen …«

»Ja, ja, Couch-Eck!«, unterbrach ihn der Mann. »Ich weiß und für wie viel Uhr?«

»Ei …, dann, wenn Sie aufmachen! Wann ist'n das eigentlich?«

»Das ist um 21.00 Uhr, denn wir öffnen erst um neun Uhr abends, Herr Couch-Eck!«

»Gut, danke, wir werden nicht eher da sein!« Lothar legte auf und stützte erschöpft seinen Kopf. Wie anstrengend der Tag heute war, merkte er erst in diesem Moment. »Hoffentlich wird das heute Abend nicht wieder so ein hormonmäßiger Horrortrip wie das letzte Mal!« Er seufzte tief und schaute auf die Uhr.

Noch hatte er ein bisschen Zeit. Er zog die Schublade seines Schreibtisches auf und holte eine Tafel Schokolade hervor, denn was Frau Heißluft konnte, vermochte er schon lange! Seit dem Frühstück um elf hatte er schließlich nichts mehr gegessen.

»Vollmilch-Nutt…, äm, -Nuss, lecker!«, schmatzte er laut und hatte gerade den Mund so richtig voll, als er sah, dass das blaue Lämpchen seines Dienstapparates leuchtete. »Fuck«, entfuhr es ihm, »der Wasserkopf, ausgerechnet!« Schnell schluckte er die fast noch unzerkaute Süßigkeit hinunter und meldete sich mit erstickender Stimme: »Herr Polizeipräsident Balzer, das ist aber nett, dass Sie mich mal anrufen!«

»Wieso ist mein bester Mann für mich nicht über Handy erreichbar?«, donnerte es am anderen Ende los.

»Äm, äm, ich hatte abgeschaltet, Chef, weil ich ungestört sein wollte!«, verteidigte sich Lothar.

»Sie machen das Ding sofort wieder an!«, hörte Lothar ihn brüllen. »Ich habe Sie auf einen brisanten Fall angesetzt! Einen Fall, der das Interesse der breiten Bevölkerung geweckt hat!«

»Sie meinen nur die Weiber, Herr Balzer?«, fragte Lothar dazwischen.

»Maul …, unterbrechen Sie mich nicht! Bis auf diese Sekunde genau, Couch-Eck, habe ich noch kein einziges Sterbenswörtchen über Ihre Ermittlungsergebnisse gehört! Erklären Sie mir das!«

»Ja, äm, äm, wir sind, also Klotz und ich, wir sind nach Ihrem Anruf heute Morgen auch direkt losgefahren und haben den Blasort …, äm, Tatort inspiziert.«

»Was? Klotz ist heute im Dienst? Das ist ja das Allerneueste!«

»Ja, Chef!«

»Na, dem werd ich mal gründlich den …!«

»Chef«, fiel ihm Lothar ins Wort, »diese rothaarige Analschaustellerin, wie heißt die noch mal? Äm, ich hab's gleich, äm, mir kommt's gleicht auf die Zunge!«

»Solange es Ihnen nicht woanders kommt! Sie heißt Pilz, Couch-Eck!«

»Richtig, ja! Ich wusste doch, ihr Name hängt irgendwie mit einer Krankheit zusammen, die meine Mutter mal zwischen den Fußzehen hatte! Wissen Sie, ich baue mir da immer kleine Eselsbrücken, Chef, wie damals vor der Prüfung, als ich den Hauptschulabschluss gemacht habe, und es funktioniert immer wieder!«

»Gleich donnert's im Gebälk!«, brüllte Herr Balzer weiter. »Die ungepflegten Plattfüße Ihrer Mutter interessieren mich einen Scheiß! Fakten, Sie Idiot! Rücken Sie gefälligst raus mit der Sprache! Was haben Sie herausbekommen?«

»Nun, Chef, Sie müssen sich nicht so künstlich aufregen! Sie sind es ja nicht, der dringend tatverdächtig ist! Obwohl Sie mir Ihr verwandtschaftliches Verhältnis zu dem Opfer verschwiegen haben!«

»Das geht Sie auch gar nichts an! Es geht hier um Mord und nicht um meine verwandtschaftlichen Verhältnisse!«

Lothar musste seine Hand auf die Hörmuschel halten, so laut war Herr Balzer geworden.

»Herr Polizeipräsident, Sie können mich mal! Aber …, äm, mit Frau Pilz sind wir ein gutes Stück weiter! Sie war sehr kooperativ und hat uns bereitwillig alles gezeigt, was den Kollegen Klotz und mich zum Nachdenken angeregt hat! Wir beide halten sie zu einer solch grausamen Tat, wegen ihres fehlenden logischen Denkvermögens, für nicht fähig. Näheres kann ich Ihnen erst am Montag sagen! Da liegen dann die Laborergebnisse vor und Frau Pilz kommt zum weiteren Verhör in mein Büro!«

»Was? Die soll nicht fähig sein? Sie hat Ihnen wohl auch schon den Sack gestreichelt, dass Sie so eine hirnamputierte Aussage machen?«, brüllte Herr Balzer erneut los. »Wer sonst soll Bruno erschossen haben, wenn da sonst niemand wohnt? Ihr verstorbener Mann vielleicht?«

»Beruhigen Sie sich, Chef! Wussten Sie, dass das Haus mit Selbstschussanlagen vollgepflastert ist? Wir prüfen derzeit, ob sich da was automatisch gelöst haben könnte!«

»Sie wollen mir jetzt aber nicht weismachen, Bruno hätte sich vor ein solches Ding gestellt, um sich hinterrücks abknallen zu lassen?«

»Warum nicht, Chef? Das ist keinesfalls auszuschließen! Vielleicht wollte er nicht mehr länger Ihr Bruder sein! So und jetzt müssen Sie mich entschuldigen! Ich habe noch wichtige Termine wahrzunehmen! Wir hören uns Montag! Dieses Wochenende habe ich frei!«

»Couch-Eck, Sie lackierter Affenarsch, Sie kommen sofort in mein …«

Doch Lothar hatte keine Lust mehr auf diese Art der komplizierten Gesprächsführung und legte auf. Anschließend drückte er die Besetzt-Taste und griff wieder nach der Schokolade. Kauend lehnte er sich in seinem Drehstuhl zurück und hing seinen Gedanken nach. Warum sollte Frau Pilz den alten Balzer erschossen haben? Nur weil der nach Moder stank? In dem Alter sollte das nicht verwundern, aber warum gleich umbringen, und was hatte sich der alte Wasserkopf dabei gedacht, ausgerechnet an diesem Tag seinen Bruder dorthin zu schicken, anstatt sich selber diesen Fick zu gönnen, reine Nächstenliebe?

Plötzlich wurde die Tür zu seinem Büro aufgerissen und Kommissar Klotz stürzte mit hochrotem Kopf herein. »Couch, Couch …«, keuchte er, »der Alte, dieser Arsch, hat mich eben am Telefon voll rundgemacht! Der will, dass ich umgehend noch mal zu unserer Fickfreudigen fahre und sie qualifiziert fundiert ausquetsche, und ich weiß gar nicht, wie so was geht!«

»Hm …, merkwürdig, der Fall scheint ihn besonders mitzunehmen! Der hat mich gerade eben Sekunden vor dir deswegen angeschissen! Irgendetwas stimmt da nicht, Klotz! Wir sollten beide einen kühlen Kopf bewahren und uns nicht unter Druck setzen lassen! Was anderes, wir haben für heute Abend einen Tisch im Single-Zoo um 21.00 Uhr! Das lassen wir uns nicht vermiesen! Ich hab da eine Idee! Du meldest dich jetzt in seinem Vorzimmer bei Frau Gruber einfach krank! Der Alte war bis vorhin sowieso davon ausgegangen, dass du heute nicht im Dienst bist!«

»Du bist und bleibst eine ausgebuffte Sau, Couch! Ich verschwinde mal eben in mein Büro und mach das klar!«

Lothar nickte zustimmend und schickte sich an, seine Sachen vor dem Wochenende ordentlich wegzuräumen, wie er es immer zu tun pflegte, wenn er ein paar Tage nicht ins Büro kommen würde. Wieder lag eine anstrengende Woche hinter ihm, und er wünschte sich nichts mehr, als jetzt noch ein wenig zu pennen, anstatt sich hier weiter unnötigem Stress auszusetzen. Schließlich schaltete er das Licht aus und verließ das Büro. Noch bevor Frau Heißluft irgendeine dumme Bemerkung machen konnte, sagte er zu ihr: »Bin dann mal weg! Bis Montag in alter Frische!«

Frau Heißluft hob nicht einmal den Kopf, als er an ihr vorbeiging, sondern klimperte wie eine Irre kommentarlos weiter auf der Tastatur ihres Computers.

»Geschafft!«, stöhnte Lothar und steuerte das Büro seines Kollegen an.

Der stand am Schreibtisch und grinste über alle vier Backen. »Frau Gruber gibt es an den Balzer weiter. Sie hat mir gute Besserung gewünscht, und ich solle doch das Wochenende dazu nutzen, mich richtig auszukurieren!«

»Gut gemacht, Klotz! Wenn der Alte das erfährt, haut's den vielleicht auch noch aus den Socken und er landet in der Pathologie, neben seinem Bruder!«

»Sauber, wenn auch etwas makaber!«

»Ich mach jetzt hier sofort die Fliege, Klotz, sonst streicht der mir noch mein Urlaubswochenende, weil du nicht da bist! Wir haben jetzt kurz nach 16.00 Uhr! Ich bin hundemüde und geh pennen!«

»Ja und ich hole dich so um 20.30 Uhr ab, Couch! Ist das in Ordnung?«

»Brillant, Klotz!«, sagte Lothar und gähnte.

»Ich freu mich schon! Bis nachher dann!«

»Ach, fahr du mit dem Dienstwagen heim, Klotz! Ich bin heute mit dem Auto meiner Mutter da!«

54

4.

»Lotte, Lotte, bist du es? Warum bist du schon da?«, rief es Lothar entgegen, kaum hatte er die Haustür aufgeschlossen.

»Ja, Mama, ich bin es! Wer denn sonst? Und sag nicht immer Lotte zu mir!«, antwortete er und drehte die Augen zur Decke. Schwungvoll warf er seinen Schlüsselbund krachend auf das kiefernhölzerne Garderobenschränkchen im Flur. »Diese rustikale Scheiße hier geht mir auf die Nüsse!« Ihm war vollkommen unverständlich, warum seine Mutter sich nicht für modernere Möbel in ihrem Haus entschied. Kohle hatte sie genug, seit sein Vater tot war. Trotzdem drehte sie jeden Cent drei Mal herum.

»Was hast du gesagt?« Schon kam ihm seine Mutter lächelnd entgegen und breitete weit die Arme aus, um ihn herzlich in Empfang zu nehmen.

»Mama, ich komme nicht von einer mehrwöchigen Reise zurück, sondern war nur für wenige Stunden im Büro!«

»Warum bist du denn schon wieder so übel gelaunt? Ich meine es nur gut mit dir und du stößt mir jedes Mal so derart vor den Kopf!« Sie steckte einen ihrer großen Lockenwickler wieder fest, der sich beim Laufen aus ihren Haaren gelöst hatte.

»Ach, ich habe das hier alles satt! Diese fürchterliche Einrichtung und dein ewiger Sparfimmel! Die Energiesparlampen, die kaum Licht abgeben, dass im Klo nicht mehr als zwei Mal am Tag die Spülung betätigt werden darf, und du, du läufst außerdem total schlampig hier herum! Ich finde das einfach nur noch zum Kotzen! Ich geh ins Bett! Weck mich um 19.00 Uhr! Ich muss nachher noch mal weg!«

Seine Mutter war schockiert und konnte das Benehmen ihres Sohnes nicht fassen, der ja immerhin noch seine Füße unter ihren Tisch streckte. Lothar schob sie zur Seite und nahm hastig die steile Treppe, die nach oben führte, und lief in sein Schlafzimmer.

»Aber, Lotte …!«, rief sie ihm hinterher und schüttelte ungläubig den Kopf. Als er außer Sichtweite war, stellte sie sich vor den Garderobenspiegel und betrachtete sich von oben bis unten. Für wen sollte sie sich auch noch großartig herrichten mit ihren 62 Jahren? Ihr Mann war schon lange tot. Ja, und sie war sogar froh darüber, diesen alten Quälgeist so zeitig losgeworden zu sein. Lächelnd betastete sie mit beiden Händen die Lockenwickler, strich sich dann die geblümte Kittelschürze glatt, die ihren etwas aus dem Leim gegangenen Körper verhüllte, und sagte zu ihrem Spiegelbild: »Weiß gar nicht, was der hat? Die Tränensäcke unter meinen blauen Augen, die Falten und ein paar Bartstoppeln auf dem Doppelkinn, na und? Alles besser, als wenn ich mein Leben noch einmal mit einem Kerl teilen müsste. Ach …, um wie viel Uhr soll ich den noch mal wecken?«

Sie dachte kurz nach, aber die Uhrzeit war ihr entfallen. »Muss ich auch noch die Treppe hoch, verdammt!« Als sie vor seiner Tür stand, klopfte sie vorsichtig an und rief: »Lotte, Kind, wann soll ich dich noch mal wecken?« Doch es kam keine Antwort. Kurzerhand öffnete sie einen Spaltbreit und spähte hindurch. Zu ihrem Erstaunen war sein Bett leer. Überhaupt, der ganze Raum war leer. Unruhig drückte sie die Hände auf ihre schwere Brust und rief: »Lotte, verdammt, wo steckst du denn?«

»Du lieber Gott, was nervst du denn so ab? Bin noch auf dem Klo! Ich lege mich nämlich ungern mit voller Blase ins Bett!«

Erleichtert drehte sie sich um und ging auf die Tür der gegenüberliegenden Toilette zu. Sie rüttelte am Knauf, doch Lothar hatte sich eingeschlossen. »Und ich dachte schon, dir sei was passiert!«, rief sie ihm vorwurfsvoll durch die Tür zu.

Lothar hielt seinen Penis über die Klomuschel und erwiderte: »Was sollte mir bei dir schon passieren, Mama? Wo du doch sonst auf alles aufpasst wie ein Schießhund!«

»Ich habe doch nur vergessen, wann und wie ich dich wecken soll, Kind, und setz dich gefälligst hin beim Pinkeln, kapiert?«, sagte sie gereizt.

»Das mach ich, wie ich will! Wie oft soll ich dir das noch sagen? Und wecke mich um sieben! Muss ich das für dich noch einmal buchstabieren oder hast du das ausnahmsweise einmal so verstanden? Jetzt schleich dich endlich! Man wird ja wohl noch in Ruhe pissen dürfen!«

Seine Mutter spürte, dass es besser war, ihren Sohn in Ruhe zu lassen, und ging wieder nach unten. Lothar schüttelte seinen tropfnassen Schwanz über dem WC ab und drückte ihn in die Unterhose zurück. Anschließend zog er Toilettenpapier von der Rolle und tupfte damit den verspritzten Toilettenrand trocken. Zuletzt wusch er sich noch das Gesicht mit eiskaltem Wasser. Jetzt wollte er nur noch ins Bett! Seine Arbeit dafür zu unterbrechen war für ihn jedes Mal immer wieder schöner, als müde im Büro zu hocken. Voller Vorfreude auf ein Nickerchen ging er in sein

Schlafzimmer, zog sich die Klamotten aus und schlüpfte nackt unter die Decke. Schließlich legte er die rechte Hand unter seinen Kopf, die andere auf seinen Sack, kraulte zur Beruhigung seine Eier und schloss die Augen. So entspannt dachte er noch einmal über den Mordfall nach:

Der Bruder seines Chefs war erschossen worden, aber mit welcher Waffe? Frau Pilz hatte seiner Einschätzung nach kein erkennbar nennenswertes Motiv, Bruno Balzer zu ermorden, heulte aber um ihn, obwohl er nur der Ersatzfreier seines Bruders war. Löste der Schock die Weinkrämpfe bei der käuflichen Rotfotze aus? Warum machte sein Chef so einen Druck? Wegen der Öffentlichkeit, der Presse oder damit dieser Fall schnell erledigt und/oder in falsche Bahnen gelenkt würde? Warum, warum, warum …? Und mit dem Kopf voller Fragen schlief er ein.

Lothar erwachte erst, als er jemand energisch an der Tür klopfen hörte. Draußen war es bereits dunkel. Er streckte sich ausgiebig und gähnte mehrmals, während seine Mutter verzweifelt versuchte, ihn zu wecken.

»Herrgott noch mal, Lothar, bist du immer noch nicht wach? Wie lange soll ich mir denn noch die Seele aus dem Leib schreien, damit du fauler Sack endlich Antwort gibst? Ich sollte dich um 19.00 Uhr wecken und jetzt ist es bereits 19.45 Uhr! Wenn du nicht augenblicklich deinen Arsch aus der Koje schwingst, kannst du dir schon jetzt überlegen, wo du künftig wohnen willst!«

Lothars gute Laune war gleich wieder dahin. »Halt einfach nur die Klappe!«, rief er. »Anstatt herumzuplärren, solltest du mir besser etwas Warmes zu essen machen! Ich hab Hunger!«

»Nun reicht es aber! Deine Fischstäbchen stehen schon seit einer Stunde auf dem Tisch, und du kannst von Glück sagen, dass ich die in der Zwischenzeit nicht bereits selbst gefressen habe!« Beleidigt trat sie einmal fest mit dem Fuß gegen seine Tür und ging dann zurück in die Küche.

»Fischstäbchen?«, wiederholte Lothar etwas freundlicher und sprang sofort aus dem Bett. Seine Lieblingsspeise! Richtig, heute war Freitag, und freitags gab es immer Fisch. Schnell schlüpfte er in seine übliche Alltagskleidung, Jeans und ein rosa, leicht verwaschenes Hemd, und mit den Gedanken an leckeres Essen und das bevorstehende Treffen mit Kommissar Klotz ging es ihm auch gleich viel besser.

»Was? 20.10 Uhr schon?«, sagte er und schaute vorwurfsvoll zu seiner Mutter, während er die erste Portion des cross gebratenen Fisches in sich hineinschaufelte.

»Was ist denn so wichtig, dass du so schlingen musst?«, wollte seine Mutter wissen.

»Ach …, äm, nur eine Recherche in einem sehr delikaten Fall! Deswegen kann es heute Abend sehr spät werden – und, Mama, pass mich nicht wieder ab! Hau deine Kilos lieber ins Bett!«

»Also von mir aus kannst du ganz wegbleiben!« Ärgerlich über das Benehmen ihres Sohnes räumte sie klappernd die schmutzigen Töpfe in den Geschirrspüler.

»Ich weiß, Mama, aber gerade diesen Gefallen tue ich dir nicht so schnell! Wer soll denn sonst meine Wäsche waschen und fleißig für mich bügeln und mich bekochen?«

»Du bist und bleibst ein Schmarotzer, Lotte«, sagte sie und hätte ihm am liebsten eine gescheuert. »Genau wie dein Vater! Alles umsonst haben, aber selbst den Arsch nicht bewegen wollen! Eines sage ich dir, irgendwann ist Schluss mit Hotel Mama!«

»Bewegung schadet dir nicht, im Gegenteil! Das hat Papa übrigens auch immer gesagt!« Er stopfte den letzten Bissen Fisch in den Mund, kaute und schmatzte: »Lecker, diese Fischstäbchen sind immer wieder ein Genuss. Sei froh, dass ich so bescheiden bin und mir dieser Fraß genügt!«, stieß seinen Stuhl zurück und stand vom Tisch auf.

»Moment mal, Lothar, einen Moment!«, schrie seine Mutter auf einmal los. »Was genau willst du mir damit sagen?«

»Stell dir vor, wenn du richtig für mich kochen müssest, dann würdest du noch viel länger am Herd stehen, oder? Aber die Dinger hier«, und er zeigte dabei auf die leere Packung mit den Fischstäbchen, »tauen von selber auf und backen quasi auch von alleine! Denk mal drüber nach! So und jetzt leck mich!«

Seine Mutter stemmte fassungslos die Arme in die Hüften. Sie kniff die Lippen fest zusammen, bevor sie tief Luft holte und ihm streng entgegensetzte: »Das ist ja allerhand! Allerhand! Du bist noch viel schlimmer als dein Alter! Der hat wenigstens mal Danke gesagt, wenn es mich auch viel Geld gekostet hat, aber du? Lässt mich alles alleine einkaufen, bezahlen und herrichten und meinst wohl, das ist selbstverständlich, oder was?«

»Genau, Mama! Du weißt doch, dass ich zum einen keine Zeit habe, zum anderen reicht mein kleines Gehalt gerade eben mal so für mich!« Lothar rülpste lautstark und stieg in seine schwarz-blauen Turnschuhe.

Überraschenderweise stand plötzlich seine Mutter hinter ihm, angelte sich den langen metallenen Schuhlöffel aus dem Schirmständer und zog damit ihrem Sohn kräftig eine quer über den Arsch.

»Au, verdammt, was soll denn das?«

»So und jetzt kannst du dich beim Jugendamt über mich beschweren!« Sie lachte hart auf. Danach verschwand sie in die Küche und knallte die Tür hinter sich zu.

»Dämliche Kuh!«, rief Lothar ihr nach und hielt sich das schmerzende Hinterteil. »Es wäre besser, du suchst dir endlich einen Kerl, damit du wieder klar denken kannst und nicht permanent deine schlechte Laune an mir auslässt!« Er holte seinen Schlüsselbund vom Garderobenschrank und verließ aufatmend das Haus.

5.

Auf dem Weg zum Gartentor hielt er bereits nach seinem Kollegen Ausschau. Doch von ihm war weit und breit nichts zu sehen. Lothar ging ein paar Meter weiter um die Hausecke, und wie verabredet, müsste ihm Klotz eigentlich jeden Moment von dort aus entgegenkommen. Er sah auf seine Armbanduhr. »Wo bleibt denn der Wichser? Der wird uns doch nicht die ganze Tour vermasseln?« Ungeduldig stellte er sich auf die Zehenspitzen, um die Straße besser einsehen zu können, als ihm jemand unsanft auf die Schulter klopfte.

»Huch …«, erschrak Lothar, »sind wir jetzt bei der Stasi oder warum schleichst du dich so an?«

»Hey, Couch, ich habe nicht gleich einen Parkplatz gefunden!«

»Sonst aber alles klar im Schritt, wenn schon der Kopf nicht …!« Lothar brach jäh den Satz ab, als er sah, dass Klotz seine braunen Haare zu einem kurzen Zopf zusammengebunden hatte. »Apropos Kopf, was hast du mit deinen Haaren gemacht?«

»Die Weiber steh'n heutzutage auf so was, Couch. Du kannst das ja nicht mehr mit deiner Vollglatze!«

»Spar dir deine blöden Bemerkungen, Klotz, und lass uns endlich fahren! Wo steht denn die Staatskarosse?«

»Gleich um die Ecke, vor der Pietät Krautwurst!«, antwortete Kommissar Klotz und zeigte in diese Richtung.

»Gut, Klotz, dann ist es ja nicht weit!« Lothar rieb sich freudig die Hände.

»Couch, braucht man da eigentlich Bargeld, wo wir hinfahren? Wollen die Weiber sofort bezahlt werden oder reicht da meine Kreditkarte?«

Lothar hätte sich fast verschluckt. »Klotz, das ist kein Puff! Wir bezahlen nur Eintritt, die Getränke und was wir dort verkösten! Wenn sich Weiber melden, machen sie es dir freiwillig. Zwar nicht im Treff, aber im Auto geht's oder draußen im Hinterhof oder auf dem Klo! Das sind auch keine Nutten, Klotz, sondern Tittenständer, die im Alltag sonst nur schwer einen Schwanz abkriegen!«

»Hä? Was? Da sind keine von den richtig Versauten? Ich habe mir meinen Schwanz doch nicht extra mit Vaseline eingerieben, nur damit hässliche Fotzen eventuell und vielleicht gütigerweise einen Blick darauf werfen!«

Lothar konnte sich ein Lachen nicht verkneifen. »Klotz, das Aussehen ist vollkommen irrelevant, weil die Räumlichkeiten da abgedunkelt sind – und wie du weißt, in der Nacht sind alle Katzen …«

»… grau! Toll, ja, wenn ich das vorher gewusst hätte!« Kommissar Klotz hielt sich verzweifelt die Stirn.

»Herrgott, du Armleuchter, könntest du jetzt bitte mal den Wagen starten, anstatt dir über ungelegte Eier einen Kopf zu machen?«

»Eier …, ja!«, wiederholte er leise, aber den Wagen ließ er nicht an, sondern schaltete stattdessen das Radio ein und drehte es auf volle Lautstärke.

»Du kannst sturer als ein Bock sein, Klotz! Steig aus, ich fahre!« Kurz entschlossen machte Lothar Anstalten zum Aussteigen. Doch das gefiel seinem Kollegen gar nicht. Seiner Meinung nach fuhr Lothar wie eine besenkte Sau, und er selbst erlitt jedes Mal auf dem Beifahrersitz einen Adrenalinschock, sodass er am Ziel geradezu zitterte.

»Bleib auf deinem Arsch hocken! Ich fahr ja los!« Kommissar Klotz setzte den Motor in Gang und fuhr los.

»Na endlich und mach den Polizeifunk aus, Klotz! Der geht einem ja tierisch auf den Sack! Fahr da drüben raus, am Ufer entlang, am Universitätsgelände vorbei und dann nimm die Straße Richtung Rotlichtmilieu! Kurz vor der ersten roten Lampe auf der rechten Seite ist ein großer Parkplatz, da kannst du dann parken und achte auf …«

»… und achte auf die Blitzsäulen, Klotz!«, äffte er Lothar nach.

Nachdem einige Zeit vergangen war und beide schweigend nebeneinandersaßen, hüstelte Kommissar Klotz absichtlich laut und sagte: »Couch, sorry, dass ich deine Gedankengänge unterbreche, aber noch mal zu dem Mordfall heute Morgen. Wurde eigentlich die Patronenhülse gefunden und untersucht?« Er sah kurz zu ihm hinüber.

»Weder noch, äm, also nicht, dass ich wüsste! Warum auch, die Geschosse sehen doch eh alle gleich aus! Daran kann die Kriminaltechnik heutzutage nichts mehr festmachen! Das sollte dir eigentlich bekannt sein! Wesentlich ist hier die Frage nach der Psyche des Täters, Klotz! Das heißt: Wie und warum tickt der Täter, hatte er einen triftigen Grund, auf Balzer zu schießen, und warum hat Balzer dem nicht Einhalt geboten? Wieso hielt der Mörder sich ausgerechnet um die Mordzeit in der Nähe des Opfers auf? Fragen über Fragen!«

»Hm …, Couch, glaube, du liegst falsch! Die Kollegen der Kripo in Berlin hatten neulich einen Fall, und das hab ich selbst gelesen, da wurde der Täter nur anhand der Patronenhülse überführt! Die haben herausgekriegt, zu welcher Waffe das Ding gepasst hat und …«

»Sagenhaft!«, regte sich Lothar auf. »Dann war das ausnahmsweise mal ein sehr blöder Täter, wenn der die Patrone so lange in der Hand gehalten hat, bis die Polizei da war!«

»Couch, was redest du denn da? Das entbehrt doch jeder Logik!«

»Ne, ne, Klotz! Da haben meine Aufklärungsmethoden wenigstens richtig Hand und Futt …, äm, Fuß!«

Kommissar Klotz wollte nicht näher darauf eingehen und versuchte, vom Thema abzulenken. »Geil, wir haben Glück! Die letzte Parklücke gehört uns. Dein Puff ist doch der da drüben, wo die vielen bunten Lichterketten über dem Zaun hängen, gell? Von hier aus erinnert mich das eher an eine abgefuckte Spelunke!«

»Ja, da ist was dran! Danach habe ich die Bedienung übrigens auch das letzte Mal gefragt, und die sagte mir, dass die das von außen nicht anders machen können, damit die Polizei nicht darauf aufmerksam wird, was da so abgeht!«

»Wie jetzt?«, fragte Kommissar Klotz irritiert und wäre beim Einparken fast gegen die Bordsteinkante gefahren.

Lothar öffnete schnell die Beifahrertür, damit er darauf nicht antworten musste, und sagte stattdessen: »Komm, schwing deinen Arsch aus dem Auto! Unser Tisch ist für 21.00 Uhr bestellt und jetzt ist es bereits mehr als eine halbe Stunde drüber!«

»Ja, ja …!«, erwiderte sein Kollege und stieg aus. Etwas aufgeregt prüfte er noch einmal, ob er seine Brieftasche dabeihatte.

Schließlich ging Lothar voraus bis an die Tür und holte einen Holzstock aus einem Ständer, der vor dem Eingang deponiert war. Damit klopfte er das Morsezeichen, SOS, fest gegen die Tür und stellte den Stock wieder zurück.

Kommissar Klotz bekam sogleich ein ungutes Bauchgefühl und flüsterte: »Sorry, aber du musst mit dem Ding da anklopfen? Was soll'n die Scheiße?«

»Weil die einen schwerhörigen Aufpasser haben, Klotz, der hört angeblich nur so, wenn jemand reinwill! Man muss nämlich über 18 Jahre alt sein, um hier reinzudürfen, und diese Voraussetzung haben wir beide zusammen ja locker erfüllt!«, zischte ihm Lothar ins Ohr und setzte sofort ein künstliches Lächeln auf, als die Tür geöffnet wurde.

Ein großer, breitschultriger Muskelprotz kam heraus und baute sich kampflustig vor ihnen auf. Mit tiefer Stimme fragte er streng: »Reserviert?«

»Yes, Sir«, antwortete Lothar und wippte gewichtig auf den Zehenspitzen. »Wir sind die, die reserviert haben!«

»Name?«, schnauzte der Türsteher ihn an.

»Äm, Couch-Eck, Sir! Auf den Namen Couch-Eck!«

»Moment, ich geh nachfragen! So lange hier stehen bleiben, kapiert?« Schon schlug er die Tür vor ihren Nasen wieder zu.

Kommissar Klotz schreckte förmlich zurück. »Sir ...? Sag mal, spinnst du, Couch? Warum Sir und warum tun die denn hier so geheimnisvoll? Ist der Laden nicht ganz koscher?«

»Herrgott noch mal«, brauste Lothar auf, »das ist halt hier so! Wir müssen höflich sein, sonst kriegen wir eine auf die Schnauze! Die passen bei Fremden höllisch auf, denn die bieten den Leuten eine ..., sozusagen ..., äm, gewisse Besonderheit, Klotz!«

»Ach ja – und die wäre?« Kommissar Klotz zog mit dem Gummi seinen Zopf etwas straffer, denn sein ungutes Bauchgefühl schien sich in Übelkeit zu wandeln.

»Es handelt sich hier nicht nur um ein rein billiges Etablissement, Klotz, sondern ...« Ausgerechnet in diesem Moment wurde die Tür aufgerissen. Lothar brach sofort seinen Satz ab und schwieg.

Der Aufpasser sagte mit unverändert finsterer Miene: »Die Reservierung liegt vor! Reinkommen!«

»Fein, Sir, danke, Sir!« Wieder lächelte Lothar und folgte den Anweisungen des Mannes.

Der diktierte sie in einen schmalen Gang, der alle zwei Meter durch blickdichte Vorhänge getrennt war. Am Ende gabelte sich der Weg in zwei Flure. Der Kerl blieb plötzlich stehen und zeigte mit ausgestrecktem Arm nach rechts. »Rechter Gang! Ihr seid beide männlichen Geschlechts?«, fragte er kurz.

»Ja klar, Sie hoch polierter Eierkopf!«, entrüstete sich Kommissar Klotz und hätte ihm am liebsten in den Arsch getreten. Wie konnte dieser Typ meinen ...!

Der Mann sah ihn scharf an und entgegnete mit bedrohlichem Gesichtsausdruck: »Weil du neu bist, Milchbubi, kein Fausthieb, aber noch ein einziges Schimpfwort aus deiner wulstigen Oralöffnung und du wirst mich kennenlernen!«

»Entschuldigung, Sir«, mischte sich Lothar ein und zog seinen Kollegen schützend näher zu sich, »aber der ist immer so drauf! Registrieren Sie das gar nicht!«

Der Aufpasser grinste breit, sodass die beiden das ungepflegte und lückenhafte

Gebiss des Mannes sehen konnten. Selbst Lothar musste sich bei diesem Anblick den Magen halten.

Der Kerl hatte das wohl gemerkt, denn er wurde sofort wieder ernst und kommandierte weiter: »Männer rechts!«

»Ja, Sir, das ist mir schon bekannt!« Lothar bedankte sich bei ihm und ging voraus. Dabei blieb ihm nicht verborgen, dass sein Kollege kurz vorm Explodieren stand.

Kaum war der Türsteher außer Sichtweite, platzte es aus ihm heraus: »Männer rechts! Couch, was soll'n der Schwachsinn?«

»Äm, äm, das ist halt die Besonderheit, Klotz, die ich vorhin erwähnen wollte! Vertrau mir einfach und halt's Maul!«

Kommissar Klotz brummelte etwas Unverständliches und ging Lothar hinterher. Nach ungefähr zwei bis drei Minuten standen sie vor einer großen breiten Holztür mit der Aufschrift: UMKLEIDE HERREN.

Wieder konnte Kommissar Klotz nicht an sich halten. »Hä? Wieso'n das, Couch? Nur um was zu trinken, müssen wir uns umziehen, oder was?«

»Nicht ganz!«, entgegnete Lothar leicht ausweichend, während sie die Kabine betraten.

»Spinde!? Hä?«, entfuhr es Kommissar Klotz, vollkommen verwirrt fasste er sich an den Kopf. »Was soll das alles hier? Verdammt, Couch, ich will wissen, was hier gespielt …«

»Klappe, Klotz! Die Besonderheit, und das hatte ich heute Mittag vergessen zu erwähnen, liegt darin, dass …, äm, man hier …, äm, ausschließlich nackt kommuniziert, also sich quasi …, äm, unbekleidet an den Tisch setzen muss!«

»Bist du jetzt vollkommen durchgeknallt? Ich geh doch nicht auf Fleischbeschau und lass mich auch nicht angaffen!«, entrüstete sich Kommissar Klotz und ließ sich enttäuscht auf eine Holzbank nieder, die vor den Schließfächern stand.

»Das ist auch so nicht gedacht, Klotz!«, brüllte Lothar auf einmal los. »Hier sind eben alle nackt, und wir Männer können doch froh sein, dass an uns nicht viel dran ist! Die Dummen sind hier eindeutig die Weiber mit ihren dicken Titten, den wulstigen Schamlippen, den unansehnlichen Speckschichten und den wabbelnden Ärschen. Hier kannst du gleich ausgucken, welche Fotze du dir auf die Stange ziehst! Mensch und …«

»Sag mal, tickst du nicht mehr ganz richtig? Führst mich hierher, wo es nur unansehnliche Weiber gibt, und dafür soll ich mich auch noch nackig machen?«

Lothar stieg aus seinen Klamotten und legte sie ordentlich in den Spind. »Komm, mach schon, Klotz!«, sagte er vorwurfsvoll. »Die Zeit läuft uns davon! Du stehst doch auf dralle Ficklöcher mit großen Brüsten. Du hast mir doch erzählt, dass dich das beim Sex so richtig anmacht! Jetzt hast du die Gelegenheit dazu und machst hier den Bock! Dich soll einer verstehen!«

»Ich kann das nicht so, Couch! Das ist mir zu viel! Ich gehe wieder!« Er stand bereits auf, als Lothar ihn unsanft zurückdrückte und mahnend den Zeigefinger hob. »Das wirst du nicht tun, du Vollidiot! Klamotten runter! Sofort, sonst …, äm, verpetze ich dich beim Chef wegen deiner falschen Krankmeldung! Wir sind zusammen hierhergekommen und wir gehen jetzt zusammen da rein!«

»Das ist Erpressung, Couch!«

»Nein, das ist just for fun! Hopp jetzt …, leg deine Sachen in einen der Spinde. Den Schlüssel ziehst du ab und machst ihn dir ums Handgelenk! So wie ich, siehst du?«

»Na gut!« Seufzend entledigte sich auch Kommissar Klotz seiner Sachen.

Beide warfen noch einen Blick in den riesigen Wandspiegel, dann winkte Lothar ihm.

»Geh mir einfach nach, Klotz!«

»Klar!« Kommissar Klotz nickte wortlos und, warum auch immer, schlich er ihm auf Zehenspitzen hinterher. Beim Laufen betrachtete er sich dessen Hinterteil und sagte: »Du hast ja richtig schwere Akne am Arsch, Couch! Richtige Eiterhügel!«

»Besser Pickel am Arsch als einen riesigen auf dem Hals!«, konterte Lothar und ging rasch weiter voran.

Schließlich kamen sie an einen gemauerten Ausgang, der einem Torbogen glich und mit schwerem Brokat verhangen war. Lothar haute mit der flachen Hand auf einen Klingelknopf, der rechts aus der Wand lugte. Es begann irgendwo zu läuten, bis der Vorhang aufging und automatisch zur Seite gezogen wurde. Spotlights gingen an, deren Lichter die beiden einfingen. Der gesamte restliche Raum war zwar abgedunkelt, dennoch waren Gesichter und Körper der anderen Gäste schemenhaft zu erkennen.

»Rampenlicht, du Arsch?«, fauchte Kommissar Klotz seinen Kollegen aufgebracht an und hielt sich die Hände vor den Sack. »Du bist wirklich nicht mehr ganz dicht!«

Kaum hatte er das gesagt, kam eine vollschlanke, nackte Frau direkt auf ihn zu. Sie schwang ihre langen blonden Haare in den Nacken und kratzte sich auffällig in den wesentlich dunkleren Schamhaaren herum. In der linken Hand hielt sie ein Mikrofon, das sie ihm lächelnd unter die Nase hielt.

Vor all den Gästen sprach sie ihn keck an: »Oh, ein Neuzugang! Dich kenne ich noch nicht!«, und legte ihre rechte Hand auf seine Brust.

Kommissar Klotz wäre am liebsten im Erdboden versunken.

»Sagst du uns dein Pseudonym, dass unsere geilen Mitschwestern dich ansprechen können?«

Kommissar Klotz wusste nicht, was er sagen sollte. Wut kam in ihm auf, zornig über das ganze Theater malmte er fest auf den Zähnen und senkte seinen Blick.

»Kein Pseudonym?«, fragte sie. »Ich zum Beispiel bin die Lolliqueen, verstehst du?« Doch von ihm kam keine Antwort und sie wollte auch nicht länger warten. »Hm …, na ja, vielleicht fällt dir noch ein Name für deine Erkennung ein! Wir alle hier würden nun gerne einen Blick auf deinen Schwanz und deine Eier werfen und du musst uns deinen Arsch zeigen! Wenn das alles in Ordnung ist, darfst du an deinem Tisch Platz nehmen.«

Kommissar Klotz wollte es möglichst schnell hinter sich bringen, nahm seine Hände vom Sack und drehte dem Publikum seinen Arsch zu. Allgemeines Raunen ging durch den Raum und Worte fielen, die Klotz als pubertierender Teenie öfter im dreckigsten Puff auf der Meile gehört hatte. In diesem Moment schämte er sich wie noch niemals zuvor in seinem Leben.

Die Lolliqueen lächelte ihn aufmunternd an. »Danke dir!« Dann wandte sie sich an Lothar. »Hoffentlich hast du deine Sprache nicht auch verloren, du alter Arschficker! Du bist unter uns ja schon bekannt wie ein bunter Hund und hältst fleißig deine Stange hin!« Sie lächelte erneut und rief den Gästen durchs Mikrofon zu: »Hallo, liebe Mitschwestern, heute Abend sollten sich für diese beiden Prachtexemplare hier doch passende Schlupflöcher finden lassen, oder?«

Nur vereinzelt war Zustimmung zu hören.

Lolliqueen nickte und setzte ihre Moderation fort: »Die beiden haben Tisch Nummer 45, hinten rechts, also von euch aus links, an der Wand! Wer also Kontakt möchte, wählt einfach die Nummer 45!« Sie schaltete das Mikrofon ab und sagte zu Lothar: »Ihr dürft mir jetzt folgen! Ich mache für euch heute Abend die schleichende Katze!«

Kommissar Klotz war froh, aus dem grellen Licht heraus zu sein, da ließ sich Lolliqueen plötzlich auf die Knie fallen und zeigte den beiden ihre nackte Pospalte.

Lothar bemerkte seinen ratlosen Kollegen und packte ihn am Arm. »Klotz«, flüsterte er und tippte sich an die Nase, »einfach dem Geruch nach!«

»Das wird ein Nachspiel haben, Couch!«, entgegnete der gereizt und legte sich sofort wieder die Hände über den Schwanz.

Langsam folgten sie der auf allen vieren voranschleichenden Lolliqueen. Plötzlich sprang sie auf die Füße, schaltete das Mikro wieder ein und sprach triumphierend: »Fein gemacht! Ihr zwei seid mir ganz brav hierher gefolgt, und wie ich sehen kann, ist bei unserem Arschficker der Lustpegel gestiegen!« Lächelnd tätschelte sie Lothars Penis, dann winkte sie und ging wieder zurück.

Kommissar Klotz fiel ein Stein vom Herzen. Gleich würden diese dämlichen Spots ausgehen und er könnte sich endlich setzen. Doch es kam anders, denn Lolliqueen stand auf einmal wieder neben ihm. Völlig überrascht hätte er sich fast neben den Stuhl gesetzt.

Sie klopfte ihm beruhigend auf die Schulter, hockte sich breitbeinig auf die Tischplatte, schnappte sich erneut das Mikrofon und rief: »Spotlights hierher, mehr Licht bitte!«

»So ein Scheiß!«, meckerte Kommissar Klotz und sah flehend zu seinem Kollegen hinüber.

Doch der hob den Zeigefinger und riet ihm, besser aufzupassen. Alle Augen folgten den grellen Lichtern und blickten gespannt auf das, was das Trio zu bieten hatte.

Lolliqueen zeigte mit dem Mikro auf ihre Möse und sagte: »Jetzt bin ich eine Sau! Ihr seid meinem animalischen Geruch gefolgt. Jetzt leckt mich, bis ich komme! Die Damen unter uns hier wollen sehen, wie geschickt ihr im Schleckenficken seid!«

Kommissar Klotz war so schockiert, dass er sich fast verschluckt hätte! Vor allen Leuten hier und im Rampenlicht sollte er eine fremde Fotze lecken? Niemals! Wohingegen sein Kollege damit keine Probleme hatte. Lothar verneigte sich zuerst demütig und auffällig tief vor ihr. Anschließend rollte er seine Zunge zusammen, als ob er pfeifen wolle, streckte sie weit heraus und fuhr mit der Spitze zwischen ihren Schamlippen auf und ab. Ganz in seinem Element nahm er kurz etwas Abstand und spuckte ihr gezielt zwischen die Beine. Wieder machte er seine Zunge lang, um sich mit dem Gesicht in ihrer Möse zu suhlen.

Da hörte er sie durchs Mikrofon sprechen: »Stopp, das genügt, ja! Danke, ja! Bei dir habe ich immerhin etwas gespürt, wenn es auch an der falschen Stelle war!« Sie sah zu Kommissar Klotz hinüber und sagte: »Nun zu dir, Mauerblümchen, und bitte nicht so zimperlich! Ich mag es härter oder hast du etwa Schiss?«

»Schiss …, ich?« Kommissar Klotz fühlte sich noch schlechter als schlecht. »Nein, das nicht, aber bevor ich da …, äh, sollten Sie besser den Schleim des Kollegen vorher abspülen!«

Die Leute fingen an, ihn auszubuhen, weil er die ganze Aktion verzögerte.

Lolliqueen rückte ihren Arsch näher in seine Richtung. »Du bist hier in einem versauten Ambiente, also leck mich oder geh besser!«

Wohl oder übel musste er ihren Anweisungen folgen. Auch er streckte seine Zunge heraus, rollte sie aber nicht. Dann kniff er fest die Augen zu und leckte angewidert die Möse.

»Nicht schlecht, Mauerblümchen«, stöhnte sie durch Mikro, »nicht schlecht, noch ein bisschen mehr oben und dann tief mit deinem Waschlappen in mein Loch, mach schon!«

Ein Raunen ging durch den Raum und teilweise waren Bewunderungsrufe zu hören.

»Ja«, nickte sie, »geil, hier haben wir mal ein richtiges Schleckermaul! Mitschwestern, der ist empfehlenswert! Ihr dürft euch freuen! Danke dir, du kannst dich setzen!« Schwungvoll hüpfte sie vom Tisch und rief: »Spots aus und Fucklights an!«

Sofort ging das helle Licht aus und im ganzen Saal wurde es wesentlich dunkler. Gleichzeitig flackerte rundherum ein angenehm rötliches Licht auf.

»Und? War das so schlimm, Couch?«, fragte Lothar, nachdem sie beide endlich am Tisch saßen, und streichelte sich über den Schwanz.

»Das hast du nicht umsonst mit mir gemacht!«, entgegnete Kommissar Klotz wütend und schlug die Beine übereinander.

»Natürlich habe ich das nicht umsonst gemacht! Du wolltest ja unbedingt mit mir hierher gehen, also einfach locker bleiben, Klotz!«

»Locker? Bei dir ist was locker, und zwar eine Schraube!«

Doch Lothar überhörte dieses durchschlagende Argument und fragte: »Was willst du trinken?«

»Hier ist es wohl am besten, wenn man nüchtern bleibt! Ein Mineralwasser!«, antwortete er kurz.

»So, so, also ich nehme einen Roten Fotzer, Klotz!«

»Roten was?«

»Hier, lies selbst!« Lothar hielt ihm die Getränkekarte hin.

Kommissar Klotz riss ihm den Karton neugierig aus der Hand und schaute nach. »Roter Fotzer = Rotwein, Sekt und Kirschgeist, gemixt und serviert in einer durchsichtigen, flexiblen Kunststoffmöse.« »Die Mischung allein klingt schon ekelhaft!« Er las weiter: »Gelber Sack? Gelber Sack = eine Kombination von drei Biersorten, verfeinert mit Safran und Birnenschnaps mit Eis und Zitronenscheibe in einem geeisten Gummipenis! – Couch, das kann doch alles nicht wahr sein!«

»Probier doch erst mal aus, Klotz, bevor du schon alles verurteilst!«

»Immerhin muss einer von uns nachher den Dienstschlitten wieder heil zurückbringen!«, bemerkte Klotz, dem immer noch kein Lächeln abzuringen war. Lothar wollte nicht länger warten und schlug mit der Faust auf die kleine Tischklingel, die mittig auf der Platte aufgestellt war.

Kurz darauf kam eine nackte Bedienung an ihren Tisch. Kommissar Klotz fielen fast die Augen aus dem Kopf. Die war genau sein Geschmack! Die rassige Farbige tänzelte direkt auf ihn zu! Sie war zwar nicht so üppig wie die Lolliqueen, aber durchaus reizvoll für einen schnellen Fick. Sogleich veränderte sich sein Gesichtsausdruck und seine Augen bekamen einen leicht lüsternen Ausdruck. Das blieb auch Lothar nicht verborgen, der sich zufrieden an den Eiern kratzte. Die dunkle Schönheit blieb vor Klotz stehen und kehrte ihm plötzlich den Rücken zu. Auf ihrer linken Arschbacke konnte er leuchtende Lettern und eine Zahl erkennen: No. 3!

»Ruf mich bitte so, wenn du mich brauchst!«, bat sie ihn, drehte sich ihm wieder zu und wackelte mit ihren Schokotitten vor seinen Augen hin und her.

Kommissar Klotz war so von ihren Brüsten fasziniert, dass er gar nicht antworten, sondern nur stumm nicken konnte.

»Worauf habt ihr Bock? Was darf ich bringen?«, fragte sie.

Immer noch saß Kommissar Klotz da und starrte auf ihre Oberweite. In seinen Gedanken hätte er No. 3 am liebsten darum gebeten, ihm auf der Stelle unter dem Tisch einen zu blasen.

Lothar indes schlang seinen rechten Arm um die Taille der Bedienung und sagte: »Äm, äm, Number three …, äm, bitte einmal den Roten Fotzer für mich – und du, Klotz, was nimmst du oder bleibst du beim Wasser?«

»Nein, ich … ich nehme das mit der Fotze dann … dann auch!«, stotterte er und konnte den Blick nicht von ihr abwenden.

»Kommt sofort!«, sagte sie lächelnd. »Auch etwas zu essen oder ein Knabbercocktail für euch?«

Wieder kam von Kommissar Klotz keine Reaktion, sodass Lothar ihr die Antwort gab. »Also, ich würde sagen, zunächst etwas zum Knabbern reicht. Später eventuell ein Essen!«

Sie nickte. »Gut, dann wünsche ich euch viel Spaß hier und hoffe, dass euer Telefon heute Abend ohne Unterlass klingeln wird!«

»Danke, Number three!«, sagte Lothar, biss sich auf die Unterlippe und schaute ihr hinterher.

»Das ist mal ein strammer Arsch, Klotz! Da kannst du all die blassen Hinterschinken vergessen, die sonst so in unserer Umgebung abhängen!«

»Ja, so ganz anders, Couch!«, bemerkte Kommissar Klotz, wie aus der Hypnose erwacht. »Ganz anders als der Schwabbelarsch meiner Alten! Vollkommen anders, so prall wie aufgeblasen. Was macht die nur für Übungen, dass die zu so einem Apparat kommt?«

»Das ist einfach nur die Rasse, Klotz. Die haben in ihrem Land keine Probleme mit hängendem Fettgewebe und schlaffen Zonen!« Er stützte sein Kinn ab und sah sich um. »Wollen doch mal sehen, ob hier eine Tussi ist, die unserem Geschmack entspricht! Wenn dir was auffällt, wählst du einfach die Telefonnummer, die in Leuchtschrift über dem entsprechenden Tisch aufgehängt ist.«

»So einfach geht das?«, fragte Kommissar Klotz. »Was ist denn mit der schwarzen Fotze, die uns eben bedient hat?«

»Die Mädchen vom Haus hier sind leider nicht zu haben! Die darfst du normalerweise nicht mal anlangen. Es sei denn, sie erlauben es!«

»Hm …, schade!« Kommissar Klotz wühlte sich zwischen den Beinen und sah sich zum ersten Mal genauer um.

Ungefähr 40 Tische standen auf der ganzen Raumfläche verteilt und fast alle waren besetzt. Erst jetzt fand er die Muße, sich die Besucherinnen und Besucher, soweit es in dem rötlichen Dämmerlicht möglich war, genauer anzuschauen. Überwiegend waren sie in seinem Alter, mehr fett oder hässlich.

»Na, Klotz, ist dir schon eine aufgefallen, die du gerne stoßen würdest?«, fragte Lothar.

»Was ich bis jetzt erkennen kann, Couch, die seh'n doch alle scheiße aus!« Da sah er mit Freuden die schwarze Schönheit mit den Getränken anrauschen. »Number three kommt!«, sagte er zu Lothar.

Schon stand sie vor den beiden und stellte die Getränke ab. »Na, tut sich nichts? Immer noch alleine? Hier, zweimal den Roten Fotzer und hier ein Knabbercocktail!«

»Uff …, der ist ja riesig!«, entfuhr es Klotz, als er wiederum auf ihren Busen starren musste.

»Ja, bei uns wird nichts klein gehalten!«, entgegnete sie keck und schob die Schale mit den Knabbereien nach.

Lothar bedankte sich bei ihr und nahm eine Handvoll Erdnüsse in den Mund, da klingelte das Tischtelefon.

»Äm, Klotz, äm, geh mal dran! Ich hab den Mund voll!« Schnell schlang er die fast noch unzerkauten Nüsse hinunter.

»Nur abheben oder muss ich da auch irgendwo draufdrücken?«

»Nö, nur abheben«, schmatzte Lothar, »und nicht mit dem Namen, sondern mit der Tischnummer melden!«

»Aha!« Klotz hob den schwarzen Hörer an und sagte: »Polizeirevier …, äh, äh, Tisch Nummer 45, Sie wünschen?«

»Hei, Süßer, genau dich wollte ich strippen! Ist der eine Platz an deiner rechten Seite noch frei?«, meldete sich eine sehr erotisch klingende weibliche Stimme. »Lädst du mich zu dir ein?«

Kommissar Klotz zuckte aufgeregt mit den Augenbrauen und sah hilflos zu seinem Kollegen. Lothar verstand sofort, schluckte umgehend erneut seinen Mund leer und bog ein Ohr nach vorne, um das Gespräch besser mithören zu können. Da sein Kollege weiterhin stumm den Hörer in der Hand hielt, deutete er ungeduldig mit den Fingern an, er solle ihm das Telefonat übergeben. Kommissar Klotz gehorchte erleichtert und übergab ihm den Hörer.

Lothar fuhr sich noch einmal mit der Zunge über die Zähne und sagte dann in die Muschel: »Hallo, äm, wer oder was will denn da was von uns?« Doch er wartete vergebens auf eine Antwort. »Aufgelegt, Klotz! Die blöde Kuh hat einfach aufgelegt! Warum hast du auch keinen Ton zu ihr gesagt?«

»Ich war zunächst perplex, weil sie mich und nicht dich sprechen wollte und …!«, rechtfertigte sich Kommissar Klotz.

»Aber dazu sind wir doch hier, du Depp!«, regte sich Lothar auf und trank sein Glas in einem Zug leer.

»… und sie fragte mich, ob der rechte Stuhl an meiner Seite noch frei sei! Das war eindeutig eine Fangfrage, denn der freie Stuhl steht links von mir!«

»Jetzt lass mal die kriminalistische Scheiße beiseite, Klotz! Das solltest du anwenden, wenn es wirklich nötig ist! Überleg mal, wenn sie also rechts gesagt hat, dann muss sie dir irgendwo gegenübersitzen. Das heißt hinter mir! Guck mal, ob dir da jemand zuzwinkert, winkt oder sich vielleicht sogar auf die Möse deutet!«

Leider konnte Kommissar Klotz nichts derart Auffälliges erkennen und enttäuscht nippte er an seinem Glas. »Nee, Couch, da ist nichts!«

»Wenn man aber auch nicht alles selber macht!« Lothar drehte sich um, damit er die Lage selber inspizieren konnte. »Scheiße, du hast recht, und die Weiber, die dafür infrage kommen, sollten besser da sitzen bleiben, wo sie sitzen!« Er griff nach seinem Glas, und als er sah, dass das bereits leer war, schnappte er sich den Drink seines Kollegen und zog sich den gesamten Inhalt auch noch rein.

»Danke, Couch!«

»Bitte, Klotz! Du musst sowieso noch Auto fahren! Ich denke dabei nur an meine Sicherheit!«

»Ja, ja!«, entgegnete der verärgert, und diesmal war er es, der auf die Tischklingel schlug.

Sofort kam Number three herbei und sah ihn fragend an. Um sie nicht anstarren zu müssen, sah Kommissar Klotz in die entgegengesetzte Richtung, als er sagte: »Wir nehmen noch einmal dieses …, äh, farbige Mösengemisch wie eben!«

Sie nickte und verschwand wieder. »Couch, ich werde hier nicht alt! Außer der Bedienung gibt es einfach keine interessanten Weiber! Die sehen alle krank aus und haben so breit gesessene Ärsche! Da steh ich nicht drauf!«

»Mensch, Klotz, meinst du, die gut aussehen, haben es nötig, hierher zu gehen? Bestimmt nicht! Mach halt mal beide Augen, wie bei deiner Alten …!« Doch wieder musste er seinen Satz abbrechen, denn das Telefon schellte erneut. Lothar schaute seinen Kollegen ermahnend an. »Lass mich besser mal, bevor du alles vermasselst!« Dann hob er ab. »Ja, die Dame? Hier ist Tisch 45!«

»Ich will deinen Kumpel, du Sack!«, sagte eine Frau mit kratziger Stimme so laut durchs Telefon; sogar Kommissar Klotz konnte deutlich verstehen, was sie sagte.

»Ich hab nichts dagegen!« Enttäuscht darüber, dass er nicht gemeint war, übergab Lothar seinem Kollegen den Hörer.

»Kommissar Klotz, was gibt's denn? Äh …, scheiße, äh, Tisch 45!«, meldete er sich und sah sich während des Gespräches um, ob ihm jemand ein Zeichen gab.

»Vielleicht sprichst du erst mal ein paar Worte mit mir, bevor du dir den Hals verrenkst!«, bemerkte sie barsch.

Kommissar Klotz nickte zustimmend. »Klar, klar, mach ich! Was soll ich denn sagen? Das heißt, was willst du denn hören?«

»Bist du für einen schnellen Fick bereit, Jungchen, oder bist du einer von der Sorte, der erst noch die Mutter um Erlaubnis fragen muss, bevor ihm einer abgeht?«

»I-ich weiß nicht, ob ich befugt bin, dir diese intime Frage einfach so …, also, tja, ich … ich weiß nicht!« Leicht verunsichert sah er zu Lothar, der in der Zwischenzeit die zweite Runde an Getränken entgegennahm.

»Was heißt das? Ich weiß nicht!«, wollte die Frau wissen.

Klotz atmete tief durch und fasste sich ein Herz, als er ihr antwortete: »Hör mal zu, wer immer du bist, ich kann mir jederzeit einen Quickie vorstellen, aber nur wenn mir die Visage der zu fickenden Person passt. Ich stehe nicht auf alte Dicke und Fettärsche! Wenn du trotzdem mehr von mir willst, dann solltest du diese Kriterien erfüllen oder zumindest so fair sein und mir ebenfalls deine Tischnummer benennen, dass ich das für mich selbst entscheiden kann!«

Lothar riss ihm den Hörer aus der Hand. »Spinnst du? Vielleicht wäre die ja was für mich!« Er hielt sich die Muschel ans Ohr und sagte: »Verzeihen Sie, gnädige Frau, mein Kollege ist etwas … etwas … behindert!«

»Was«, rief die Frau entsetzt. »behindert? Ihr scheint mir wohl beide nicht ganz dicht zu sein!«

Lothar versuchte, noch das Beste aus der Situation zu machen. »Ich …, äm, auf jeden Fall, gnädige Frau! Äm, dürfte ich erfahren, wer Sie sind? Vielleicht könnten Sie mir ja nachher einen Ständer massieren und …«

Doch der Hörer wurde abrupt aufgeknallt. Lothar schüttelte verzweifelt den Kopf und hielt seinem Kollegen erbost den Hörer vor die Augen. »Klasse gemacht, Klotz!«

»Was kann ich dafür, wenn die so schnell eingeschnappt ist? Lass uns anstoßen, Couch, und dann gehen! Prost!« Er hielt ihm das Glas entgegen.

»Von mir aus! Prost, Klotz!«

Sie ließen ihre Gläser klirren, und während sich bei beiden langsam, aber sicher der Alkohol bemerkbar machte, bekam Lothar plötzlich einen kräftigen Schlag auf die Schulter.

»Na, Großmaul!«, rief eine weibliche Stimme über seinen Rücken.

Er fuhr herum und sah einer aufgeschwemmten alten Tonne in ihre großen blauen Augen. Lothar zuckte beim Anblick zusammen. »Was … was wollen Sie?«, stotterte er.

»Na, gefickt werden, deswegen bin ich hier und du doch auch! Ich bin für jeden Freiwilligen in diesem Kreis hier übrigens Lustitia!«

»Ach, eine, die selbst beim Vögeln der Gerechtigkeit frönt!«, bemerkte Lothar und betrachtete ihren Körper von oben bis unten.

Sie drehte sich um 90 Grad und kippte mit dem Oberkörper plötzlich nach vorne. Unheil vorausahnend riefen beide Kommissare wie aus einem Mund: »Bitte, nicht bücken!«

Doch es war schon zu spät. Hingebungswillig stellte sie ihre breite Spalte zur Schau und zog zur besseren Sicht ihre Arschbacken mit den Händen auseinander. Ein großes, ausgeleiertes und verhunztes Loch kam zum Vorschein. Lächelnd stellte sie sich wieder hin und sah auf Lothar. »Na, auf den Geschmack gekommen, Jungchen?«

»Nein …, eher verloren!«, antwortete Klotz für seinen Kollegen und hielt sich den Magen. »Glaube, äm, mir wird schlecht!«

»Hast du keine eigene Meinung, Blassflöte?«, blökte sie Lothar an und umschloss mit einer flinken Handbewegung seinen Schwanz.

»Äm, äm, der kann aber nicht sprechen, gnädige Frau!«

»Sag mal, Jungchen, willst du mich verarschen?« Sie ließ von seinem Schwanz ab und ging zu Klotz, der die ganze Zeit übertrieben hektisch an seinem Glas nippte. »Der eine kriegt das Maul nicht auseinander, der andere zieht den Schwanz ein. Was seid ihr nur für Weicheier?«

»Wir … wir sind nur anständig!«, erwiderte Klotz bereits mit leichten alkoholischen Schwankungen.

»Anständig?«, brüskierte sich die Alte, dass ich nicht lache! Ich darf mich doch setzen?« Ohne eine Antwort abzuwarten, zog sie zwei leere Stühle zusammen und ließ sich stöhnend darauf nieder. Sie stützte ihren Kopf und sah von einem zum anderen. »Ich mache euch ein Angebot!«, sagte sie, holte tief Luft und pustete stark über den ganzen Tisch. Doch bevor es weiterging, schlug sie auf die Tischklingel.

»Äm, was für ein Angebot?«, fragte Lothar neugierig nach, nahm aber sicherheitshalber mehr Abstand von ihr.

Klotz hielt es nicht mehr aus. Er sprang vom Stuhl hoch und zischte seinem Kollegen ins Ohr: »Von wegen nachts sind alle Katzen grau …!«

»Wohin so schnell des Weges?«, rief die Alte dazwischen und sah ihm streng in die Augen. »Hiergeblieben, Schätzchen, du und dein Schwanz, ihr kommt auch noch dran!«

»Ich … ich muss mal! Das wirst selbst du akzeptieren müssen!«, stotterte der und sah sich suchend nach dem dafür entsprechenden Ausgang um.

Lustitia bückte sich weit über den Tisch, um seinen Penis besser sehen zu können, und sagte: »Das sieht mir gar nicht nach voller Blase aus! Bist wohl ein Drückeberger, hm? Also, wie gesagt, sitzen bleiben! Pissen kannst du später auch noch!«

Das war genug für Klotz, ungeachtet der Gäste um sie herum schrie er: »Sag mal, hat man dir beim Aufpumpen zu viel Gas in dein Gehirn geblasen, oder was?«

Doch anstatt sie damit eingeschüchtert zu haben, fuhr sie richtig auf. »Falls du weiter in so einem kränkenden Ton mit einer unschuldig freudigen Frau sprichst, dann werde ich …«

»Komm, setz dich, Klotz!«, schaltete sich Lothar ein. »Hören wir uns an, welches Angebot sie uns machen will!«

»Couch«, er zeigte mit dem Finger auf Lustitia, »die tickt doch nicht mehr ganz richtig!«, nahm sein Glas vom Tisch und trank den letzten Rest im Stehen aus. Nachdem er sich etwas erholt hatte, schrie er sie erneut an: »Entweder, Fettklops, du verschwindest von unserem Tisch oder wir gehen! Du kannst dich entscheiden!«

»Dein Kamerad hier sieht das aber ganz anders, Jungchen!« Wieder suchte sie mit der Hand Lothars Schwanz. »Beruhig dich! Ich gehe sofort, wenn dir mein Angebot nicht gefällt! In Ordnung?«

Lothar machte eine beschwichtigende Geste mit der Hand und bat seinen Kollegen, doch noch einmal Platz zu nehmen. Widerwillig stimmte dieser zu.

»Na, geht doch!«, murmelte die Alte und drückte ihr Doppelkinn.

Indessen kam Number three an den Tisch. Noch voller Groll nickte Klotz in Richtung der ungebetenen Tischnachbarin und sagte: »Hier, die Alte hat auf die Klingel gehauen!«

»Ach so?«, fragte die Bedienung erstaunt. »Was soll's sein, Lustitia?«

Die hob träge ihren dicken Kopf, legte ihre schweren Brüste zur Entlastung auf den Tisch und sagte: »Eine Runde scharfe Lutscher!«

Während die beiden Kommissare sich fragend ansahen, fragte Number three: »Mit oder ohne Chilisahne?«

»Mit, natürlich!«, antwortete Lustitia barsch und winkte sie weg.

»Wird gemacht!«, sagte sie und verschwand.

Wieder konnte Klotz nicht umhin, der Bedienung auf den Arsch zu sehen.

»Scharfe Lutscher, Frau Lustitia?«, fragte Lothar, »Was ist'n das?«

»Abwarten, Jungchen!« Sie richtete ihre untertellergroßen Brustwarzen jeweils auf einen der Kommissare und atmete schwer ein und aus. »Hätte gerne, dass ihr euer Telefon aushängt. Ich will nicht gestört werden! Also, hier mein Vorschlag!« Dann zog sie eine Haarnadel aus ihrer kurzen schwarzen Föhnfrisur und entfernte sich damit störende Speisereste zwischen den Zähnen.

»Kannst du nicht endlich dein Maul aufmachen!«, schnauzte Klotz sie an. Ihre Brustwarzen erinnerten ihn an die Fingerhüte, die seine Mutter immer neben den Nähnadeln und dem Stopfei liegen hatte.

Lothar hingegen zappelte nervös am Tisch herum, als sie eine der Brustwarzen zielgenau auf ihn gerichtet hatte und gleichzeitig seinen Penis massierte.

»Gleich, Großkotz!«, entgegnete sie. »Wir warten noch auf den Drink!«

»Oh Mann, äm, mach es nicht so spannend!« Auch Lothar wurde langsam ungeduldig. Wollte er doch einen schönen fickerigen Abend verbringen – und was war? Wieder einmal genau das Gegenteil! Wenn er das vorher gewusst hätte, wäre es ihm fast lieber gewesen, sich zu Hause im eigenen Bett einen runterzuholen.

»Na endlich, äm, äm, da kommt die Schokoladenbraut!«, bemerkte er erleichtert und hielt ihr bereits beide Hände entgegen, um beim Abstellen der Gläser behilflich zu sein.

Höflich bedankte sie sich bei ihm. »Das ist doch nicht nötig! Ihr sollt hier euren Spaß haben und euch um solche Dinge gar nicht kümmern!«

»Verpiss dich mit deinen eiernden Schokobergen am Hals!«, fuhr Lustitia die Bedienung unfreundlich an.

Number three nickte ergeben und verzog sich sofort wieder.

»Sag mal, hast du hier irgendetwas zu sagen?«, schnauzte Klotz die Alte an und hätte ihr am liebsten eine aufs Maul gehauen.

»Mir gehört der Laden!«, fauchte sie zurück.

»Was?«, riefen beide Männer fast gleichzeitig.

»Da staunt ihr beiden Sackträger, hm? Doch bevor euch das Reden ganz vergeht, trinken wir erst einmal einen Schluck auf uns!«

Lothar griff neugierig auf das längliche Glas mit der blutroten Flüssigkeit und roch daran. »Pfeffer!?«, bemerkte er und musste plötzlich fürchterlich niesen.

»Ein Drink für echte Männer!«, gab sie zurück und lachte breit, sodass sich ihre Faltenpracht im Gesicht mehr als verdoppelte.

»Erst will ich wissen, was da drin ist!« Klotz weigerte sich, das Getränk einfach so zu probieren.

»Na gut! Ich will mal nicht so sein! Es handelt sich um ein Spezialgetränk! Da sind Tomaten, Paprika, Chilisahne drin und scharfe Gewürze sind fast der Hauptbestandteil und …, aber, nichts Bedenkliches! Ein Stimmungsmacher halt und …!«

»Aha, ein etwas schärferer Gemüsesaft!«, nickte Lothar und setzte das Glas an, um es auszutrinken.

Währenddessen probierte Klotz vorsichtig mit der Zungenspitze. »Moment!«, rief er und hob gleichzeitig die rechte Hand. »Moment, du hast uns noch nicht alles verraten! Du wolltest eben sagen, was da außerdem drin ist!«

»Mein Gott, du bist wirklich eine Lusche!«, bemerkte Lustitia, hüstelte kurz und erklärte: »Nur noch japanisches Aufreißmehl, aber das ist vom Geschmack her ebenso unbedenklich und voll mit dem Stuhl abbaubar!« Damit setzte sie das Glas an ihre wulstigen Lippen und kippte den Inhalt in einem Schluck hinunter.

Die Kommissare gaben sich ein Zeichen und tranken ebenfalls ihr Glas in einem Zug leer. Die Wirkung war sofort zu spüren. Das Zeug brannte in ihren Speiseröhren wie Feuer, und während sich Lustitia grinsend zurücklehnte, rangen die beiden Männer nach Luft.

»Ich, äm, ersticke!«, hustete Lothar.

»Fuck«, keuchte Klotz, als er seine Stimme wiedergefunden hatte, »schlimmer als der übelste Selbstgebrannte! Das ätzt einem ja die Kopfhaut weg!«

Inzwischen hatte sich Lothar eine Serviette vom Tisch gezogen, um sich die Tränen aus den Augen zu wischen.

»So«, Lothar spuckte noch einmal nach, »nun dein Angebot!«

»Ja!« Lustitia rückte näher an den Tisch und winkte mit ausgestrecktem Zeigefinger die beiden Männer zu sich. »Ich schlage euch vor: Kommt mit mir auf meine Fickfedern im ersten Stock und macht es mir oder …«

»Oder …?«, fiel Klotz ihr ungehalten ins Wort und kratzte sich am Sack.

»Oder, Jungchen, ihr beide holt euch vor meinem Publikum hier einen runter! Das Getränk war nämlich ein Steifmacher der obersten Kategorie und hält euch keine fünf Minuten mehr gerade auf den Beinen!«

»Was? Was, äm, soll'n das heißen?«, fragte Lothar.

»Ihr seid wohl beide Beamte, dass ihr eine so lange Leitung habt, oder?«, brauste die Alte auf. »Will sagen, dass ihr beide gleich eine Riesenlatte vor euch herschiebt. Entweder ihr baut diese diskret in meiner Ficklaube an mir ab oder ich schicke euch die Spotlights auf den Sack!«

»Was würdest du denn da …, äm, jetzt machen, Klotz?«, fragte Lothar und fummelte sich bereits tüchtig zwischen den Lenden herum.

»Ei …«, antwortete dieser vollkommen willenlos, »ich würde dann lieber der Alten folgen«, und stand bereits vom Stuhl auf.

Lustitia leckte sich die Lippen feucht, während sich auch Lothar von seinem Platz erhob.

»Klotz, ich kann auch …, äm, nicht mehr sitzen! Ich brauch dringend 'ne Frau!« Schon drehte Lothar sich um und massierte sich dabei ohne Unterlass den Penis.

Lustitia rückte ihre Stühle zurück. »Sehr schön, ich sehe, ihr seid so weit! Eine sehr gute Voraussetzung für einen guten Fick! Kommt mit!« Sie schubste die beiden aus dem Raum, einen Flur entlang, bis sie zu einer steilen, engen Wendeltreppe kamen.

»Hier hoch!«, kommandierte die Alte und freute sich innerlich schon auf die Stecher.

Wie ferngelenkt, folgten die beiden Kommissare ihr und stiegen mit ihren strammen Stangen die steile Treppe hinauf.

»Halt!«, rief sie plötzlich, schnaufte bereits tief, da ihr das hohe Eigengewicht beim Treppensteigen die Luft nahm. »Da vorne rechts, die gelb getünchte Tür, ihr Säcke!«

»Aha, ja, da …, äm, hinein!« Lothar nickte und stieß die Tür auf.

»Uuuii …!«, staunte Kommissar Klotz, als er eine auf gemütlich ausgerichtete Bumskammer betrat, in dessen Mitte ein riesiges Bett aufgebaut war. »Donnerwetter, das ist ja mal was! Jetzt noch Weiber! Wo sind die Weiber?«

»Ihr braucht keine Weiber!«, sagte Lustitia. »Ihr braucht nur mich! Ich ersetze euch einen ganzen Hühnerstall!« Sie befahl den beiden, sich aufs Bett zu legen, was sie auch bereitwillig taten.

»Von der Füllmenge, also vom … vom Rauminhalt her, stimmt das ja, gute Frau!«, bemerkte Klotz. »Aber vom Sexniveau her, für richtige Männer wie wir, da mangelt es dir, nicht nur optisch, auch gehirnmäßig, an allen Ecken und Kanten!«, legte beide Hände um seinen Penis und setzte ein bedauernswertes Lächeln auf.

»Dir wird dein dämliches Grinsen gleich vergehen, du Arsch!«, begehrte Lustitia auf und drehte den Lichtschalter, bis es in diesem Zimmer ziemlich dunkel wurde. Sie wunderten sich noch über diese drastische Lichteinschränkung, da bemerkten die beiden Männer, wie sich etwas Fettes zwischen sie quetschte.

»Was …, um Himmels willen, Klotz, geht hier vor sich?«, rief Lothar in die Dunkelheit und konnte sich gerade noch so das Abspritzen verkneifen.

»Ei …, wenn ich das wüsste!«, antwortete Kommissar Klotz.

Dann spürten sie, wie jemand ihre Schwänze packte.

»Ich bin es, ihr Trottel!«, half Lustitia ihnen auf die Sprünge. »Maul halten, es wird erst dann abgespritzt, wenn ich es anordne, kapiert?«, wälzte sich auf den Bauch und streckte Lothar ihren breiten Arsch hin. »Lecken, du Sau!«

»Oh …, igitt, äm …«, Lothar kam ins Stottern. »äm, sorry, Lustitia, aber ich bin jetzt nicht unbedingt …, äm, der große Lecker! Mein Kollege Klotz kann das viel besser als ich! Könntest du nicht ihn darum bitten? Er liegt ja gleich auf deiner anderen Seite. Äm, äm, dann bist du vorne frei und könntest derweil meinen Schwanz ins Maul nehmen!«

»Herrgott, noch eins!«, schimpfte sie zuerst, zeigte sich dann aber doch kompromissbereit. »Meinetwegen!« Sogleich schaffte sie ihren schweren Körper auf die andere Seite und schob unter großen Mühen Klotz ihren Arsch vors Gesicht. Als er das riesengroße Loch mit seiner Nase witterte, schlug er wild um sich und brüllte: »Hilfe, iiiihhhh, puh, puh …, äh, puh, Iiiihhhh …, ich kann der da doch nicht helfen, Couch! Hilfe, mir wird irgendwie schlecht! Ich glaube, ich verliere das Bewusstsein!«

»Quatsch nicht, Jungchen, entweder du leckst mich auf der Stelle oder ich setze mich mit meinem ganzen Körpergewicht auf deinen Schwanz! Bei round about 250 Kilo Lebendgewicht würde ich mir das an deiner Stelle gut überlegen!«

»250 … 250 Kilo? Oh Gott, oh Gott, Gott oh Gott, wie kann man nur so fett …«, stöhnte Klotz bereits schwer, »nee, mein armer Schwanz, nee, also … na gut, i-ich will es versuchen!«

»Danke, Klotz!«, rief Lothar erleichtert von der gegenüberliegenden Seite und hielt Lustitia erwartungsvoll seinen Steifen in ganzer Pracht entgegen. »Hier, wenn du den …, äm, schon mal ordentlich durchlutschen könntest, Lustitia!«

Schnell packte sie seinen Schwanz und stopfte ihn sich in den Mund.

»Was machen wir hier nur für eine Scheiße, Couch?«, bemerkte Klotz, während er den aufsteigenden Ekel fast nicht mehr unterdrücken konnte.

»Klappe halten und weiterlecken!«, ermahnte ihn die Alte. »Bei deinem Gequatsche vergeht einem ja die Geilheit!«

Kommissar Klotz leckte mit zugekniffenen Augen fleißig weiter in ihrer Spalte herum.

»Gut, ja und wenn der gnädige Herr außer seiner lahmen Zunge noch seine Hände dazu benutzen könnte, um mir leicht die Muschi zu kratzen, wäre das wesentlich ergebnisorientierter!«

Plötzlich zog sie Klotz mehr in die Bettmitte, drehte ihm den Rücken zu und hockte sich mit ihrem ganzen Schwergewicht auf seinen Brustkorb.

»Nee, nee …«, stöhnte er, »bei aller Liebe, aber so … so geht das nicht! Couch, Couch, hilf mir!« Er fühlte sich bereits dem Erstickungstod nah, als die Alte sich plötzlich von seinem Brustkorb erhob. Aber anstatt Einsicht zu zeigen, krabbelte sie rückwärts auf allen vieren über ihn, sodass ihre dicke Pflaume direkt über seinem Gesicht hing.

»Oh Gott, oh Gott …, Iiiihhh, Couch, tue endlich was! Ich ersticke! Ich sterbe!«

»Sorry, Klotz«, gab Lothar zurück und seine Stimme klang weinerlich, »aber ich kann mich …, äm, kaum bewegen! Mein Ständer ist so schwer, dass ich das Gefühl habe, der bricht mir jeden Moment ab!«

»Das ist doch alles nicht mehr normal!«, rief ihm Klotz unter der Möse der Alten zu.

»Wenn du nicht gleich deine Fresse hältst«, drohte Lustitia ihm, »dann ist was fällig!«

Plötzlich beschlich Lothar ein unheimlicher Gedanke. Was, wenn das an die Presse gelänge? Schlagzeile: QUALVOLLER ERSTICKUNGSTOD EINES FRANK-FURTER POLIZEIBEAMTEN BEIM FICKEN EINER ELEFANTÖS MU-TIERTEN PUFFMUTTER! Ihm wurde siedend heiß! Nicht nur Klotz, auch er selber würde erwähnt werden. Das galt es zu verhindern!

Er raffte seinen letzten Verstand zusammen und rief: »Klotz, halte durch! Ich komme! Also nicht so, wie du jetzt meinst, sondern anders …! Ich komme dir zu Hilfe!«

»Hm, hm, hm, hm …!«, hörte er die erstickenden Laute seines Kollegen.

»Liegen bleiben, alter Sack!«, befahl die Alte und hob kurz ihren Arsch von Klotz' Gesicht hoch.

Der japste sofort nach Luft und hielt sich die Brust.

Das ist die Gelegenheit, dachte sich Lothar und sprang vom Bett hoch. Nahm Anlauf und stürzte sich auf Lustitia. Die kippte zur Seite und fiel unter Schreien vom Bett.

»Komm, komm da jetzt raus!«, schrie Lothar und half seinem Kollegen auf die Beine. Schnell suchte er nach dem Lichtschalter und drehte es wieder heller.

»Das werdet ihr mir büßen, ihr Flachwichser!«, brüllte die Alte. In der Zwischen-zeit hatte sie es zumindest bis auf die Knie geschafft.

»Selber schuld!«, gab Lothar zurück und kümmerte sich sofort wieder um seinen Kollegen. »Mach schon, Klotz! Wir müssen hier verschwinden!«

»Couch …, Couch, bist du es?«, hauchte Klotz noch benommen.

»Ja, wer sonst, Klotz!«

»Ihr Schweinebacken, ihr mieses Pack …!«, rief die Alte. »Wenn ich euch erwi-sche, ziehe ich euch den Schwanz so lang, dass ihr nicht mehr wisst, ob das euer Hosengürtel ist oder nicht!«

»Komm jetzt, Klotz!« Lothar zog ihn weiter mit sich. »Die hat vielleicht ihre eigenen Schlägertypen hier irgendwo und wir geraten in eine Prügelei. Das können wir uns nicht leisten!«

Plötzlich hörten sie einen schrillen Pfiff.

Lothar fuhr herum und rief:

»Oh, mein Gott, Klotz, eine Razzia und wir mittendrin! Wenn die uns erwischen …, äm, dann doch wenigstens bekleidet!«

»Beruhig dich, Couch! Die Alte hat hier gepfiffen! Ob aus dem letzten Loch oder was sonst dahintersteckt, wir werden es gleich erfahren!«

»Nein, darauf werde ich bestimmt nicht warten!« Lothar kam in diesem Moment nur ein Gedanke: Flucht. Ohne auf Klotz zu warten, rannte er aus dem Zimmer. In der Umkleidekabine angekommen schlüpfte er schnell in seine Hose. Da hörte er einen dumpfen Schlag, der durch den ganzen Flur hallte, als ob ein schweres Regal umgekippt wäre. Schnell warf er sich den Rest der Kleidung über. Was, wenn seinem Kollegen etwas zugestoßen war? Er konnte ihn nicht einfach zurücklassen! Vielleicht würde er da oben bei der Alten verbluten! Vorsichtig öffnete er die Tür zum Flur und schlich sich hinaus. Er tastete nach seiner Waffe, bis ihm einfiel, dass er ja zivil unterwegs war.

»Scheiße, mit was soll ich denn jetzt schießen?« Langsam pirschte er sich vor bis an die gelbe Tür, die zum Schlafzimmer führte. Blieb stehen und lauschte. Doch es herrschte Todesstille und seine Gedanken überschlugen sich. Was um Himmels willen hatte sich dort abgespielt? Waren alle tot? Zaghaft drückte er gegen die Tür. Das Licht brannte noch unverändert hell. Lustitia lag, alle viere von sich gestreckt, auf den Kissen, und hinter dem Bett entdeckte er einen großen kräftigen Kerl mit Glatze! Er hatte eine Schlagwunde an der Stirn, aber er lebte noch, genauso wie Lustitia.

»Couch, was machst du noch hier?«, hörte er plötzlich eine bekannte Stimme.

Lothar fuhr herum. »Klotz, Mann, hast du mich erschreckt!«

»Bring mich zur Umkleide! Ich hatte mich da unten verlaufen!«

»Ja«, sagte Lothar, »komm, hier entlang! Wir müssen uns beeilen, bevor die vielleicht noch auf die Idee kommen, unsere Kollegen zu informieren!«

»Scheiße, daran hab ich gar nicht gedacht!« Klotz wurde auf einmal leichenblass.

Auf dem Weg zu den Schließfächern sagte Lothar bewundernd zu ihm: »Du musst denen ja ein ziemliches Ding verpasst haben, Klotz! Sogar den Bodyguard der Alten hast du kampfunfähig geschlagen!«

»Das ist doch jetzt nicht wichtig, Couch! Gibt es hier irgendwo einen Hinterausgang?«

»Kenne keinen, Klotz!«

»Mein Gott, was für eine Scheiße!«, fluchte Klotz, während er seine Sachen anzog. »Dann müssen wir wieder durch die Flutlichter, oder was?«

»Es gibt vielleicht noch eine einzige andere Möglichkeit!«

»Ja, Herrgott, raus mit der Sprache! Es geht hier schließlich auch um unseren Ruf als Polizisten, Couch!«

»Äm, äm, da wäre der Lieferanteneingang am anderen Ende des Flures!«

»Sorry, Couch, dass ich das jetzt sage, aber manchmal frage ich mich, wie du überhaupt einen einzigen deiner Fälle lösen konntest, so lahmarschig, wie du bist!« Fertig angezogen holte er noch den Autoschlüssel aus dem Spind und stürzte vor an die Kabinentür.

»Gut, warte, mir nach!«, sagte Lothar und zog seinen Kollegen am Ärmel aus der Umkleidekabine. »Da vorne, da müssen wir hin!«

Als sie beide endlich das Freie erreicht hatten, keuchte Klotz: »Nie mehr hierher!«

Schnell stiegen sie in ihren Wagen und fuhren los.

»Beten, Couch, dass wir heil ankommen!«

»Warum beten?«, fragte Lothar und machte das Radio an.

»Ei …, weil wir was getrunken haben, und das nicht zu knapp! Du kennst doch die Regeln im Straßenverkehr!«, antwortete Klotz und fuhr mit quietschenden Reifen los.

»Bist du denn fahrtüchtig, Klotz?« Er richtete die Lehne des Beifahrersitzes so, dass er bequem liegen konnte.

»Willst du lieber laufen, Couch?«

»Ich? Jetzt? Niemals! Wohin fahren wir eigentlich?«

»Dachte, wir fahren zu dir! Wir müssen schließlich die Strategie besprechen, was wir dem Alten morgen sagen, sollte die ganze Sache doch noch eskalieren!«

»Das geht nicht, Klotz! Meine Mutter ist nicht gut auf mich zu sprechen! Wie ist es denn mit deiner Wohnung? Können wir nicht dorthin fahren?«

»Um Himmels willen, meine Frau ist doch da! Wenn die erfährt, dass ich mich in einem Puff herumgetrieben habe, wird die sofort die Scheidung beantragen!«

»Ach so? Äm, Scheiße!«

Plötzlich trat Klotz scharf auf die Bremse und blieb mitten auf der Straße stehen. »Du …, Couch, das mit der Scheidung …!«

»Fahr weiter, du Sack! Du kannst doch nicht …, äm, hier in aller Ruhe deine Ehe anzweifeln und den ganzen Verkehr blockieren! Lass uns ins Büro fahren! Da ist um diese Zeit niemand mehr.«

Sein Kollege nickte und gab wieder Gas.

»Fuck, Klotz, ich hab's!«

»Was? Was hast du?« Klotz bog in die Straße ein, die zum Revier führte.

»Ein stichhaltiges Argument, wenn wir eine Erklärung brauchen, warum wir uns im Single-Zoo herumgetrieben haben! Wir ermitteln doch in dem Mordfall Balzer, und da die Pilz eine Edelnutte ist, können uns die Spuren doch locker leicht in die Gegend des Treffs geführt haben!«

»Genial, Couch!«, bemerkte Klotz begeistert und gab noch mehr Gas als die ganze Zeit über. »Der Einfall ist brillant! Dann müssen wir nun weiter gar nichts mehr besprechen und ich bringe dich gleich nach Hause!«

»Gut, aber deswegen musst du nicht so rasen, Klotz!«

»Ja, ja!«

»Du, Klotz, nachdem alles so schiefgelaufen ist, habe ich für mich beschlossen, mein freies Wochenende zu kappen. Ich werde an dem Mordfall weiterarbeiten, und ich bin präsent, wenn Balzer ausrasten sollte!«

»Tatsächlich? Na, dann könnte ich ja morgen auch wieder gesund sein und wir treffen uns wie üblich in der Cafeteria um 10.00 Uhr?«

»In Ordnung, Klotz!« Lothar stieg aus und schaute mit Grauen auf das Haus seiner Mutter, während Kommissar Klotz davonfuhr.

6.

Lothar konnte die ganze Nacht nicht schlafen. Bereits gegen Morgen kreisten seine Gedanken noch immer um das, was sie am Vorabend erlebt hatten. Diese Schreckschraube, Lustitia, war ihm dort noch niemals begegnet! Warum musste sie auch ausgerechnet gestern an ihrem Tisch auftauchen? Dabei hatte er sich doch nur Sex mit einer schönen, breiten und wilden Frau gewünscht! Allein diese Gedanken ließen seinen Schwanz lebendig werden. Das klare Zeichen für die Sehnsucht nach einem geilen Fick.

Lothar schaltete alle bösen Gedanken aus und konzentrierte sich auf seinen Körper. Sein inneres Verlangen wurde so stark, dass er schließlich seine Finger nicht mehr stillhalten konnte. Er schlug die Bettdecke zurück und fing an, sich mit der linken Hand die Eier zu kraulen, mit der rechten packte er seinen Penis und massierte ihn.

»Boa …, wichs mich!«, stöhnte er. »Wichs meinen kräftigen Schwanz! Ja, ja! Zeig mir deine Muschi! Ich will dich ficken!« Seine Bewegungen wurden heftiger. Er spuckte in die rechte Hand und feuchtete seinen Penis an. Verloren in leidenschaftlichen Gefühlen, packte er seinen Schwanz fester. »Sau!«, rief er. »Couch-Eck, du wilde Sau …, du Sau, du Sau …!« Sein Penis wurde hart und steif. Er war kurz vor dem Höhepunkt, als ihm einfiel, dass er wegen seiner Mutter unter keinen Umständen das Bettlaken versauen durfte. In höchster Erregung schaffte er es auf die Füße und schaute sich im Zimmer nach einem Gefäß um, worin er abspritzen könnte. Kurzerhand entschied er sich für den alten Aschenbecher seines Vaters, den er zur Zierde auf sein Regal gestellt hatte. Er zog das metallene Gefäß hervor, stellte es aufs Bett und hielt seine Schwanzspitze darüber. Da schoss es ihm auch schon durchs Rohr, so heftig, dass es ihn umhaute.

»Oh! Fuck …!« Seine Knie begannen stark zu zittern. Er verlor das Gleichgewicht und stürzte mit den Armen auf den Ascher. Der kippte um, fiel vom Bett und rollte mit Getöse auf dem Parkett aus.

»Scheiße! Scheiße, wenn ich einmal was mache!«, schimpfte er und massierte sich seinen Schwanz ein wenig nach, als plötzlich die Tür zu seinem Schlafzimmer aufgerissen wurde.

Seine Mutter schaltete das Licht ein und rief: »Lotte, Junge, was ist das denn für ein Krach bei …?« Doch was sie dann sah, machte sie sprachlos. Lothar hielt sich schnell beide Hände über den Sack und bekam einen hochroten Kopf.

»Ei, was ist denn hier los?«, fragte sie entsetzt und starrte ihrem Sohn zwischen die Beine. »Hast du etwa wieder hier herumgewichst? Also, das ist doch … Du bist und bleibst ein Schwein! Du solltest dich schämen und noch eines – die Sauerei hier machst du gefälligst selber wieder weg!«, und schaute auf das verspritzte Bettlaken. »Damals zu unserer Zeit hätte …«

»Herrgott«, brüllte Lothar los, »zisch ab! Ich habe keinen Bock, mir deine Moral-predigten anzuhören!«

Seine Mutter stellte sich dicht vor ihn und drohte mit dem Zeigefinger. »Wenn ich vorher gewusst hätte, was ich da für eine Spritz…, äh, Missgeburt …, dann hätte ich mich niemals freiwillig von deinem Alten vögeln lassen!« Kopfschüttelnd hob sie noch den Aschenbecher auf und verließ sein Zimmer.

»Du Idiot, wie oberpeinlich!«, rügte er sich selbst, packte erneut seinen Schwanz und wetterte gegen ihn: »Du nimmersattes Stück, musstest du mir ausgerechnet jetzt deine Geilheit ins Gehirn schleudern? Aber nein, wenn ich dich wirklich einmal brauche, dann wartest du, bis die allgemeine Panik in mir ausgebrochen ist!« Lothar stieg in seine Unterhose und schaute auf den Wecker. »Erst 5.00 Uhr, na, dann gönne ich mir noch ein bisschen Schlaf, bevor ich mich nachher mit Klotz treffe!« Anstandshalber rieb er so gut es ging mit dem Oberteil seines Schlafanzuges noch die Wichsflecken vom Laken und legte sich wieder aufs Ohr. Die Decke weit über den Kopf gezogen fielen ihm schließlich doch die Augen zu.

Die Sonne schien hell ins Zimmer, als Lothar wach wurde. »Uuuaaahhh …«, gähnte er und sofort fielen ihm wieder alle Sünden ein. »Huch, Klotz!« Hektisch schlug er die Decke zurück. »Wie viel Uhr …, äm, Scheiße, haben wir …?« Sofort sah er nach. Schon 11.30 Uhr! Entsetzt sprang er aus dem Bett und schlüpfte in seine Hausschuhe. »Klotz, Klotz, Klotz, Klotz, Klotz …, um zehn, nicht um zwölf Uhr, du Trottel!«

So schnell hatte Lothar noch nie geduscht und die nassen Frotteetücher flogen in hohem Bogen quer durchs Bad. Noch ein Blick in den Spiegel. Seine Haare waren noch nicht trocken und die Zähne wieder mal nicht geputzt. Schweißgebadet kam er ins Schlafzimmer zurück und zog sich seine legeren Alltagsklamotten an.

»Hoffentlich ist Mutter nicht unten!«, betete er mit Blick gen Himmel und schnürte seinen Gürtel zu. Leise schlich er die Treppe hinunter und trat in seine Turnschuhe, da öffnete sich die Küchentür und seine Mutter stand mit einem Kochlöffel in der Hand vor ihm.

»Nicht ohne Frühstück, du Sau!«, herrschte sie ihn an und deutete mit dem Holzbesteck in Richtung Küche. »Abmarsch, erst wird gegessen!«

»Nee, geht jetzt nicht! Äm, äm, eiliger Einsatz, Mama! Genauer gesagt, ich bekomme sowieso keinen Bissen hinunter!«

»Wer sich in den frühen Morgenstunden bereits einen runterholen kann, hat auch Zeit zum Fressen!«, sagte sie mit scharfem Unterton und ihr Blick verriet nichts Gutes.

»Äm, äm, also bis heute Abend, Mama! Der Chef hat in dringender Sache angerufen! Äm, äm, ich muss mich hier schleunigst vom Acker machen!«

Eilig hetzte er nach draußen und wäre fast noch die Haustreppe hinuntergefallen, so sehr fühlte er sich getrieben.

7.

»Klotz?«, wunderte sich Lothar, der zeitgleich mit seinem Kollegen den Parkplatz vor dem Revier befuhr. »Klotz, oje!«, plagte ihn sein schlechtes Gewissen. Er stellte den Motor ab und stieg aus. Doch anstatt der erwarteten Standpauke kam der ihm mit stark verkniffenem Gesichtsausdruck, ungepflegt und zerzaust entgegen.

»Hä, wie siehst'n du aus?«

»Hey, Couch, sorry, dass ich nicht um 10.00 Uhr in der Cafeteria war! Ich bin so fertig! Ich kann nicht mehr!« Kaum hatte er das ausgesprochen, gaben seine Beine nach und er sackte vor ihm zu Boden.

»Um Himmels willen, Klotz!«, rief Lothar besorgt und sprang zu ihm. Mit leichten Schlägen auf die linke Wange versuchte er, ihn wach zu kriegen. »Was ist denn los? Ich war es doch, der unser Treffen verpennt hat!«

Kommissar Klotz verdrehte die Augen und wälzte sich panisch von links nach rechts. »Lass ab von mir, du blöde Kuh!«, stöhnte er. »Lass mich los! Ich bin schon ganz wund am Sack. Ich hab die … die Schnauze voll! Ich will kein Baby! Ich will nicht …, ich … will nicht! Geht das endlich in deine ondulierte Flachbirne?«

»Nein, nein, äm, ich bin es, dein Kollege Couch! Deine Frau ist überhaupt nicht in der Nähe! Komm wieder zu dir!« Leider nutzten Lothars Ohrfeigen nichts, denn sein Kollege blieb im Delirium. Eine Idee hatte er noch. Entschlossen stand er auf und trat ihm vier, fünf Mal fest in den Arsch. Das half!

»Wo …, wer … bin ich?«, stammelte Kommissar Klotz.

»Na endlich! Entweder du kommst jetzt mit oder du bleibst da liegen, bis du wieder klar in der Birne bist!«, sagte Lothar und scharrte ungeduldig mit dem rechten Fuß auf dem Boden. »Ich kann nicht länger hier herumstehen, Klotz! Ich hab selbst genug Probleme am Hals!«

Sein Kollege hob den Kopf und rief: »Am Hals? Eher auf dem Hals!«, setzte sich auf und bekam plötzlich heftige Kopfschmerzen. »Au, verdammt! Moment, warte auf mich, Couch!«

»Zum Glück ist die Heißloch am Wochenende nicht hier! Rekapitulieren wir noch einmal, Klotz!«, begann Lothar und ließ sich auf seinen Drehstuhl fallen, während sein Kollege in der Tür stehen blieb.

»An was genau denkst du?«

»Ei, woran wohl? An unseren Mordfall, äm, äm, Bruno Balzer!«

»Das kannst du mir auch freundlicher sagen, Couch«, beschwerte sich Kommissar Klotz, »obwohl du unverständlicherweise einige Vergütungsgruppen höher liegst als ich!«

»Bitte …, was ich hier und heute am allerwenigsten gebrauchen kann, ist eine beleidigte Leberwurst, Klotz! Vielleicht legst du nicht jedes Wort auf die Goldwaage!«

»Ich? Du bist doch derjenige, der …! Ach, weißt du was? Ich habe keinen Bock, mich mit dir herumzustreiten! Dann arbeite ich lieber an was anderem, schönen Tag noch!« Schon war er verschwunden.

Lothar hörte ihn noch den Flur hinunterlaufen, dann herrschte Ruhe.

»Auch gut«, dachte er laut, »dann denke ich eben alleine nach!«, zog die Schreibtischschublade auf und holte Bleistift und Papier hervor.

Sein erster Gedanke war, sich zunächst Notizen über diesen Fall zu machen und eine kleine Skizze, wie der Tote aufgefunden worden war. Er malte zwei Kurven aufs Papier, die die Hüftknochen und den Brustkorb des Toten darstellen sollten. Als er so seine Striche zog, stellte er mit Erstaunen fest, dass das Bild langsam eher den Rundungen von Frau Pilz glich als dem Opfer. »Nee, so komme ich nicht weiter!« Er warf Papier und Stift zur Seite und stützte den Kopf auf seinen Händen ab. Was hatte Klotz eben gesagt: Ärger habe ich schon genug zu Hause, und eigentlich ging es ihm doch ähnlich. Lothar rollte seinen Drehstuhl zurück und sprang auf die Füße.

»Dann will ich dem eingeschnappten Kerl mal zeigen, wer hier die Hosen anhat!« Er riss die Bürotür auf und lief ins Arbeitszimmer seines Kollegen. Die Tür zu dessen Büro stand weit offen, als Lothar ankam, aber er konnte ihn nicht sehen. Plötzlich hörte Lothar die Stimme seines Kollegen hinter dem Schreibtisch. Sofort drängte sich ihm der Gedanke auf, dass sich dort etwas abspielte, was nicht ganz sauber war. Er versteckte sich hinter der Tür und strengte seine Ohren an, um besser verstehen zu können.

»Du feuchte Sau!«, hörte er Kommissar Klotz ins Telefon sagen. »Ja, mach deine Beine schön breit! So breit, wie du kannst! Wie geht es deiner Muschi? Ja, drei

Finger, nein, wenn es geht, stecke vier Finger in dein Loch und jaule noch mal so wie eben!«

Lothar verhielt sich leise und spähte vorsichtig in Klotz' Büro. Dieser lag stöhnend auf dem Boden und hielt Telefonsex mit einer Wichse. Wahrscheinlich mit einer, die man unter den 0190er-Nummern erreichen kann. Irgendwie törnte Lothar dieser Gedanke an und er lauschte aufmerksam weiter.

»Du bist geil auf mich!«, sagte Kommissar Klotz und massierte sich mit der linken Hand den Penis. »Ich will dich lecken und du darfst meine Eier lutschen!« – »Schön, ja, mehr, sag es mir noch mal! Ja, pack meinen Schwanz! Boa, ist das heftig, ist das heftig, boa, boa …, ja, ich spritz gleich! Fuck, ja, du bist gut, ja! Boa, boa … Fuck …!« – »Hä, was hast du …? Was?«

Lothar grinste, griff sich in den Schritt und dachte: Was tut der nur, wenn der Alte plötzlich hier auftaucht? Gedankenversunken fuhr er erschrocken in sich zusammen, als es bei Klotz zum erlösenden Schuss kam. Von einem lang zischenden Schrei begleitet beutelte es seinen Kollegen auf dem Fußboden, bis es in hohem Bogen über den Teppich spritzte. Kurz danach kam Kommissar Klotz schwerfällig hinter dem Schreibtisch hoch und legte den Hörer auf. Noch hatte er Lothar nicht entdeckt.

Der wollte seinen Kollegen jetzt auch nicht mehr ansprechen und trat den Rückzug an. Auf die Idee mit dem Telefonsex war er noch gar nicht gekommen! Er ging zurück in sein Büro und schloss vorsichtshalber die Tür hinter sich ab. Die innere Aufregung, etwas ungeheuerlich Verbotenes auf dem eigenen Polizeirevier zu machen, geilte Lothar richtig auf, und er öffnete seinen Hosenlatz, bevor er den Hörer abnahm.

»Ihre freundliche Auskunft, Sie wünschen?«, hörte er eine nette Männerstimme fragen. Lothar schluckte leicht nervös. »Verbinden Sie mich bitte mit einer der versautesten 0190er-Nummern, die Sie kennen, dringend!«

»Ist Ihnen egal, welche, oder soll ich Ihnen erst mal vorlesen, was es da so gibt?«

»Erst mal vorlesen!«, antwortete Lothar knapp und packte schon mal einen Pinsel fest am Griff.

»Gut, Moment! Da gibt es Lola, die Nimmersatte, oder Lilli, die Frau über 60, die mit dir auf Faltenforschung geht, oder Gudrun, die Obergeile, die dir mit ihren schweren Wackeltitten eine harte Pasta an den Sack zaubern kann, oder Tina, die ganz junge, aber dennoch Versaute, deren Löcher du mit der Grubenlampe ausleuchten darfst! Was wollen Sie?«

Lothar kratzte sich nachdenklich am Sack. »Äm, äm, ich nehme die Nimmersatte, diese Lola da!«

»Die ist wirklich gut! Das kann ich Ihnen mit Bestimmtheit sagen! Ja und wissen Sie was? Hier ist heute Mittag eh nicht viel los! Die Lola nehme ich auch! Soll ich Sie sofort verbinden oder kann ich zuerst? Möchten Sie die Nummer dieser geilen Schwester per SMS oder wie machen wir's, hm?«

»Ei, ich schreib mir die Telefonnummer auf, und Sie halten sich gefälligst zurück, bis ich fertig gefickt habe!«

»Verstehe, dann muss ich wohl auf eine andere Wichse ausweichen!«, sagte der Mann enttäuscht und gab ihm Lolas Telefonnummer durch.

Wir Männer scheinen doch immer und überall dieselben Probleme zu haben, dachte Lothar bei sich und wählte mit zitterigen Fingern die Telefonnummer, die er eben bekommen hatte: 0190999019… Noch während das Freizeichen in seinem Telefon zu hören war, ließ Lothar bereits die Hosen fallen. Freudig summte er vor sich hin: »Nimmer…, die nimmersatte Fickfotze! Nimmersatt, bin ich auch!«

Dann endete das Freizeichen und eine erotisch klingende, weibliche Stimme meldete sich: »Hallo, du Hurensohn, ich bin die Nimmersatte! Die, die es immer kann, wenn die Kohle stimmt!«

»Kohl…, äm, cool, meinte ich! Äm, äm, ich …«

»Komm zur Sache, du Held! Meine Muschi ist feucht und Zeit ist Geld!«

»Ja …, das ging ja schnell, äm …«

»Aha, ich merke schon, ein Beamter oder Verklemmter! Komm, sag mir, wie ich's dir machen soll!«

»Äm, äm …!« Lothar fiel auf die Schnelle einfach nichts Passendes ein.

»Ich bin eine schlampige, geile Hure! Fick mich doch! Ich triefe schon vor lauter Geilheit nach dir!«, bemühte sie sich weiter.

»Echt, du bist nass?«

»Ja«, und sie begann zu stöhnen, » ja, und wie! Bei mir kannst du dich voll gehen lassen, Süßer! Pack dir deinen Schwanz, und sei gut zu ihm, damit er nachher in meine Löcher passt! Ist er schon steif? Ach, ist ja auch egal! Wir müssen sowieso zuerst das Finanzielle klären! Hast du eine Kreditkarte?«

»Ja, die hab ich!«

»Prima, dann gibst du mir jetzt deine Kartennummer und alles ist geritzt!«

»Ja und der Sex?«

»Sofort! Wie kann ich dich anreden?«

»Äm, sag einfach … einfach, äm, Fickthor zu mir!«

»Fickthor, tolles Bums-Pseudonym! Dann fehlt nun nur noch die Kartennummer, Fickthor!«

Lothar machte gern die gewünschten Angaben. Diese Frau entsprach genau seiner Vorstellung, richtig pervers und verdorben.

»Hinlegen, Fickthor«, befahl sie, »und wenn du so weit bist, dann sagst du mir das!«

»Moment, Lola, ich muss erst gucken, ob die Schnur vom Telefon überhaupt so weit reicht!« Er prüfte die Leitungslänge und legte sich flach auf den Fußboden. »Ich liege und jetzt?«, fragte er und musste sich, angewidert von dem üblen Geruch, der aus dem Teppich strömte, die Nase zuhalten.

»Sehr schön!«, sprach die Frau. »Ich werde dir jetzt ein Geheimnis verraten! Schon als du das erste Wort am Telefon zu mir gesagt hast, wurde mir danach, meine scharfe Muschi selbst zu befriedigen! So sehr hat deine Stimme mich angetörnt!«

»Och ja …? Geil, und das geht …?« Erstaunt zog Lothar beide Augenbrauen nach oben.

»Hm …, und deswegen liege ich bereits splitternackt auf meinem Bett, nur die roten Spitzhacken habe ich anbehalten. Süßer, ich mache jetzt meine Beine für dich breit und hoffe, dass du mich gut bedienen wirst! Das kannst du doch, oder?«

»Moment, äm, aber du sollst mich doch bedienen, nicht umgekehrt!«

»Sehr schön! Ja …, äh …« Die Frau klang mittlerweile etwas ratlos. »Nun stell dir doch in Gedanken vor, wie ich hier liege. So feucht und breit und heiß. Ich brauche dringend einen Schwanz, einen starken Schwanz, deinen Schwanz, Fickthor!«

»Das geht noch nicht, weil …, äm, der hängt noch!«

»Süßer, du sollst es dir in deinen verruchten Gedanken vorstellen! Gib mir einen Tiernamen, Fickthor, damit ich weiß, an welches animalische Lebewesen du denkst, wenn du es mit mir machst!«

»Pute!«, fiel Lothar spontan ein.

»Was?«

»Pute, Huhn oder Gans! Ist doch auch egal! Federvieh halt!«, erklärte er.

»Hm …, ja, du stehst also auf Gefieder! Dachte mir doch gleich, dass du ein ganz besonderer und geiler Typ bist. Gut, dann, ich warte immer noch auf deine Zunge, Fickthor! Sag mir, wie du die Frauen am liebsten leckst – und schnalzt du dabei?«

»Nee, ich schnall höchstens ab!«, entgegnete Lothar leicht gelangweilt. »Wenn du mich nun endlich heißmachen könntest, wäre ich dir sehr verbunden! Ich habe nämlich bald Dienstschluss!«

»Fickthor, packe deinen Schwanz und gib ihm Zunder!«, befahl die Frau.

Lothar gehorchte. »Hab ihn, Lola, aber das mit dem Zündstoff brauche ich nicht! Mein Penis ist sowieso der Oberhammer!«

»Fickthor, bitte!«, rief sie in den Hörer. »Du musst schon etwas mitarbeiten!«

»Lola, sorry, aber bei mir da steigt irgendwie nichts!«

»Ein letzter Versuch, Süßer, ich warte doch auf dich! Meine Titten sind bereits prall, wie bayerische Semmelknödel und hängen schwer vor Verlangen und …«

»Was, das gibt's?«, fragte Lothar neugierig dazwischen. »Titten können deswegen größer werden? Das höre ich nun wirklich zum allerersten …!«

Plötzlich klopfte jemand laut an seine Bürotür und lief dann voll dagegen.

»Autsch, verdammt, Couch, bist du da?«

Lothar schoss das Blut ins Gesicht. Er beendete sofort das Gespräch und zog rasch seine Hosen hoch. »Äm, mir war nur was …, äm, anderes in den Sinn gekommen, Klotz!«, antwortete er und schloss die Tür auf.

»Hängt das mit den Ermittlungen zusammen, Couch?«, wollte Kommissar Klotz wissen und trat unruhig von einem Fuß auf den anderen. »Mensch, der Chef ist bei mir im Büro und brüllt sich einen Ast! Hast du das nicht gehört?«

»Nein, äm …!«, entgegnete Lothar zutiefst verlegen.

»Ich soll dich holen, Couch, und zwar auf der Stelle!«

»Nun mal langsam, Klotz! Wir sind hier, obwohl wir gar nicht hier sein sollten!«, sagte Lothar und richtete sich noch den Hosenbund.

»Das ist es ja gerade!«, zischte sein Kollege hinter vorgehaltener Hand. »Couch, da ist was im Busch! Bitte, komm sofort in mein Büro! Balzer wartet dort!«

»Ja, ja, sag ihm, ich komme gleich!«

Kommissar Klotz ließ die Tür offen und ging in sein Büro zurück, während Lothar sich das Gesicht mit einem Taschentuch abwischte. Er war nach der ganzen Aktion doch ziemlich verschwitzt, obwohl es eigentlich zu nichts gekommen war.

»Couch-Eck!«, hörte er auf einmal das Geschrei des Polizeipräsidenten durch den ganzen Flur. »Couch-Eck, aber ohne Umschweife …!«

Im Gesicht wieder einigermaßen farbneutral und mit einem aufgesetzten Lächeln verließ Lothar schleunigst sein Büro. »Hi, Chef!«, rief Lothar und hob kurz die rechte Hand zum Gruß.

Balzer stand aufgebracht und mit rotem Kopf vor dem Schreibtisch seines Kollegen und hatte die Arme in die Hüften gestemmt. Die tiefe Zornesfalte auf seiner Stirn war nicht zu übersehen und bedeutete nichts Gutes. »Warum kommen Sie erst jetzt?«, brüllte er und sah ihn vorwurfsvoll an.

»Musste erst eine wichtige Dienstsache beenden, Chef!«, gab Lothar gespielt locker zurück. Da fiel ihm auf, dass Kommissar Klotz ein Taschentuch zog und sich die Tränen von den Wangen abwischte. Sein Kollege weinte!? »Herr Polizeipräsident, was haben Sie mit Klotz …, äm, Kommissar Klotz gemacht?« In Lothar kam Wut auf. Schließlich hatten sein Kollege und er schon einige Dienstjahre auf dem Buckel und sie mussten sich nicht mehr jede Umgangsart gefallen lassen.

»Hm, hm, hm …!«, räusperte sich Herr Balzer ungehalten. »Hm, hm, hm …!«

Lothar baute sich mutig vor seinem Chef auf. »Tja, vielleicht erklären Sie mal, was hier los ist, und machen nicht wieder umsonst alle Mücken scheu, Herr Balzer! Übrigens, Ihre Birne leuchtet wie das olympische Feuer! Sie sollten Ihren Blutdruck mal überprüfen lassen!«

Kommissar Klotz hörte sofort auf zu weinen. Er konnte nicht glauben, was er da gerade von Lothar gehört hatte. Donnerwetter, so viel Courage hatte er ihm gar nicht zugetraut, zumal sein Kollege doch noch gar nicht wusste, worum es ging.

»Ihre Birne wird auch gleich leuchten, Couch-Eck!«, schrie Herr Balzer wieder los. »Was denken Sie sich eigentlich? Was glauben Sie, wer Sie sind?«

Lothar schüttelte verständnislos den Kopf. »Deswegen regen Sie sich so auf? Sie haben mich damals doch selber eingestellt, Chef! Sie müssten doch wissen, wer ich bin!«

Balzer ging bedrohlich nahe auf ihn zu und schaute ihm streng in die Augen. Plötzlich veränderte er seine Stimme und sprach in weiblichem Ton weiter. »Fickthor, liegst du schon? Fickthor, meine Brüste sind richtig schwer geworden! Fickthor, leck mich hier, Fickthor, leck mich dort!« Er hielt in seiner Rede inne und schlug mit der Hand wütend auf die Schreibtischplatte.

Lothar schluckte tief, und während er beschämt den Kopf senkte, arbeitete sein Gehirn auf Hochtouren. »Äm, äm, der Überraschungseffekt ist Ihnen voll gelungen, Chef! Woher kennen Sie denn die Nimmersatte?«

Herr Balzer ging noch näher auf ihn zu. »Ich kenne die Nimmersatte bestimmt nicht, Sie Vollidiot!«, tobte er. »Nur haben Sie bei Ihrer Ficktelefonie nicht bedacht, dass ich dem Diensttelefon permanent zugeschaltet bin und alles mithören kann! Das ist wahrlich nicht meine Art, Couch-Eck, aber wenn Sie vom Dienstapparat aus eine 0190er-Nummer wählen, läuten bei mir alle Alarmglocken!«

Kommissar Klotz nahm sich eben ein neues Taschentuch, als Lothar plötzlich laut lachen musste. »Mensch, ja, Chef, der Dienstapparat!« Er schlug sich mit der flachen Hand gegen die Stirn. »So weit habe ich in meinem Arbeitseifer gar nicht gedacht!«

Balzer schüttelte ungläubig den Kopf. »Arbeitseifer? Sie und Ihr feiner Kollege hier sind mit sofortiger Wirkung vom Dienst suspendiert! Das gibt ein saftiges Disziplinarverfahren! So war ich Theo Balzer bin!« Dabei drohte er mit dem Zeigefinger. »Das blöde Grinsen wird Ihnen noch ganz schnell vergehen!«

Lothars Laune sank tatsächlich, und verzweifelt versuchte er, die Situation zu retten. Beschwichtigend hob er beide Hände. »Moment, Moment mal, Herr Balzer, Chef! So einfach geht das nicht!« Er wusste eigentlich nicht, warum er das sagte.

»Ach, und warum nicht, Couch-Eck?«, brüllte Herr Balzer und trat Lothar fast auf die Füße.

»Nun …, äm, n-nun …«, stotterte Lothar, »i-ich kann das erklären!«

»Na, da bin ich aber mal gespannt, wie Sie Ihr versautes Verhalten in diesem Revier erklären wollen!«

»Wenn Sie bitte wieder auf Ihren Platz zurückgehen, Chef, dann kann ich das auch! So dicht vor Ihnen und mit Ihrem übel riechenden Atem in der Fresse geht das schlecht. Da ich mit dem Rücken an der Wand stehe, haben nur noch Sie von uns beiden die Möglichkeit, sich zu bewegen!«

»Keine Ausreden, Sie Idiot!«, schrie Balzer, trat aber dennoch ein paar Schritte zurück.

»Danke, Chef!« Dann wandte er sich an seinen Kollegen. »Und du, Klotz, hörst auf zu heulen! Schließlich sind wir beide dienstlich hier, und das, obwohl ich Urlaub habe und du eigentlich krankgeschrieben bist!«

»Worauf wollen Sie hinaus, Couch-Eck?«, fragte Balzer ungehalten.

Lothar musste sich eingestehen, dass er das selber nicht so genau wusste. »Äm, äm, sehr geehrter Herr Balzer, Herr Polizeipräsident, zuerst einmal möchte ich Ihnen sagen, dass weder mein Kollege Klotz noch ich eine Suspendierung annehmen werden! Kommissar Klotz wird ohne Umschweife nach Hause gehen und sich weiter auskurieren und ich werde mir meine freien Tage bis Montag zu Ende nehmen. Wenn Sie uns also suspendieren, stehen Sie ohne uns da und haben für das Wochenende keinen Kommissar im Dienst!«

Balzer schluckte tief. »Ist das alles, Couch-Eck, was Sie zu sagen haben?«

»Nein …, äm, äm, äm, Ihnen ist ja nun aufgefallen, dass wir trotzdem hier sind, und das kommt nicht von ungefähr!«

»Sie haben noch nie freiwilligen Dienst geschoben, Couch-Eck, und Kommissar Klotz ebenso wenig!«

»Abwarten, Chef, und fallen Sie mir bitte nicht ständig ins Wort! Sie selbst haben uns für den Mordfall Ihres Bruders eingesetzt. Sie selbst haben gesagt, äm, dass wir schneller als üblich die Sache aufklären sollen! Sie selbst haben gesagt, dass da Eile geboten ist, und Sie selbst haben …«

»Herrgott, Couch-Eck, raus mit der Sprache! Was hat das mit der Nimmersatten und dem Telefonsex übers Diensttelefon zu tun? Wollen Sie etwa damit Ihr perverses Verhalten entschuldigen?«

»Moment, Herr Balzer, ich war ja noch gar nicht fertig! Das Ding ist«, und er schaute dabei augenzwinkernd auf seinen Kollegen, »dass wir, Klotz und ich, uns heute hier zur Aufklärung dieses Falles extra getroffen haben, und zwar Ihnen zuliebe!«

»Ha! Das ist ja vollkommen lächerlich, Couch-Eck!«, mokierte sich sein Chef.

»Nein, wir haben diese erotischen Telefonate Ihretwegen geführt. Damit wir uns besser in die Materie des Mordopfers und auch in die Rolle von Frau Pilz einfinden können. Wir haben sogar gestern Abend ein Etablissement im Rotlichtmilieu aufgesucht, um die Männer besser verstehen zu können, die es mit Huren treiben, die eine nuttige Frau brauchen, um sich aufzugeilen!«

Bewundernd hob Kommissar Klotz den Kopf und pflichtete seinem Kollegen bei: »Genau, also falls Ihnen da was zu Ohren kommt …!«

»Was soll das heißen!«, fragte der Polizeipräsident und griff sich unbedacht in den Schritt.

»Nun«, führte Lothar weiter aus, »wir wollten uns einfinden in die Welt, die auch Ihren Bruder bewegt hat, und zwar so stark, dass er letztlich an Ihrer Stelle eine Edelnutte aufsuchen musste!«

»Ach! Ach soooooo!?«, staunte Herr Balzer und sagte kleinlaut: »Tja, das ist natürlich etwas anderes! Tja, dann … dann … dann vergessen wir das Disziplinar-verfahren! Machen Sie ruhig weiter so – und dass mir kein Wort darüber an die

Presse gelangt!« Er nahm einen Zettel vom Schreibtisch und notierte sich etwas. Anschließend winkte er damit und rief den beiden Männern zu: »Das gibt eine Gehaltserhöhung für Sie beide – und dass Sie mir ständig berichten, was in diesem Fall weiter passiert! Kapiert?«

Die Kommissare nickten und Balzer verließ das Büro. Lothar hatte seinen Kollegen noch niemals so tief aufatmen gehört wie in diesem Moment.

»Mensch, Couch, dass dir das eingefallen ist, hat uns den Hals gerettet!« Er ließ sich schwer auf den Stuhl an seinem Schreibtisch fallen.

»Nun sollten wir aber wirklich noch ein paar Worte über diesen Mordfall wechseln, Klotz, und wir dürfen nicht vergessen, auch die scharfen Details in den Bericht aufzunehmen!«

»Der war ja auf einmal butterweich, Couch! So habe ich ihn noch nie erlebt! Der ändert doch sonst nicht seine Meinung!«

»Der hat eindeutig Dreck am Stecken, Klotz, das ist der Grund! Wenn die Nachricht an die Öffentlichkeit kommt, dass er Frau Pilz regelmäßig besucht hat, um sich einen runterholen zu lassen, was glaubst du, was seine Frau dazu sagen würde? Die ist höchst katholisch und würde ihn auf der Stelle verlassen, vielleicht sogar die Scheidung beantragen! Das würde ihm das Rückgrat brechen, so viel müsste er für die Alte blechen! Da wäre auch noch die Blamage vor der Verwandtschaft, auch alle anderen Kollegen hier. Jeder würde sich sein Maul darüber zerfetzen!«

»Du meinst, wir haben ihn mit diesem Fall in der Hand?« Für Kommissar Klotz schien der Fall komplett in ein neues Licht zu rücken.

Die beiden Männer besprachen sich noch, bis die Dunkelheit hereingebrochen war und einer nach dem anderen zu gähnen anfing.

»Du, Couch, bevor ich mich auf den Heimweg mache, bist du eigentlich bei dieser Nimmersatten gekommen?«

»Leider war das ein Schuss in den Ofen, Klotz!«

»Ach, und was hat dich der Spaß gekostet?«, fragte Kommissar Klotz und schaltete das Licht aus, um sein Büro abzuschließen.

»Keine Ahnung und ich will es auch nicht wissen! Die wollte nur meine Kreditkartennummer, und dann hat die auch schon losgelegt!«

»Oje, das hört sich nicht gut an! Wer weiß, was die jetzt von deinem Konto abbucht!«

»Das ist mir scheißegal, Klotz! Teurer als die üblichen Weiber wird die Alte auch nicht sein! Dann wünsche ich dir einen schönen Feierabend und wir sehen uns am Montag wieder in alter Frische!«

»Dachte, du willst morgen auch noch arbeiten?«

»Habe es mir anders überlegt! Ich mache mal was für mich! Ich weiß noch nicht, was, aber dem Balzer will ich morgen nicht noch einmal über den Weg laufen!«

»Na schön! Wir telefonieren!« Kommissar Klotz ließ den Wagen an und fuhr davon.

Lothar winkte kurz und ging noch ein paar Schritte an der frischen Abendluft. Was führte er doch für ein beschissenes Leben! Keine eigene Wohnung, keine Frau, kein Sex, wie sollte das nur weitergehen? Plötzlich schoss ihm Frau Pilz in den Kopf und er musste lauthals lachen.

»Die …? Ja, die wär's dann!«

8.

»Hallo, Frau Heißloch, wie war Ihr Wochenende?«, rief Lothar seiner Sekretärin entgegen.

»Wenn Sie weiterhin meinen Namen verunglimpfen, werde ich mich an oberster Stelle über Sie beschweren, Kommissar!«, entgegnete sie scharf und rührte ein wenig Milch in ihren Kaffee.

»Verzeihen Sie vielmals! Sie haben natürlich recht. Ich bin ja, im Gegensatz zu Ihnen, noch jung und die Jugend ist heutzutage einfach zu … zu …, äm, unbedarft! Aber ich muss Ihnen wieder ein Kompliment machen! Dieser hochgeschlossene, steife Kragen Ihrer blauen Blümchenbluse verdeckt wirklich viel! Äm …«, und er kam wieder einmal ins Stottern, »äm, äm, ich meine, die kleidet sie ja prächtig, also verdeckt quasi das faltige …, äm, und hebt eindeutig die Vorzüge hervor!«

»Das weiß ich selbst! Dazu brauche ich Ihre Meinung ganz bestimmt nicht!«, gab sie barsch zurück und biss herzhaft in ein knuspriges Croissant. Die Krümel flogen auf ihren Schreibtisch und auf den Boden. Ungeachtet dessen holte sie sich mit vollen Backentaschen den nächsten Kaffee.

»So viel Zeit zum Frühstücken, Frau Heißluft? Irgendjemand muss die Schweinerei, die Sie da veranstalten, auch wieder sauber machen oder irre ich mich?«

»Das geht Sie überhaupt nichts an, Chef! Machen Sie Ihre Arbeit und ich mache meine, und wir kommen prima miteinander aus!«

»Das bezweifle ich stark!« Lothar ging in sein Büro und schreckte sofort zurück. »Huch …, Frau Pilz …, äm, was machen Sie denn hier?«

»Guten Morgen, Herr Polizist«, flötete sie, »wir beide haben doch einen Termin für 10.00 Uhr hier ausgemacht! Wissen Sie das nicht mehr?«

»Wirklich?« Und er bestaunte ihr knappes blaues Glitzerröckchen und das kurze durchsichtige, weiße Hemdchen, das gerade ihren vollen Busen, nicht aber den Bauch bedeckte.

»Das können Sie getrost vergessen, junge Dame!«, rief Frau Heißluft völlig unerwartet dazwischen. »Der hat ein Gedächtnis wie ein Sieb und den Charme einer ganzen Kuhherde!«

Lothar drehte sich verärgert nach ihr um und entgegnete gereizt: »Na, Sie müssen es ja wissen! Sie kommen ja aus einer!«

»Also, das ist …, das ist …!« Frau Heißluft schnappte nach Luft und hielt sich die Brust.

Während Lothar schadenfroh vor sich hin grinste, reagierte Frau Pilz sofort und packte die Sekretärin stützend am Arm. »Ach Gott, Sie Ärmste!« Hilfe suchend blickte sie zu Lothar. »Meister, holen Sie mal ein nasses Tuch, schnell! Wir müssen ihr die Stirn kühlen – oder ist es Ihnen lieber, dass ihr die Beine versagen?« Sie wartete einen Moment umsonst auf seine Antwort. »Sie können auch gleich die Rettung rufen!«

»Äm, äm, äm, äm … Nein, natürlich nicht die Rettung, dann soll sie besser umfallen! Beruhigen Sie sich einfach, Frau Pilz!«, sagte er seelenruhig. »Die Alte spielt uns doch nur was vor, um noch mehr Aufmerksamkeit von mir zu bekommen!«

»Bitte, wie Sie wollen!« Frau Pilz ließ Frau Heißluft los, woraufhin diese ihre Augen verdrehte und nach hinten umkippte.

Sie schlug hart mit Rücken und Kopf auf dem Teppichboden auf und blieb regungslos liegen.

Frau Pilz kniete sich sofort neben sie und schaute Lothar mit großen Augen an. »Herr Polizist, ist das immer noch gespielt?«

»Klar! Wir machen da nichts! Einfach liegen lassen! Die kommt schon wieder zu sich! Unkraut vergeht ja bekanntlich nicht!«

»Na ja, wie Sie meinen! Wollen Sie mich jetzt verhören? Wissen Sie, ich habe nämlich um 13.00 Uhr einen wichtigen Kunden!«

»Zum Ficken?«, fragte Lothar unverblümt und warf dabei einen verstohlenen Blick in sein Portemonnaie.

»Zum Abvögeln, ja! Der zahlt gut, und es wäre schlimm, ihn zu verprellen!« Sie bückte sich kurz nach einem ihrer Schuhe und zog sich danach etwas umständlich den Slip aus ihrer Spalte. »Wissen Sie«, sie lächelte verlegen und zeigte auf ihre Unterhose, »der rutscht immer rein!«

»Vielleicht zu …, äm, zu eng?« Und etwas hilflos bat er sie darum, doch Platz zu nehmen. »Frau Pilz, darf man wissen, wer heute Mittag …, äm, äm, also … zum Bumsen zu Ihnen kommt?«

»Nein! Ich bin da leider an die Schweigepflicht gebunden! Viele meiner Kolleginnen quatschen ja gerne drüber, aber wenn das ein Freier herausbekommt, hatten Sie die längste Zeit einmal ein gutes Geschäft mit ihm, wenn Sie verstehen!« Sie schlug die Beine übereinander und dabei rutschte ihr Röckchen noch höher als hoch.

»Äm, äm, klar, äm, äm, verstehe! Was mich noch interessieren würde, wie viel nehmen Sie in der Stunde?« Er merkte, wie ihm bei dieser Frage das Blut ins Gesicht schoss.

»Tja, Herr Kriminalist, Sie können von mir halten, was Sie wollen, aber mehr als einen, höchstens zwei Freier den Sack zu tätscheln, schaffe ich in dieser Zeit nicht!« Sie pustete sich eine ihrer roten Haarsträhnen vor den Augen weg und öffnete etwas ihre Beine.

Lothar kratzte sich verlegen die Glatze. Dann stand er auf und legte beide Hände flach über seinen Steiß. Er ging ein paar gewichtige Schritte im Zimmer auf und ab, räusperte sich kurz und blieb abrupt vor ihr stehen. »Hm, hm …, Fräulein, äm, äm …«

»Romina Pilz!«, half sie ihm weiter.

»Ja, ja, Pilz, äm, mir ging es nicht um die Antwort, wie viele Schwänze Sie in 60 Minuten zur Erektion bringen, sondern ich will wissen, wie hoch Ihr persönlicher Stundensatz, also sprich Ihr Honorar für eine Stunde ist – oder rechnen Sie das per Fick pauschal ab!«

»Ach, das meinen Sie!«, sagte Frau Pilz. »Sie haben aber eine undurchsichtige Art, konkrete Fragen zu stellen! Ist fast ein bisschen so wie Rätselraten!«

»Ja und?«

»Was, ja und?«

»Ei …, wie hoch ist denn nun der Lohn, den Sie für eine Nummer bekommen! Das ist doch eine ganz klare Frage, die man auch ganz klar beantworten kann!«

»Jetzt laust mich aber der Affe, Herr Polizist!«, erwiderte sie eingeschnappt. »Wenn Sie doch die Frage selbst beantworten können, wieso fragen Sie mich denn dann danach?«

»Herrschaftszeiten!«, motzte er auf einmal los. »Frau Heißluft! Frau Heißluft, wo sind Sie denn? Setzen Sie diese Person hier in die Idiotenzelle ohne Brot und Wasser. Sie soll nur unten herum feucht gehalten werden!«

»Ihre Sekretärin liegt doch bewusstlos auf der Türschwelle, Herr Kommissar! Außerdem sollten Sie nicht so dramatisch reagieren! Schließlich habe ich einen Mord in meinem Hause zu verkraften und bin nur eine hilflose Frau mit vielen Schwachstellen!«

»Entschuldigung, äm, Frau Pilz, aber manchmal geht selbst mir der Gaul durch!«, entschuldigte sich Lothar.

»Das ist ja fein! Mit Ihrem Arsch könnten Sie einen guten Hengst abgeben! Wenn der dann auch noch weitestgehend pickelfrei ist, könnte ich in der Filmbranche ein gutes Wort für Sie einlegen!« Sie lächelte und sah ihm erwartungsvoll entgegen.

»Hä …? Habe ich das eben richtig verstanden? Das ist Beamtenbestechung, Frau Pilz! Selbst wenn das ein sehr verlockendes Angebot ist. Auf derartige Vorschläge dürfen wir überhaupt nicht eingehen! Na ja, äm, da will ich mal Gnade vor Recht ergehen lassen. Danke für den Hengst! Das ist echt ein Zufall, denn in lauen Minuten habe ich selber schon darüber …« Doch dann hielt er es für besser, den Satz nicht zu Ende zu sprechen, und setzte sich wieder auf seinen Stuhl.

»Herr Polizeimann, …«

»Ja, äm …?«

»Finden Sie nicht auch, dass meine Fingernägel zu pink lackiert sind? Passt nicht besser ein schillerndes Grün zu meiner weißen Filigranbluse?«

»Fili…, Fili…, Fili…, äm, was?« Mit einem Ruck drehte er sich auf dem Stuhl um und kehrte ihr für einen Moment den Rücken zu. Er merkte, wie sein Schwanz in der Jeans zu platzen drohte, und öffnete vorsichtig seinen Hosenlatz.

Plötzlich waren lang gezogenes Stöhnen und abgehacktes Schnaufen zu hören. Lothar grinste, zog schnell die Hemdzipfel über den offenen Latz und wandte sich wieder an Frau Pilz. »Äm, äm, solch kraftvoll hemmungslose Laute hätte ich Ihnen beim Onanieren gar nicht zugetraut! Sind Sie tatsächlich von meiner Person so angetan, dass Sie es sich bei mir im Büro selber machen müssen? Das ist aber schön und ich bin bestimmt der Letzte, der da …«

»Der Letzte? Sie sind der Allerletzte!«, unterbrach ihn eine barsche weibliche Stimme. Frau Heißluft war aus ihrer Ohnmacht erwacht und stand schneller wieder auf den Füßen, als es Lothar lieb war.

Er fühlte sich von ihr ertappt und fuhr sie an. »Sie sind schon fertig?«

»Womit, bitte?«, fragte sie konsterniert und strich sich mit den Fingern durch die Haare.

»Na, Sie haben doch bis eben probiert, sich auf meiner Schwelle zu befriedigen – oder wie können Sie mir Ihre stöhnende Bodenlage erklären?«, behauptete Lothar.

Frau Heißluft legte wieder beide Hände über ihren dicken Busen und ihr Brustkorb hob und senkte sich verdächtig schnell. Sie schnappte nach Luft und hauchte japsend: »Geht's noch? Sie sind ja nicht … nicht ganz bei Trost, Chef!« Erneut gaben ihre Beine nach und sie sackte zu Boden.

Wiederum sprang Frau Pilz vom Stuhl hoch und beugte sich über sie. »Die Frau ist schon wieder nicht mehr bei Sinnen, Herr Polizist! Wir müssen einen Arzt holen! Sie treiben es zu doll mit ihr!«

»Liebes Fräulein Pilz, Sie setzen sich sofort wieder auf Ihren …, äm, prallen Arsch und hören mir zu! Geredet wird nur, wenn Sie gefragt werden!« Lothar holte ein Lineal aus der Schublade und zeigte auf seine Sekretärin. »Wenn die alte Schrapnelle wegen jeder Kleinigkeit umfällt, dann ist die hier fehl am Platze! Was glauben Sie, was ich jeden Tag mit der aushalten muss!«

»Natürlich, Herr Kommissar, ich setze mich wieder!«

»Gut, dann fahre ich fort!«

»Aber Sie wollten mich doch ausfragen, wieso fahren Sie denn jetzt weg?«

»Ich meine mit dem Verhör, Romina, mit dem Verhör fahre ich fort! Haben Sie das geschnallt?«

»Glaube schon!«

»Also, was mich brennend interessieren würde, Fräulein …, äm, Pilz, am Vormittag des Mordtages da hatten Sie ja nach Ihren eigenen Angaben nackt gefrühstückt, soweit ich mich erinnern kann! Ist das richtig bei mir hängen geblieben?«

»Fräulein, hi, hi, hi …«, kicherte sie, »wie das klingt! Wo ist übrigens heute Ihr netter Kollege?«

»Tja, das frage ich mich allerdings auch! Der müsste schon lange hier sein! Äm, Moment mal, ja?« Lothar wählte eine Nummerntaste auf seinem Telefon und drückte auf Lautsprecher.

»Jo?«, meldete sich jemand.

»Klotz, bist du es?«

»Jo!«

»Vielleicht schiebst du mal deinen geilen Arsch in mein Büro! Frau Pilz ist hier und will einen Blick darauf werfen! Wir hatten doch 10.00 Uhr gesagt, Klotz! Jetzt ist es gleich zwölf!«

»Was, die Pornowichse ist bei dir? Davon hast du mir gar nichts gesagt!«

»Natürlich habe ich das! Ach …, wenn du kommst, sieh dich bitte vor!«

»Vorsehen, warum das denn?«

»Die Heißluft liegt bei mir auf der Schwelle und lässt sich vom Wichsen nicht abbringen!« Noch bevor sein Kollege etwas erwidern konnte, legte er auf.

»Alsoooo …«, begann Lothar erneut und sah seinem rothaarigen Termin zwischen die Beine, »äm, Sie öffneten Herrn Balzer völlig unbekleidet die Tür. Äm, äm, was geschah dann?«

Frau Pilz nickte und fasste sich mit der rechten Hand in den Ausschnitt. Sie richtete ihre Brüste so, dass sie noch mehr und damit praller aus der Bluse lugten. Danach legte sie brav die Hände in den geöffneten Schoß und fragte: »Herr Polizeimann, ist das recht so?«, erhob sich und beugte sich vornüber, bevor sie verdächtig schnell ihren Busen vor seinen Augen hin und her schüttelte.

»Äm, äm, äm, Frau …, äm, Dings …, das … das ist, rein rechtlich gesehen, äm, mehr als recht! Äm, ist das alles Natur oder tragen Sie einen Silikon-Apparat am Brustbein?« Er stand auf und beugte sich mit der Nase tief über ihren Brustansatz.

»Ich glaub's ja nicht! Jetzt bin ich aber von Ihnen enttäuscht! Dachte, wenn Sie pimmelmäßig schon nicht so gut bedacht wurden, Sie hätten wenigstens eine gute Spürnase!« Beleidigt wandte sie den Blick von ihm.

Inzwischen musste er erst einmal nach Luft schnappen, bevor er sich wieder auf seinen Stuhl plumpsen ließ. »Was? Äm, äm, äm, mein Schwanz soll …, äm …? Ich verstehe ja Ihre Rachegelüste, aber ich, ganz ehrlich, vermute als Mann einfach, dass diese Trümmer auf Ihrem Thorax nicht echt sein können!«

»Thor-ax …? Hm …, habe ganz vergessen, dass Sie ja ein verkackter Staatsdiener sind, dem man immer alles beweisen muss.« Wieder erhob sie sich. Dieses Mal jedoch kehrte sie ihm den Rücken zu und begann, gleichzeitig einladend mit den Hüften zu kreisen.

Dicke Schweißperlen bildeten sich auf Lothars Stirn bei dieser Art der Darbietung, und es war nicht der Ansatz der Arschbacken, der bei ihren Bewegungen unter dem knappen Röckchen zur Geltung kam, auch ihre Pflaume drückte sich deutlich durch den Slip. Lothar blieb die Spucke weg. Ihr Hüftschwung war so perfekt, dass ihm schwindelig wurde. Schließlich fasste sie mit beiden Händen an ihren Rock und riss ihn sich in einem Ratsch vom Leib.

»Äm, äm …«, stotterte Lothar und spürte Geilheit in sich aufkommen. »Äm, äm, Sie, Sie sind untenherum wirklich gut befleckt, äm, äm, bestückt …, Frau …, Frau …!«

»Pilz, wenn ich mich recht entsinne!«, hörte er plötzlich die tiefe Stimme seines Kollegen in der Tür. »Ei, ei, ei, wen haben wir denn da, und schon so scharf in Vorbereitung? Guten Tag, Romina! Tja, Couch, du bist ja schon tatkräftig bei der Besamung, äh …, Befragung, wie ich sehe!« Er lenkte sofort seinen Blick zwischen ihre Beine. Dann stieg er über Lothars Sekretärin und hockte sich auf den Boden, um den Arsch der Verdächtigen noch deutlicher sehen zu können.

»Tag, Herr Kommissionär, ich habe Sie schon vermisst!«, lächelte Frau Pilz und legte bei ihrer Tänzelei noch an Geschwindigkeit zu. »Wissen Sie, Ihr Kollege hier hat keine Ahnung von Frauen! Der glaubt doch wirklich, dass meine Brüste nicht echt sind, und ich will ihm gerade das Gegenteil beweisen. Gut, dass Sie dazukommen. Falls Sie auch an meinen Titten zweifeln, habe ich in Ihnen einen Augenzeugen!«

»Danke für Ihr Vertrauen, Frau Pilz!«, freute sich Kommissar Klotz. »Na, dann zeigen Sie mal, was Sie zu bieten haben, damit ich im Falle einer eidesstattlichen Erklärung oder einer Vereidigung vor Gericht keine Falschaussage machen muss!«, und schaute augenzwinkernd zu Lothar. »Sie haben wirklich einen richtigen Fickarsch!«, lobte er sie. »Aber wir kämen der Aufklärung ein wesentliches Stück näher, wenn Sie noch dieses verschleiernde Hemdblüschen von sich schmeißen könnten!«

»Gell? Der Meinung bin ich auch!«, entgegnete sie nickend und entledigte sich blitzartig ihres Oberteils. Dabei fiel ihr Blick auf die Sekretärin. Sie lag immer noch vollkommen regungslos da und stöhnte vor sich hin. »Die Ärmste!«, sagte sie wieder.

In der Zwischenzeit hatte Lothar seinen bereits strammen Penis aus der Unterhose befreit und hielt ihn mit beiden Händen fest gepackt.

Kommissar Klotz neigte den Kopf zu seinem Kollegen. »Die ist wesentlich schärfer als die ölglänzenden Greenfee-Fotzen, die in unserem neuen Golfklub immer an der Stange tanzen!«

»Äm, äm, was? Seit wann gehst du zum Golfen, Klotz?«, fragte Lothar erstaunt.

»Wenn ich ehrlich bin …, wir nennen den Klub nur so, weil die Weiber da mit unseren Eiern spielen und anschließend einlochen!«

»Du alter Sack!«, entrüstete sich Lothar. »Da machst du so einen geilen Sport und fragst mich nicht einmal, ob ich mitkommen will!«

»Das nächste Mal! Vielleicht geht uns ja vorher hier einer ab!«, sagte Kommissar Klotz. Er konzentrierte sich wieder voll auf Frau Pilz und schlüpfte vorsorglich schon einmal aus seiner Hose.

»Attentation, you Policemanns!«, rief Frau Pilz laut und ihr schlechtes Englisch klang eher belustigend. Sie machte einen Kussmund und hakte sich den zart gelbfarbenen Büstenhalter auf.

»Tadellos! Äm, äm, tadellos!«, rief Lothar und klatschte begeistert in die Hände.

Auch Kommissar Klotz war mehr als nur angetan von ihren Brüsten und pfiff ein paarmal anerkennend durch die Finger.

So motiviert schwänzelte sie um Lothars Schreibtisch herum und hängte ihren BH über die Leselampe und ihre Brüste direkt vor seine Nase. »Glauben Sie mir nun? Alles ist echt! Sie dürfen meine Titten gerne anlangen!«

»Aha …? Na denn …! Uiii …, ihr Parfum, toll …, äm, äm, Spinell Num…, Nummer, äm …., stimmt's?« Und er schnüffelte intensiv an ihren Brustwarzen.

»Du meinst Chanel Nummer 5!«, korrigierte ihn Kommissar Klotz und grapschte unbeherrscht an ihre Möse. »Ich darf doch, Romina?«

»Dafür bin ich doch hier! Prüfen Sie, was Sie prüfen müssen! Ich lasse Sie beide auch gerne in mein tiefstes Inneres, falls Sie Bedenken hegen, ob es sich bei meinen Löchern um Naturhöhlen handelt!«

»Äm, ja, ja …, Bedenken haben wir da auf alle Fälle, gell Klotz?« Doch der war mit der Besichtigung von Frau Pilz' Fußzehen so sehr beschäftigt, dass er seine Anspielung wohl gar nicht gehört hatte. »Also ich auf jeden Fall!«, bekräftigte Lothar. »Äm, äm, wenn Sie bitte probehalber meinen Schwanz in Ihre Höhlen stecken würden?«

Frau Pilz nickte einverstanden und Lothar sprang freudig aus seinen Klamotten. Splitternackt rollte er seinen Kollegen beiseite und legte sich an dessen Stelle zwischen ihre Beine.

»Ich …, äm, will Ihre Muschi durchficken! Ich möchte sie genauer sehen! Halten Sie Ihre Schnecke weit auf!« Lothar setzte sich halb auf, um ihre Möse besser betrachten zu können.

»Ich habe auch eine Stange am Sack, Couch!«, rief Kommissar Klotz, nachdem er sich aufgerappelt hatte. Voll Geilheit hängte er sich über Lothar hinweg mit seinen Lippen an ihre Brüste. Leidenschaftlich saugte und nuckelte er daran, bis sie steif abstanden.

Lothar wühlte indes tüchtig mit seinen Fingern in ihren Löchern. »Das ist doch mal was, Frau Pilz, hm …? Ich meine, äm, wie fühlt sich denn Madame dabei, wenn ich in Ihre Muschi wichse? Sagen Sie doch mal was!«

»Irgendwie billig, Herr Kriminalist! Das Gegrapsche ist, trotz Ihres Alters, irgendwie teeniemäßig. Zwar spürbar, aber das reicht doch nicht, um einer richtigen Frau den Orgasmus zu verschaffen!«

»Was …? Äm, ich bitte Sie!«, empörte sich Lothar und wollte es jetzt erst recht wissen. Zügig steckte er nach und nach alle fünf Finger in ihre Möse. Sobald er das geschafft hatte, suchte er mit einem gewissen Stolz ihre Anerkennung.

Frau Pilz jedoch schüttelte nur weiter verständnislos den Kopf und zog schließlich seine Hand ganz aus ihrem Inneren heraus. »Ich steh nicht auf Weicheier!«, sagte sie zu ihm und klatschte dem verdutzten Lothar mit der flachen Hand ins Gesicht. Mit einem geschickten Dreh schnappte sie seinen Penis und steckte sich das harte Teil zwischen ihr Sitzfleisch. Anschließend leckte sie sich über die Lippen und sah lüstern zu seinem Kollegen, der, fasziniert von ihr, grinsend danebenstand. Noch mit Lothars Schwanz im Arsch beugte sie sich zur Seite und bat Kommissar Klotz: »Sie, darf ich Ihren Sack oral auf Vordermann bringen?«

»Geil! Klar, Frau Pilz, optimal! Sie können ja selbst mit vollem Arsch noch Prioritäten setzen!« Er schob seine Lenden unter starken Fickbewegungen bis vor ihren Mund. Sie streckte ihm die Zunge entgegen und bot ihm ihren Schlund. Er verstand sofort und trieb seinen Ständer zwischen ihre Zähne. »Ja, geiles Fickloch, machen Sie Ihr Maul auf!«, forderte er. »Ich will Ihre Zähne spüren, Sie Sau! Fuck …, boa … Fuck! Fuck!« Mit geschlossenen Augen übermannte ihn die Gier. »Tiefer, nehmen Sie ihn doch endlich tiefer ins Maul! Schlucken Sie ihn, tiefer, los!«

Auch Lothar versuchte, seiner Geilheit freien Lauf zu lassen, obwohl es ihm nach der Zurechtweisung von Frau Pilz schwerfiel. Doch noch ritt sie mit analem Wohlgefallen auf seinem Schwanz auf und ab.

Plötzlich schoss es ihm siedend heiß durch den Kopf und er änderte schlagartig seinen Stoßrhythmus. »Scheiße, Klotz, ich hab gar kein Kondom! Was, wenn ich abspritze und unsere Pornotante hier von mir …, äm, schwanger wird?«

Frau Pilz spuckte Kommissar Klotz' Penis aus und sagte keuchend: »Die Pornotante, wie Sie sagen, kann durch Samenspritzer in den Darm nicht geschwängert werden! Fürchte, Ihre Eltern haben Sie nicht richtig aufgeklärt, Herr Polizist!« Sie lächelte verhalten und begann sofort mit Übereifer, die Eier seines Kollegen abzuschlecken.

Kommissar Klotz bäumte sich auf vor Lust. »Boa …, boa …, ich werd nicht mehr! Haben Sie eine flinke Zunge! Romina …, ich, ich …!«, stöhnte er, schloss verloren die Augen und drehte seinen Kopf immer wieder von links nach rechts.

»Natürlich weiß ich um die Befruchtungsdinge, Frau Pilz!«, bemerkte Lothar und zog mit einem Ruck seinen Schwanz aus ihrem Schließmuskel. Ein heftiger Fickzwang erfasste ihn und er kroch tiefer zwischen ihre Beine. »Ein geiles, äm, ferkelfarbiges Fetzchen, haben Sie da, und diese fantastische Pflaumenform einer Eierzwetschge! Genau so hingen die bei meiner Oma am Baum. Da war ich noch Kind und …«

Frau Pilz unterbrach ihre Aktion bei Kommissar Klotz für einen Moment. »Danke, da gehen Sie mit der Meinung meiner Filmproduzenten konform! Die bewundern meine Muschi auch jedes Mal wieder! Aber das soll auch so sein, denn schließlich hat mich die ganze Kunstchose damals fast 40.000 Euro gekostet!«

»Wie jetzt …?«, fragten die beiden Männer gleichzeitig, und sie erzählte, dass sie, um in dieser Branche mithalten zu können, einiges über sich ergehen lassen musste. »Mein Fetzchen habe ich vor circa gut vier Jahren auf Mallorca bei einem Schönheitschirurgen vergrößern, den Schließmuskel ansehnlich farblich verändern und verstärken und die Pospalte professionell reinigen lassen!«

»Verstehe«, Lothar setzte sich auf, »mit einem großen …, äm, schmutzigen Loch, lassen sich schlechter Pornos drehen!«

»Genau, Herr Polizist, Sie haben es erfasst!« Schwungvoll drehte sie sich zu ihm und setzte sich auf seinen Brustkorb. »Deswegen darf ich richtig geilen Analsex haben!« Ohne abzuwarten, steckte sie seinen Schwanz wieder tief in ihren Darmausgang. »Wenn Sie jetzt bitte meine Klitoris massieren wollen, Herr Polizist!« Sie schaute von Lothar hoch zu Kommissar Klotz.

Der machte sich sofort an die Arbeit. »Sie sind ja wirklich einmal eine zugängliche Verdächtige! Wo gibt es schon ein solches Zusammenspiel zwischen mutmaßlichem Täter und Ermittler! Was meinst du, Couch?«

Doch Lothar hatte gar nicht gehört, was sein Kollege da von sich gegeben hatte, so sehr war er mit sich selbst beschäftigt. »Äm, du …, Klotz, boa, Klotz, Frau Pilz, äm, äm, ich kann meinen Samenerguss nicht mehr länger zurückhalten! Ihr …, äm, Arsch duftet so wohlig. Aber ich will auch nicht …, äm, den Teppichboden hier noch …, äm, mehr versauen! Fuck! Fuck! Fuck …, ich kann nicht meeeeeeehr …!«

»Ich komme! Ich … komme!«, stöhnte nun auch Kommissar Klotz und drückte Frau Pilz seinen Steifen auf den Mund. »Lutschen, Sie Sau! Lutschen …, lutschen…, aaahhh …, schön lutschen …, Sau, Sau, Sau …! Ich komme, Sie Sau, Sie wilde Saaauuuu …!« Da schoss ihm der Saft durchs Rohr und ergoss sich in ihren Schlund.

Während er das Abschwellen seines Schwanzes genoss, spuckte Frau Pilz die warme Soße aus und schnappte nach Luft. In diesem Moment bekam Lothar seinen Samenerguss und spritzte ihr in den Arsch. Er wurde so stark davon gebeutelt, dass er vollkommen erschöpft zusammenbrach.

Frau Pilz stand auf, um sich anzuziehen, als Kommissar Klotz anerkennend sagte: »Ihr Fickrhythmus ist wirklich unschlagbar, Frau Pilz!«

Sie nickte und lächelte. »Ich hatte mal einen Kunden, der sagte beim Vögeln immer zu mir: ›Parademarsch, Parademarsch mein Schwanz ist der Dirigent in deinem Arsch!‹ Ja, und das hab ich dann so beibehalten!«

»Kommissar Klotz, Couch-Eck, sind Sie noch zu retten?«, hörten sie eine männliche Stimme von der Türschwelle aus schreien. Herr Balzer stand fassungslos in der Tür, entsetzt über das, was er da zu sehen bekam. »Zum Glück hat mich Frau Heißluft über das Vorgehen in diesem Saustall informiert!« Er zog die Sekretärin an seine Seite, die sich bislang still im Hintergrund aufgehalten hatte.

Die beiden Kommissare schreckten auf und schlüpften hastig in ihre Klamotten. Frau Pilz hüstelte leicht und erregte damit die Aufmerksamkeit des Polizeipräsidenten.

Verblüfft klappte der seinen Mund auf und zu. »Rotfüchschen, was … was machst du denn hier?«, stotterte er.

Da kniff ihm Frau Heißluft in den Arm. »Nun, Herr Polizeipräsident, was gedenken Sie, hier zu unternehmen?« Schadenfroh wartete sie auf seine Reaktion und hoffte auf mächtig Ärger für ihren sonst so arroganten Chef.

Balzer schien langsam wieder zur Besinnung zu kommen. »Wie ich die Sache hier sehe, hatten Sie vollkommen recht, Frau Heißluft!«, sagte er streng, während sich Frau Pilz auf Lothars Schreibtisch hockte und ihren Büstenhalter von der Lampe zog. Balzer schluckte tief, und als ob er den Halt verlieren würde, lehnte er sich an den Türrahmen. »Frau Heißluft, ich gebe Ihnen zum Dank für den Rest des Tages frei! Gehen Sie schnell nach Hause, legen Sie Ihre Beine hoch, nehmen Sie eine Schlaftablette und wir sehen uns dann morgen!«

»Aber … aber die Konsequenzen für die Herren …!«, stammelte sie fassungslos.

»Ich werde für Sie das Bundesverdienstkreuz beantragen, Frau Heißluft, und nun gehen Sie schon!« Damit schob er sie kurzerhand aus Lothars Büro und schlug ihr die Tür vor der Nase zu.

In der Zwischenzeit hatten sich die Männer mehr schlecht als recht wieder angezogen und erwarteten eine Standpauke.

»Sind Sie von allen guten Geistern verlassen?«, schrie der Polizeipräsident, wohl wissend, dass Frau Heißluft vor der Tür horchte.

»Das wird Konsequenzen für Sie beide haben! Dafür sorge ich! Wenn ich könnte, würde ich Sie auf der Stelle feuern!«

»Wie kannst du nur so streng mit ihnen sein, mein Gummibärchen? So kenne ich dich gar nicht!«, wunderte sich Frau Pilz, sprang vom Schreibtisch und umarmte ihn.

»Moment, Rotfüchschen!« Balzer schlich zur Bürotür und öffnete einen Spaltbreit. Erleichtert sah er, wie Frau Heißluft den Gang hinunter zum Ausgang lief. »Es ist besser, du gehst! Ich möchte mit meinen Mitarbeitern das weitere Vorgehen in dem Mordfall meines Bruders besprechen!«

Sie nickte und knöpfte sich den letzten Knopf ihrer Bluse zu. »Ja, Gummibärchen, ich habe sowieso gleich einen Termin!«

Als sie gegangen war, nahm Herr Balzer seine Männer noch einmal ins Gebet. »Mensch, Leute, was habt ihr euch nur dabei gedacht! Ihr könnt froh sein, dass ich in diesem Fall gut gestimmt bin, sonst …!«

»Wir haben nur die Szene nachgeahmt, wie es Ihrem Bruder vor dem tödlichen Schuss eventuell ergangen sein könnte!«, bemerkte Lothar.

»Unsinn, ich habe von Ihnen beiden ein anständiges Verhör erwartet, damit wir diesen Fall wirklich schnell zu den Akten legen können! Und was machen Sie? Stellen einzelne Szenen nach, um sich während der Dienstzeit das zu holen, was Sie zu Hause wohl nicht bekommen!«

»Chef, Herr Balzer, das geht nun doch zu weit!«, regte sich Kommissar Klotz auf. »Ich habe eine fantastische Frau! Ich brauch nichts anderes! Schon recht keine wie Frau Pilz!«

»Ja, das sagen sie alle, Herr Klotz!«, sagte Balzer und verlangte von seinen Mitarbeitern endlich vorzeigbare Ergebnisse. »Bis morgen Mittag, sonst nehme ich Ihnen den Fall weg!«

Nun mischte sich auch Lothar ein. »So schnell? Aber das ist doch …, äm, Scheiße, Herr Balzer! Schließlich sind Sie befangen und sind, äm, rein theoretisch natürlich, auch ein Tatverdächtiger! Ihre Daten sind nirgendwo besser aufgehoben als bei Klotz und mir! Was glauben Sie, wie hart die Kollegen Sie durch die Mangel drehen würden! Das können Sie sich an Ihren drei Standbeinen abzählen!«

»Halten Sie die Klappe, Couch-Eck, und machen Sie eine vernünftige Recherche in diesem Fall! Wir sehen uns morgen Mittag!« Beim Verlassen des Büros knallte er heftig die Tür hinter sich zu.

Lothar wurde auf einmal bedenklich still.

»Was'n los, Couch?«

»Der ganze Vormittag heute war für den Arsch!«

»Na, wenigstens doch das!«, grinste Kommissar Klotz.

»Übrigens, so ganz untätig war ich heute nicht!«, sprach Lothar weiter. »Ich habe in weiser Voraussicht gestern bereits Aufzeichnungen über den Fall und die bislang geführten Gespräche gemacht! Der Bericht ist fertig!«

»Was …? Warum denn das, Couch? Das war doch meine Aufgabe! Ich bin extra heute schon im Morgengrauen hier gewesen und habe den runtergeschrieben!«

Darüber konnte sich Lothar nur noch aufregen. »Ihr liebe' Leut', wie kann man nur so doof sein? Und mein überschlauer Herr Kollege hält es nicht einmal für notwendig, mich darüber zu informieren! Das hättest du dir schenken können, wenn du mich gefragt hättest!« Er fasste sich an den Kopf und ging dabei leicht in die Knie.

»Du suchst auch immer die Schuld bei den anderen, Couch! Das muss ich dir jetzt einfach mal so sagen! Der Herr von und zu schläft in der Regel bis in die Puppen, und wenn er zufälligerweise schon mal hier ankommt, ist er trotzdem nicht ganz bei sich!«

»Das habe ich jetzt nicht gehört, Klotz!«

»Es wäre deine Pflicht gewesen, mir Bescheid zu geben, wenn du schon mal deinen Verstand benutzt hast, um etwas Fachliches zu leisten! Du bist ja so was von …«

»Herrgott noch mal, äm, suchst du schon wieder Streit? Ich weiß nicht, wie es dir geht, Klotz, aber mein Magen meldet sich!« Er schlug vor, zum Italiener in die Stadt zu gehen. »Die Bedienungen sollen ebenso scharf sein, wie der Laden heißt!«

»Und wie heißt der Laden, Couch?«, fragte Kommissar Klotz immer noch beleidigt.

»La Plapperoni!«

»Was für'n Ding? Willst du mich verarschen, Couch?«

»Nein, Klotz! Das würde ich niemals tun! Auch ich habe mich gefragt, wie der Name zustande kam und den Inhaber daraufhin angesprochen. Er sagte mir, dass dies der Überbegriff deutsch-italienischer Freundschaft sei. Plappern stünde für die geselligen Deutschen und Peperoni für die Schärfe Italiens!«

9.

»Mit der Pilz bin ich noch nicht fertig!«, sagte Lothar und steuerte einen freien Tisch am Fenster an. »Den hier, Klotz?«

Sein Kollege nickte und sie nahmen Platz. Lothar konnte sich nicht beherrschen und schlug plötzlich mit der flachen Hand auf den Tisch. »So ein Weib wie die Pornotante könnte mir auch fürs Leben gefallen! Was mehr muss eine Frau können, wie nur gut aussehen, gut Geld verdienen und eine gute Wichse sein?«

Sie unterhielten sich noch eine Weile über Frauen und Ehe, bevor sie sich der Speisekarte widmeten. »Was trinken wir denn, Klotz? Ein Bier müsste doch eigentlich erlaubt sein!«

Kommissar Klotz lachte. »Wenn nicht im Dienst, wann denn dann? Ich nehme die Pizza: Zwei-Jahreszeiten!«

»Die müsste doch eigentlich Vier-Jahreszeiten heißen!«, wunderte sich Lothar.

»Wahrscheinlich geht bei denen hier nicht so viel auf den Teig! Ach, stopp, zurück! Ich sehe gerade, die Pizza mit dem kompletten Jahr ist ganz unten aufgeführt und auch gleich doppelt so teuer!«

Die beiden waren so sehr mit dem Abgleich der Preise beschäftigt, dass sie gar nicht bemerkten, wie die Bedienung sie bereits das zweite Mal ansprach. Erst als sie mit ihrem Kugelschreiber ungeduldig auf den Tisch klopfte, fiel ihnen das Mädchen auf.

»Hallo! Hallo, meine Herren, ich habe noch etwas anderes zu tun, als mich nur mit Ihnen zu beschäftigen!«, sagte sie schnippisch. Ein hübsches Gesicht unter den kurzen schwarzen Haaren blickte ernst auf sie herab. Sie trug ein weißes tailliertes Kittelhemdchen über ihrem wohlgeformten, zierlichen Körper. Ihre Brüste waren so eng darin zusammengeschnürt, dass sich die Brustwarzen durchdrückten. Die jeansfarbenen, sehr knappen Hotpants und schwarze hochhackige Pumps machten ihr Outfit perfekt.

»Entschuldigung, Schätzchen!«, sagte Kommissar Klotz und fühlte bei dem Anblick sofort wieder den Mann in sich.

Sie warf ihm einen geringschätzigen Blick zu und wiederholte ungeduldig: »Was ist denn nun? Wollen Sie etwas bestellen?«

Lothar schnalzte mit der Zunge. »Immer mit der Ruhe! Äm, natürlich wollen wir etwas bestellen, sonst wären wir wohl kaum hierhergekommen, oder?«

Das brachte seinen Kollegen wieder auf den Boden der Tatsachen zurück. »Bring mir mal ein alkoholfreies Weizen und ich probier diese Zwei-Jahres-Pizza! Was nimmst du, Couch?« Lothar bestellte für sich das Gleiche. Die Frau notierte alles und ging davon. »Heijeijeijeijei …, äm, ein scharfes Gerät! Äm, äm, guck mal, Klotz, was die für einen Arsch hat!«

»Hm …, dass die den schweren Apparat auf ihren Stelzenbeinen überhaupt tragen kann! Meinst du, die hat Nylons an? Die Beine sind ungewöhnlich glatt!«

Lothar beugte sich näher zu seinem Kollegen und sagte: »Äm, äm, String und Strumpfhosen, jede Wette!«

Die Bedienung kam mit den Getränken und stellte die Gläser ab. »Das Essen ist gleich so weit!«

»Wenn ich das vorher gewusst hätte, Couch«, sagte Kommissar Klotz schmunzelnd und sah ihr hinterher, »dann hätte ich wohl besser zwei Möpse bestellt, Prost!«

Damit hoben sie beide ihr Glas. »Aaaahh …, wie gut, wenn auch Alkoholfreies eigentlich nicht mein Ding ist!«, sagte Kommissar Klotz und rülpste lautstark.

»Unser Essen kommt, Klotz!«

»So, die Herren, zweimal die Pizza ›Zwei-Jahreszeiten‹! Achtung, sehr heiß!« Sie schob ihnen vorsichtig die Teller vor die Nase.

»Ja, äm, das haben wir auch schon vermutet!«, meinte Lothar und schaute neugierig in ihren Ausschnitt.

Sie hatten gerade den ersten Bissen im Mund, als Kommissar Klotz' Handy klingelte. Er legte das Besteck zurück und schaute auf das Display. »Hm, der Chef! Was will der denn jetzt?«, sagte er und meldete sich: »Klotz!« – »Was?« – »Wie bitte?« – »Natürlich kommen wir sofort! Wir sind gerade in der Stadt, um …« – »Vergessen, klar!« – »Bis gleich, Herr Balzer!« Danach klappte er sein Handy zusammen und starrte vor sich hin.

»Klotz? Klotz, was hast du denn?«, erkundigte sich Lothar besorgt. »Ist was passiert? Wirst du Vater?«

»Quatsch nicht, Couch! Gegen uns liegt eine Anzeige vor!«

»Was? Etwa die alte Puffmutter? Ich hab's geahnt!« Lothar spuckte schockiert das Stück Pizza aus, das er sich eben noch genüsslich in die Backentaschen gestopft hatte.

»Nee, nicht von der, sondern von deiner Sekretärin, der Heißluft!«

»Diese alte Schlange!«, rief Lothar unbeherrscht und sprang vom Stuhl hoch. »Ja, äm, äm, äm, wegen was denn, Klotz?«

»Die Alte behauptet, wir hätten uns von Frau Pilz vorgezogenerweise einen wichsen und sie dabei unbeachtet links liegen lassen. Sie wäre auch gerne gefickt worden, aber du hättest wissentlich die Unwahrheit behauptet – nämlich, dass sie es sich auf jeden Fall lieber selber machen wollte! Sie fühlt sich nun gemobbt!«

»Mobbing? Mensch, Klotz, kneif mich mal! Sind wir im falschen Film, oder was?«

»Ich weiß es auch nicht, Couch! Jedenfalls sollen wir sofort rüber in sein Büro kommen. Er will bei uns beiden über eine Strafversetzung in den allgemeinen Verkehrsdienst nachdenken. Frau Heißluft ist übrigens auch bei ihm!«

»Hat man es denn nur noch mit Idioten zu tun?«, regte sich Lothar auf und rief mehrmals hintereinander nach der Bedienung. Damit fiel er den anderen Gästen sehr unangenehm auf. »Ach, leckt mich …!«, rief er in den Raum und warf einen Fünfzigeuroschein auf den Tisch. Schon stürmte er Richtung Ausgang.

Sein Kollege kam kaum hinterher. »Warum bist du denn da drin so ausgeflippt, Couch? In dem Laden kannst du dich bestimmt nicht mehr blicken lassen!«

Lothar sagte nichts dazu und sie liefen den ganzen Weg schweigend nebeneinander her.

Erst als er die Treppenstufen zum Eingang nahm, gab er seinem Kollegen präzise Anweisungen. »Klotz, äm, jetzt heißt es dichthalten! Die Heißluft leidet schon lange an einem heftigen Dachschaden und war wie immer, auch heute Morgen, furchtbar nervig, verstanden? Sie machte einen auf altersgeil und wollte sich ständig zwischen den faltigen Schenkeln herumfummeln, kapiert?«

»Ei …, so war’s dem Grunde nach ja auch!«, bestätigte Kommissar Klotz.

Sogleich beruhigter wagten sie sich schließlich in die Höhle des Löwen.

10.

»Hallihallo, äm, Herr Balzer!«, rief Lothar in das offene Arbeitszimmer seines Vorgesetzten, um ihm vorab den Wind aus den Segeln zu nehmen. »Herr Balzer?«

Aber niemand antwortete.

»So spät sind wir doch nun auch nicht gekommen!«, bemerkte Kommissar Klotz und drückte sich an seinem Kollegen vorbei, um den leeren Raum ganz zu inspizieren.

Doch allem Anschein nach schienen sie schon weg zu sein.

»Der Arsch macht uns hier verrückt und in der Zwischenzeit hat sich alles bereits in Wohlgefallen aufgelöst!« Lothar quetschte beide Daumen in seinen eng sitzenden Hosenbund und versuchte damit, seinem Ärger Luft zu verschaffen.

»Ja, Couch, und der hielt es nicht einmal für nötig …«

»Halt mal die Klappe, Klotz!« Lothar legte beide Hände an die Ohren, um genauer hören zu können. »Hörst du das? Spitz mal deine Löffel!«

»Nee, nur ein leises Gejaule, aber das kommt vielleicht von draußen!«

»Nee, Klotz, dieses Gejammer kommt todsicher da aus dem begehbaren Kleiderschrank!« Schon stürzte er auf die Holzwand zu und riss gleich zwei Türen der Garderobe auf. Die beiden Männer hatten mit allem gerechnet, aber was sie da sahen, überbot jegliche Vorstellungskraft!

Balzer lag auf Lothars Sekretärin und machte ihr den Missionar.

»Chef, Frau Heißluft …?«, riefen sie geschockt wie aus einem Mund.

Hektisch bemühte sich der Polizeipräsident sofort auf die Füße. Verlegen fuhr er mit der rechten Hand durch seine grauen Haare. Frau Heißluft wurde von der unerwarteten Störung so überrascht, dass sie nur verblüfft den Kopf hob, ansonsten aber regungslos liegen blieb.

»Zurück!«, brüllte Balzer seine Mitarbeiter an. »Sofort zurück!« Damit kletterte er aus dem Wandschrank, warf noch sein Jackett über die Sekretärin und knallte die Schranktüren zu.

»Sie wollen doch nicht Ihre langjährige Angestellte einfach da drin liegen lassen?«, fragte Kommissar Klotz und wich schockiert einen weiteren Schritt zurück.

»Herr Balzer, Chef, was hat das mit der alten Krähe …, äm, zu bedeuten?«, wollte Lothar wissen und rüttelte seinen Vorgesetzten fest am Arm.

»Nichts! Was soll das schon zu bedeuten haben? Ein Chef fickt seine Untergebene, das ist alles!«, herrschte er Lothar an und stieg gemächlich in seine Hose.

»Äm, ausgerechnet meine hässliche Tippse! Sie hatten doch die hübsche Frau Pilz?«

»Couch-Eck«, fuhr Balzer ihn an, »die Pilz kostet mich jedes Mal eine ganze Stange! Dass die kranke Hexe hier keine Schönheit ist, weiß ich auch! Was glauben Sie, warum ich mich mit ihr im Wandschrank versteckt habe? Weil es dort dunkel ist und ich ihre Fresse beim Vögeln nicht sehen muss!«

»Sie, der große Moralapostel, der immer ein sauberes Vorzeigerevier haben wollte!«, warf ihm Kommissar Klotz vor.

»Ja, der Moralapostel!«, gab Herr Balzer aufgebracht zurück. »Ich halte auf Moral, und das wird auch so bleiben! Ich konnte ja nicht wissen, dass sie plötzlich auf mich abfährt und es mit mir machen will!«

»Sooo, sooo, äm«, sagte Lothar betont, »halten Sie uns eigentlich für total bescheuert, Chef?«

»Ja!«, bestätigte er prompt und erklärte in einem Atemzug den Freispruch für beide. Die Anschuldigungen von Frau Heißluft seien erledigt, denn er hätte ihre nymphomanischen Anwandlungen kennengelernt!

»Hä …?« Kommissar Klotz verstand kein Wort.

»Na, überlegen Sie mal mit Ihrem kurzen Verstand! Weswegen habe ich Sie denn hierher bestellt, hm?« Herr Balzer schaute ihn fragend an und setzte sich in aller Seelenruhe wieder an seinen Schreibtisch. »Und jetzt bringen Sie mir endlich den Mörder meines Bruders, anstatt sich mit Dingen auseinanderzusetzen, die Sie nichts angehen!«

»Jawohl, Chef!«, entgegnete Lothar scharf und zog seinen Kollegen mit sich aus dem Büro.

Sobald die Tür geschlossen war, kam ihnen ein und derselbe Gedanke. Sie mussten sofort Frau Pilz aufsuchen und die Befragung anständig zu Ende führen! Sie gingen zu ihrem Wagen und machten sich auf den Weg ins Dichter-Viertel.

11.

»Oh, die Sprechanlage funktioniert dieses Mal!«, sagte Lothar zu seinem Kollegen und zwinkerte ihm zu.

Sie hörten ein Tuten und Frau Pilz meldete sich: »Ja, bitte?«

»Äm, äm, hallo, wir sind's noch mal, mein Kollege und ich. Die Männer von der Polizei! Wir möchten Ihnen noch weitere Fallen …, äm, Quatsch, Fragen stellen, Frau Pilz!«

»Das tut mir sehr leid, aber ich bin mitten in einer Nummer! Da kann ich jetzt nicht unterbrechen! Sie kommen ein anderes Mal wieder dran!«

»Halt, Frau Pilz, wie lange dauert der Fick denn noch?«, fragte Kommissar Klotz und drängelte sich vor Lothar an das Sprechgerät.

»Mindestens noch eine halbe Stunde! Bitte gehen Sie jetzt, sonst verliert mein Kunde noch die Spannkraft in seinem Sack! Schönen Tag noch!«

»Das darf doch nicht wahr sein, Klotz, oder?« Lothar schaute kurz auf seinen Kollegen, dann schrie er in die Anlage: »Sie machen sofort auf! Es handelt sich bei unserem Besuch um einen, äm, höheren Staatsakt! Da haben Sie gefälligst zu parieren! Haben Sie mich verstanden?«

»Ja, aber der Freier kniet wartend im Käfig und er ist nicht gerade der Sportlichste …«

»Ich scheiße auf Ihren Freier, Frau Pilz!«

»Dafür ist der aber nicht hier, Herr Polizist! Der löhnt auch nur dann, wenn …«

Doch ihr weiterer Versuch, die Kommissare loszuwerden, ließ Lothar so laut werden, dass sich seine Stimme überschlug. »Sie öffnen augenblicklich zuerst das Tor und dann die Tür! Sonst stürme ich mit unseren Hundertschlaffen …, äm, Hundertschaften Ihre Puffbude und lasse Ihre gesamte Wichsvilla von oben bis unten ausräuchern!«

Kommissar Klotz nickte erleichtert, als der Summer des Toröffners ertönte. Sie betraten das Grundstück, und noch bevor sie die Stufen zur Villa erreicht hatten, stand Frau Pilz unter Tränen in der Haustür.

»Es geht mir am Arsch vorbei, dass Sie jetzt meinetwegen heulen!«, sagte Lothar, schubste die Jammernde beiseite und ging vor bis ins Wohnzimmer.

»Oh, ich weine bestimmt nicht Ihretwegen!«, rief sie ihm nach. »Sondern weil mein Kunde jetzt stinksauer ist. Das Wort Polizei genügte, und er hat mir sofort verboten, künftig seinen Namen, geschweige denn etwas anderes von ihm in den Mund zu nehmen!«

»Pech für Sie, Frau Pilz!«, sagte Kommissar Klotz. »Wir werden versuchen, das mit ihm zu regeln! Wenn Sie sich bitte etwas Anständiges anziehen würden! Dieser rote Lackbody lenkt vom Thema ab!«

»Meinetwegen kann sie so bleiben, Klotz!«, bemerkte Lothar und bat Frau Pilz, den Freier zu holen.

»Nein, das geht nicht!« Sie schüttelte hartnäckig den Kopf.

Doch Lothar blieb unerbittlich. »Sie bringen das Schwein sofort hierher, Frau Pilz! Das ist meine letzte Aufforderung, sonst hole ich polizeiliche Verstärkung, und dann wird Ihnen Hören und Sehen vergehen!«

»Bei so vielen Schwänzen, klar, damit bin selbst ich überfordert!« Endlich schien sie ein Einsehen zu haben und verschwand in ihrem Schlafzimmer. Schon nach kurzer Zeit kam sie zurück und sagte achselzuckend. »Tut mir sehr leid, aber der Typ hat sich verpisst!«

»Verpisst?« Kommissar Klotz glaubte, nicht richtig zu hören. »Nennen Sie uns den Namen!«

Sie sah in ungläubig an. Er ging einen Schritt auf sie zu und wiederholte mit ernstem Gesicht:

»Den Namen!«

Ihre Mundwinkel zuckten verunsichert, als sie sagte: »Pilz!«

»Nicht Ihren Namen, Sie blöde Kuh«, stöhnte Kommissar Klotz, »den Namen des Stechers!«

»Wozu?«, fragte sie, hakte ihren Body zwischen den Beinen auf und ließ ihn fallen. »Der Name sagt Ihnen sowieso nichts!«

»Das lassen Sie doch besser uns entscheiden, Frau Pilz!«, bemerkte Lothar scharf und packte wie wild geworden ihre Titten.

Sein Kollege klinkte sich sofort mit ein und begann damit, ihre weichen Arschbacken zu kneten. Dennoch blieb er objektiv. »Nun, wir hören, Romina!«

»Ihr Polizisten«, stöhnte sie, »ich kann so nicht klar denken!« Trotzdem kam sie langsam mit der Sprache heraus. »Es ist … ist Dollbohrer-Kai!«

Erschrocken ließen die Männer von ihr ab und wechselten nachdenkliche Blicke.

»Dollbohrer-Kai?«, wiederholte Kommissar Klotz ernst. »Der sagt mir was! Das ist doch der Typ, der die Frauen angeblich so doll bohren kann, dass es denen noch Tage danach von selber kommt! Dachte, der ist mittlerweile im Ausland!«

Auch Lothar überlegte laut: »Dollbohrer-Kai, dieses Schwein hat damit geprahlt und seine Bumsstorys für viel Geld an die Presse verkauft!« Er blickte auf und fuhr Frau Pilz entschlossen mit ausgestreckter Hand zwischen die Beine. »Ihre Pflaume fühlt sich noch recht saftig an, Frau Pilz! Also scheint an der Sache mit ihm was dran zu sein, und jetzt beichten Sie mal! Wie kommen, ausgerechnet Sie, an diesen Typ?«, fragte er und spielte mit der anderen Hand an ihrer rechten Brustwarze.

»Ich weiß es nicht, Herr Kriminalist! Eines Tages stand er vor der Tür, genau wie Sie beide!«, antwortete sie und ließ sich bereitwillig weiter befummeln.

»Das kann doch nicht einfach so passieren, Frau Pilz!«, hauchte Kommissar Klotz ihr von hinten ins Ohr und klatschte ihr ein paarmal fester auf jede Arschbacke. Dadurch noch mehr aufgegeilt ließ er sich auf die Knie fallen, zog mit beiden Händen ihre Hinterschinken auseinander, um an ihrem Loch zu schlecken.

Da stöhnte sie laut und unbeherrscht, legte den Kopf weit in den Nacken, dass Kommissar Klotz vor lauter Haaren fast nichts mehr sehen konnte, und sagte: »Doch, doch …, das passiert …!«

»Kopf hoch, Sie blöde Kuh, schnell! Ich sehe nichts mehr!« Kommissar Klotz kniff die Augen zusammen, weil ihre Haarspitzen ihm in die Augen pikten.

»Oh, das tut mir leid!« Sie änderte ihren Stand und fragte: »Jetzt besser, Herr Polizist?«

»Ja …, puh …, Frau Pilz, puh …, eine Anmerkung!« Er zog kurz seine Zunge zurück. »Sie riechen noch übel nach der Leidenschaft des Vorgängers!«

»Oh, wirklich?«

»Nun ja, Sie haben Glück, Frau Pilz! Habe heute meinen sozialen Tag und will mal nicht so sein!«

»Klotz, äm, Klotz …«, schnaufte Lothar plötzlich auf der anderen Seite, »denk bitte auch daran, dass wir nicht nur diese …, äm, Bumserei hier, sondern auch die Befragung konsequent im Auge behalten müssen!«

»Ja, ja!«, gab sein Kollege zurück, während Frau Pilz Lothars Hose aufknöpfte. Mit flinken Fingern packte sie seinen Sack und kraulte ihm die Eier. »Meine Herren, meine Herren …«, sagte sie mit dünner Stimme, »Ihr schlimmen Kriminalherren …, ihr geilen Polizeimänner …, ja, fickt mich! Jaaaa …, ihr alten Staatswichser …, ihr …, uuuhhhh …!«

»Alte Staatswichser?« Lothar ließ abrupt von ihrem Arsch ab. Dadurch verlor er das Gleichgewicht und fiel auf den Rücken.

»Hast du dich übernommen, Couch?«, lachte Kommissar Klotz.

»Bestimmt nicht, aber ich lasse mich ungern als alt bezeichnen, Klotz!«, und er warf Frau Pilz einen strafenden Blick zu.

»Ach, scheiß doch drauf, Couch, und lass uns zu Ende ficken, Mensch! Mein Schwanz ist grad der Oberhammer!«

»Nee, wenn ich gekränkt bin, klappt bei mir nichts mehr! Wir hören auf und machen mit dem Verhör weiter, basta!«

Enttäuscht stieß Kommissar Klotz Frau Pilz noch ein letztes Mal in den Arsch, dann schubste er sie von sich weg.

»Was, Sie brechen die Nummer einfach ab, ohne es mir zu besorgen?«, fragte Frau Pilz voll Unverständnis.

»So ist es! Sie sind uns, äm, doch zu alt!«, entgegnete Lothar immer noch beleidigt, während er sich anzog.

Frau Pilz aber dachte gar nicht daran, jetzt in irgendwelche Klamotten zu steigen, und setzte sich viel lieber nackt auf einen der Barhocker. Sie machte die Beine breit und leckte sich den Mittelfinger feucht. Ohne die beiden weiter zu beachten, klatschte sie sich mehrmals hintereinander mit der flachen Hand auf den Kitzler.

Die beiden Kommissare wussten gar nicht, was sie da eigentlich veranstaltete, und nahmen eher an, sie wolle damit den Freier warnen, der sich noch irgendwo im Haus versteckt hielt. Sie klatschte immer fester, rieb zwischendurch und klatschte wieder, bis sie sich völlig abgedreht ihre Finger in die Möse steckte. Ihr Hocker wackelte gefährlich, als Kommissar Klotz noch rechtzeitig kam und half, bevor sie damit umkippen konnte.

»Fass sie nicht mehr an!«, rief Lothar, der seinen Kollegen mit Argusaugen beobachtete.

»Die muss erst befriedigt werden, Couch. Vorher hat es keinen Sinn, ihr Fragen zu stellen! Du siehst doch selbst, vor lauter Erotikgewerbe ist die nicht mehr ganz klar im Kopf!«

Das leuchtete Lothar ein. »Wie weit ist die denn, Klotz?«

»Ei …, die müsste jeden Moment so weit sein!«, antwortete der und warf einen prüfenden Blick zwischen ihre Beine.

»Also mir dauert das alles zu lange!« Kurzerhand machte sich Lothar den Hosenlatz wieder auf, angelte seinen noch steifen Schwanz hervor und baute sich vor ihr auf. »Scheiße, ich zittere so stark, Klotz! Ich krieg den da gar nicht in ihr Loch!« Etwas betreten schaute er auf ihre durch Geilheit schmatzende Möse.

»Was tust du da, Couch? Warum darfst du und ich darf nicht?«

»Weil mich das alles hier so aufregt, Klotz! Hier«, bat er, »du hast ruhigere Hände! Könntest du den ausnahmsweise mal für mich bei ihr reinstecken?«

»Geht's noch?«

»Mach schon, Klotz, wir haben nicht ewig Zeit!«

»Na gut, will mal nicht so sein! Ich habe ja jahrelang meinen Vater gepflegt, da werde ich das auch noch hinbekommen!« Er packte den Penis seines Kollegen und führte die Spitze in ihre Scheide ein. »Nachstoßen wirst du ja wohl noch selber können?«

Lothar nickte dankbar. »Äm, wenn du jetzt bitte noch ihre Beine auseinanderhalten könntest!«, und vögelte munter drauflos.

»Schön«, freute sich Frau Pilz, »aber wir sind hier nicht im Kindergarten! Lieber wäre mir da schon das Rohr Ihres Kollegen zwischen den Schenkeln!« Sie tätschelte Lothars Kopf, zog die Knie an und stieß ihn mit den Füßen von sich. Alles ging so schnell, dass Lothar gar nicht wusste, wie ihm geschah, bis er sich auf dem Boden wiederfand.

»Fuck, Sie versaute Hure!«, schimpfte er. »Was soll denn das?«

»Ha, ha, ha …«, lachte Kommissar Klotz, »na, dann will ich mal!« Er spielte mit den Fingern an ihrer Möse und holte nebenbei seinen Schwanz aus der Hose.

»Das kitzelt, Herr Polizist!«, strahlte sie ihn an und hielt ihm zum Saugen noch ihre Brüste entgegen.

Lothar hingegen war stinksauer. Ständig hackte diese blöde Kuh auf seinem Sack herum.

»Was lachst du denn so blöd, Klotz!«, rief er. »Wenn du noch ein bisschen machst, dann … dann sind wir die längste Zeit Partner gewesen!« Da war nicht nur sein gekränkter Stolz, sondern auch der Rücken schmerzte vom Aufprall. »Arsch, du bist ein echter Arsch, Klotz!«

»Du kannst mir doch dein Versagen in diesen Dingen nicht anhängen, Couch!«, entgegnete sein Kollege und drehte sich kurz nach ihm um.

»Von wegen Versagen, nur weil ihre Futte so ausgeleiert ist, dass die einen Standardschwanz nicht mehr spürt!«, motzte Lothar weiter.

»Wie können Sie nur so unsensibel sein, Herr Polizist!« Frau Pilz hob den Kopf und schaute Lothar fassungslos an. »Übrigens, Sie«, und sie zog Kommissar Klotz am Schwanz, »ich bin immer noch nicht gekommen, gell! Ich bitte Sie, mich nicht so lange warten zu lassen, obwohl ich weiß, dass das typisch für einen Beamten ist!«

»Ach, halten Sie die Klappe, Frau Pilz, und bedecken Sie Ihren sündigen Arsch!« Kommissar Klotz war die Lust vergangen. Die Partnerschaft mit Lothar würde er für nichts auf der Welt aufs Spiel setzen wollen.

»Wie Sie meinen!« Sie sprang eingeschnappt vom Hocker und sagte: »Ich wollte es mir ja selber machen, aber nein, Sie mussten mir ja dazwischenfunken!«

»Anziehen, blöde Fotze!«, schrie Lothar unbeherrscht los und beobachtete mit innerem Wohlgefallen, wie Frau Pilz parierte. Ihre nackten Brüste hüpften dabei schneller hin und her als ein Wackelpudding. Schnell schlüpfte sie in eines der herumliegenden Tüllhemdchen und ging an die Hausbar. Aus dem obersten Fach holte sie eine Flasche Whisky und goss ausreichend davon in ein hohes Wasserglas.

»Romina, was soll das? Sie müssen Ihren verpatzten Orgasmus nicht in Alkohol ertränken!«, sagte Kommissar Klotz und lehnte sich gegenüber von Lothar an die Wand.

»Das ist kein Alkohol! Das ist nur Pisse …, gelbe Pisse! Weiter nichts!«, gab sie schnippisch zurück und trank das Glas in einem Zug leer.

Die beiden Männer wechselten bedenkliche Blicke.

»Zügeln Sie doch verdammt noch mal Ihre …, äm, äm, Dings, Frau Pilz! Mit der Sauferei kommen Sie uns noch verdächtiger vor!«

Frau Pilz griff erneut nach der Flasche. »Ich kann Sie halt nur im Suff ertragen, Herr Polizist!«, konterte sie. »Sie verurteilen wohl alle Frauen nach dem Alkoholpegel? Ist das nicht eine hohle Entscheidung?« Sie schaute kurz zu ihm und schenkte sich wiederum das Glas randvoll ein.

»Bitte?«, brauste Lothar auf. »Äm, Ihnen hat wohl schon lange niemand mehr den Arsch versohlt, was?«

Kommissar Klotz, der amüsiert an der Wand lehnte, merkte sofort, dass sein Kollege gleich die Beherrschung verlieren würde. Er ging ebenfalls zur Bar und nahm ihr das Glas aus der Hand. »Frau Pilz«, sagte er, »noch einmal auf den Mordtag zurückzukommen! Was geschah, nachdem Sie Herrn Balzer die Tür geöffnet hatten!«

Lothar schluckte seinen Ärger hinunter, während Frau Pilz antwortete: »Fällt Ihnen auch noch eine andere Frage ein? Ich habe Ihnen doch schon ein paarmal erklärt, ich ließ ihn rein!«

»Wie hat er darauf reagiert und was haben Sie gesagt? Herrgott, Frau Pilz, geht es auch etwas umfassender?« Langsam verlor auch Kommissar Klotz die Geduld.

»Normal, halt! Er hat normal reagiert! Wie sollte er denn sonst reagiert haben?« Sie setzte sich wieder auf einen der Barhocker und zog mit einem Ratsch ihre falschen Wimpern von den Augendeckeln.

Lothar empfand einen solch heftigen Schmerz dabei, dass er kreidebleich wurde. »Äm, äm, tut das nicht weh?«, fragte er verhalten und hielt sich den Magen.

Sie verneinte und warf die abgerissenen Kunstwimpern in einen leeren Aschenbecher, der auf dem Tresen stand.

»Gleich flipp ich aus!«, donnerte Lothar auf einmal los. »Führten Sie Herrn Balzer mit Ihrem fickerigen Arsch direkt ins Schreibzimmer, oder wie oder wohin? Warfen Sie ihn gleich auf Ihre Matratze? Was hat er zu Ihnen gesagt? Mensch, das sind wichtige Fakten, Frau Pilz!«

»Da muss ich passen, Herr Kriminalist, das ist nun mehrere Tage her! Wie soll ich das so genau rekapitulinstruieren können? Was ich aber todsicher weiß, ist, dass ich Bruno nicht erschossen habe, und da ich Ihnen das jetzt auch noch oral bestätige, können wir doch das Thema wechseln!«

»Gleich verhaften wir Sie an Ort und Stelle, Frau …, äm …! Es handelt sich um eine grausame Hinrichtung, die nun einmal in Ihrem sauberen Stall hier stattgefunden hat! Entweder Sie nehmen die Sache ernst und kooperieren mit uns, oder Sie wandern lebenslang in den Knast!« Lothar drohte ihr mit dem Zeigefinger und setzte sich auf das Sofa.

»Nehmen Sie den Finger wieder runter, Herr Kommissar! Das können Sie dann mit mir machen, wenn Sie Ihren Schwanz richtig hochkriegen!«, entgegnete Frau Pilz, riss Kommissar Klotz das Whiskyglas aus der Hand und trank es leer. »Und noch was!«, sagte sie. »Ich lasse mir nicht vorwerfen, ich würde nicht koop…, koopregieren! Schließlich haben Sie mich mehrfach testgefickt, und das werde ich notfalls auch vor Gericht aussagen!«

»Es ist mir scheißegal, was Sie vor Gericht aussagen!«, schrie Lothar und sprang wieder auf.

Kommissar Klotz versuchte, ihn zu beruhigen. »Nun mal sachte, Couch! Frau Pilz ist eben auch nur eine Frau!«

»Gerade deswegen, Klotz!« Lothar wischte sich den Schweiß von der Stirn. »Äm, äm, Frau Pilz, ich frage Sie noch einmal: Wohin gingen Sie mit Herrn Balzer, als er bei Ihnen in der Wohnung stand?«

»Ich bin am Überlegen, Herr Polizist!«

»Tja, dann überlegen Sie weiter! Sicher wird es in Ihrem Spatzenhirn noch irgendwo hängen!«, herrschte er sie an und wandte sich dann an seinen Kollegen. »Da fällt mir ein, Klotz, hat sich vielleicht bei dir die Spurensicherung gemeldet?« Nachdem der verneinte, angelte Lothar sein Handy aus der Tasche und wählte die Nummer der Kollegen. »Übernimm, Klotz!«, wies er kurz an.

Der nickte und machte sofort weiter. »Was also geschah dann, Frau Pilz?«

Sie legte nachdenklich ihren Zeigefinger auf die Lippen und tippte sich dann an die Stirn. »Mir geht ein Licht auf, Herr Kriminalist!«, sagte sie und lächelte ihn an. »Ja, ich erinnere mich! Nachdem ich von seinem Bruder, Theo Balzer, erfahren hatte, was Herr Balzer, also Bruno Balzer, für sexuelle Vorlieben hat, führte ich ihn direkt ins Schlafzimmer. Dort bewahre ich Handschellen, Federn und andere Spielzeuge auf.«

»Was hatte Herr Bruno Balzer denn für sexuelle Vorlieben?«, wollte Kommissar Klotz wissen und kratzte sich am Kinn.

»Sein Bruder hat mir gesagt, dass Bruno am geilsten wird, wenn er ans Bett gefesselt und mit einer Fleischgabel im Analbereich leicht gekratzt wird. Dabei sollte ich mein Gesicht mit einer Strumpfmaske aus Nylons verhüllen, ansonsten aber nackt sein! Meine Brustwarzen und die Muschi solle ich vorher ausreichend mit handelsüblichem Fischfond beträufeln, das würde seinen Geschmackssinn erhöhen!«

»Das ist ja ekelhaft! Warum hat er nicht Nugatcreme oder …, äm, was anderes Süßes …, äm, äm …?«, mischte sich Lothar ein, der, von Neugierde gepackt, zunächst sein Handy wieder zurücksteckte.

»Couch, bitte!«, ermahnte ihn sein Kollege. »Frau Pilz, hatten Sie den Fischkopf sofort ans Bett gefesselt oder hat er Ihnen beim Einbalsamieren Ihrer Milchglocken geholfen?«

»Es kam ganz anders!«, antwortete sie. »Er wollte sich erst einmal mein Haus ansehen! Ohne mich zu fragen, ist er durch alle Räumlichkeiten gelaufen. Erst danach wollte er sich für oder gegen einen Fick entscheiden!«

»Ist das nicht gefährlich, einen Fremden wie Herrn Balzer, einfach so durchs Haus marschieren zu lassen, Frau Pilz?«, äußerte Kommissar Klotz seine Zweifel.

»Natürlich ist das nicht die Regel, aber der Kunde ist König, und sein Bruder war bereit, für ihn eine sehr hohe Fickpauschale zu zahlen! Er wünschte, dass ich Bruno helfe, seinen Samenstau zu lösen, weil der sonst weiterhin so ungenießbar sei!« Sie begann leicht mit dem Hocker hin- und herzuwippen und erzählte weiter: »In der Zeit, wo er sich meine Villa ansah, habe ich übrigens eines meiner Tüllhemdchen übergezogen. So eines wie das hier mit den Blumen drauf!« Sie zeigte mit dem Finger auf ihr durchsichtiges, zart blaues Hemd. Danach fing sie sofort an, heftiger mit dem Stuhl zu schaukeln.

Den Polizisten entging natürlich nicht, dass ihre Brüste dabei rhythmisch mitschwangen und durch die Reibung am dünnen, jedoch kratzigen Stoff ihre Brustwarzen kerzengerade abstanden.

»Äm, äm …«, schluckte Lothar, »haben Sie noch mehr von diesen Dingern?« Er stand auf, ging um sie herum und besah sich den gardinenstoffartigen Fetzen etwas näher.

Ihr gefiel das gar nicht und sie schlug ihm fest auf die Hand. »Finger weg! Dafür sind Sie mir vorhin viel zu frech gekommen, als dass Sie jetzt wieder um mich herumschleichen wie ein läufiger Hund!«

Kommissar Klotz musste lachen. »Was Sie sich so denken! Mein Kollege besieht sich nur die Machart Ihres Hemdchens! Hier gibt es doch diese Teile nicht zu kaufen? Mir ist so etwas in den Dessousläden jedenfalls noch nicht aufgefallen, und ich war schon in einigen, das können Sie mir glauben! Allein, um meine Geliebte bei Laune zu halten.«

»Ach …, Klotz, du gehst fremd? Dachte, ihr habt kirchlich geheiratet, und das tut man für gewöhnlich doch nur …, äm, wenn man an den ganzen Quatsch mit der ewigen Liebe glaubt!«

»Glaube ich immer noch, Couch! Nur wusste ich vorher nicht, wie schwer es bei der Weiberschwemme und dem -angebot sein würde, das auch durchzuhalten!«

»Da will ich Ihnen was dazu sagen, weil's gerade ums Betrügen geht!«, mischte sich Frau Pilz ein. »Wissen Sie, in meiner ersten Ehe, bevor ich zur großen Berühmtheit im Pornometier wurde, war ich mit einem Bäcker verheiratet! Der hatte seine Frühstücksbrötchen immer nach dem Abbild meines Arsches geformt. Eines Tages kam ich etwas früher nach Hause, und was mir als Erstes auffiel, war, dass unsere Brötchen plötzlich eine ganz andere Form hatten! Sie waren wesentlich platter, breiter und mehr wie Birnen. Da habe ich sofort gewusst, der hat eine andere und …«

»Ja, ja, danke, Frau Pilz, für die Ausführung, aber mich würde viel eher interessieren, äm, welches dieser Tüllgardinen hier hatten Sie am Tattag an?«, unterbrach Lothar sie.

»Wieso? Auf die Farbe kommt es doch bei einem Mord nicht an!«, fragte sie verwundert und nahm einen kurzen Schluck direkt aus der Flasche.

»Auf die Farbe nicht!«, warf Kommissar Klotz ein. »Aber darauf, ob der Stoff eventuell mit Blut versaut ist!«

»Für wie dumm halten Sie mich eigentlich? Wenn ich meine Tage habe, dann nehme ich natürlich einen Stöpsel oder ziehe ein festeres Höschen an, damit die Binde zwischen meinen Beinen den roten Abgang auffängt! Da wird überhaupt nichts, aber auch gar nichts blutig!« Empört über so viel Gemeinheit füllte sie ihr Glas wieder randvoll mit Whisky.

Kommissar Klotz faltete kurz die Hände zum Gebet und unternahm einen Versuch, ihr das näher zu erklären. »Frau Pilz, hier geht es in keiner Weise darum, Ihre eventuell vorhandene Intelligenz anzuzweifeln! Es geht auch nicht darum, ob Sie Ihre Periode künstlich unterbinden oder andersartig stoppen …, also wie auch immer …« Er warf seinem Kollegen einen Hilfe suchenden Blick zu.

Der verstand sofort und mit all seiner Sensibilität für dieses Thema griff er unterstützend ein. »Äm, äm, hier zweifelt niemand an Ihrer Kompetenz, wie Sie Ihren monatlichen Blutfluss eindämmen können! Wir reden einzig und allein von dem Mordopfer! Da wurde Blut gefunden, und es muss bei der Tat gewaltig gespritzt haben! Also ist es doch klar wie Kloßbrühe, dass die Täterin oder der Täter ebenso Blut an den Klößen …, äm, äm, Klamotten hängen haben könnte!«

»Hm …, das kapiere ich jetzt nicht so, Herr Polizist! Warum sollte der Mörder vorher noch abspritzen oder meinen Sie den Täter?« Sie sprach schon nicht mehr ganz so deutlich und schenkte sich das nächste Glas ein.

»Bevor Sie sich ins Delirium saufen, Frau Pilz, holen! Sofort herholen!«, befahl Lothar ihr und die Strenge in seiner Stimme ließ keine Widerrede zu.

»Ja, Herr Polizeibeamter, das kann ich schon machen, aber … aber ich muss Sie warnen, denn es sind sehr viele! Welches meiner Hemdchen wollen Sie zum Teufel noch mal sehen, hä?« Ihre Augen bekamen einen leicht glasigen Ausdruck und das Sprechen wurde noch schleppender.

»Hat man beim Ficken Ihren Arsch mit dem Kopf verwechselt und Ihnen ins Gehirn gespritzt, Frau Pilz? Wir wollen auf der Stelle den Fummel sehen, den Sie am Tagtag …, äm, äm, Tagtat …, Tattag getragen haben!«, schrie Lothar sie an, ohne ihre wippende Brüstung aus den Augen zu lassen.

Doch anstatt seiner Bitte Folge zu leisten, kippte sie sich erneut einen großen Schluck Whisky hinter die Binde.

Ihr Gehabe wurde nun auch Kommissar Klotz zu blöde und er sagte mit Nachdruck: »Was mein Kollege Ihnen verklickern will, ist, Sie sollten besser diesen beschmierten Fummel beiholen, bevor wir eine Hausdurchsuchung veranlassen müssen!«

»Ja, ja, ich geh ja schon!« Maulend erhob sie sich, schob den Hocker wieder ordentlich an die Bar und ging mit schwankenden Schritten aus dem Wohnzimmer.

»Ist das zu fassen, Klotz? Ist die wirklich so begriffsstutzig oder stehen wir auf dem Schlauch?«

»Wenn du mich fragst, Couch, die geht mir mit ihrer Naivität langsam tierisch auf den Sack. Allein wenn die ihr Maul aufmacht, um zu sprechen …, du, lange halt ich das heute nicht mehr aus!«

»Ich werd sie unter Druck setzen, Klotz! Die soll gefälligst mit der Sprache rausrücken, wer am Mordtag noch hier war. Sie will doch angeblich nicht selber geschossen haben, also – wenn nicht sie, dann muss es jemand anderes gewesen sein. Oder liege ich da so verkehrt?«

»Du meinst, Couch, sie ist eventuell gar nicht die Mörderin oder sie hat die Tat nicht alleine begangen?«

»Jede Wette! Da war jemand, der ihr bei der Tat geholfen hat! Da bin ich mir mittlerweile ziemlich sicher!«

»Was sagt denn die Spurensicherung, Couch?«

»Dass eindeutig Spuren eines Verbrechens vorliegen, Klotz!«

»Na, das ist doch schon mal was, das notfalls gegen sie verwendet werden kann!«

»Vielen Dank für Ihr Vertrauen!«, hörten sie auf einmal Frau Pilz sagen. »Aber ich werde Ihnen das Gegenteil beweisen!« Sie legte einen Stapel Tüllhemdchen über einen der Barhocker und fing an, eines nach dem anderen hochzuhalten. »Das hier ist ein ganz zart gelbes Hemdchen! Wenn wir Nutten das zum Beispiel über unseren westlichen Frauenkörper ziehen, haben wir von der Haut her einen östlichen, also japanisch-chinesischen Teint! Eine optische Täuschung, die Männer rasend macht, wenn sie auf gelbe Schlitze stehen!«

Von der Konzentration gepackt legte sich Lothar richtig ins Zeug. »Ja, äm, sehr schön, Frau Pilz! Ja, äm, das trugen Sie also am Tattag über Ihren Milchglocken?«

»Moment mal, Schwester«, rief Kommissar Klotz aufgeregt dazwischen, »bevor Sie den gelben Fummel weglegen, können Sie das für uns mal anlegen? Weiß nicht, wie es meinem Kollegen geht?« Er blickte kurz zu Lothar, der ihn aber nicht wahrzunehmen schien. »Mir geht es jedenfalls so, Frau Pilz, wenn ich es einmal an Ihrem Luxuskörper getragen sehen könnte, wäre Ihre beschissene Situation für mich besser zu verstehen!«

»Beschissen? Da will ich Ihren Geist natürlich unterstützen, Herr Polizist! Ich gehe mich mal eben umziehen!«

»Och nee …, Frau Pilz, Romina, es ist zwingend vonnöten, dass Sie in das Hemdchen hier und vor unseren Augen reinschlüpfen!« Er gab seinem Kollegen einen erweckenden Klaps auf den Hinterkopf.

Lothar verstand nicht gleich. Erst als die Signale von seinem Gehirn im Schwanz angekommen waren, bestärkte er die Forderung von Kommissar Klotz. »Oh ja, Frau Pilz, das stimmt, äm, ja …, äm, äm, ja, ja, ja!«

»Wie Sie meinen! Schließlich kann ich der Polizei wohl schlecht widersprechen!« Sie ging zur Bar stellte sich breitbeinig in einen stabilen Stand und machte plötzlich stark kreisende Hüftbewegungen bis tief in die Hocke. Kam wieder nach oben und wiederholte das. Da sie schon viel Alkohol getrunken hatte, schoss ihr dabei schwer die Röte in den Kopf.

»Herrje, äm …« Mitfühlend nahm Lothar beide Hände vor die Augen, »Frau Pilz, äm, äm, wenn Sie mal groß müssen, wir haben nichts dagegen! Das geht selbstverständlich vor!«

Jetzt hatte auch Frau Pilz genug. »Dann eben nicht, du Schnüffelarsch!«, sagte sie leise vor sich hin und warf Lothar einen bösen Blick zu. Ohne eine Miene zu verziehen, nahm sie das gelbe Tüllkleidchen vom Stuhl und hängte es sich eilig über.

Lothar nickte bewundernd und zog mit beiden Händen seine Tränensäcke zu Schlitzaugen. »Und, Klotz, wie reagiert dein westlicher Schwanz auf den östlichen, chinesischen Touch?«

»Cool, ja, nur scheint es, als ob du unsere Profifotze vergrault hast. Die ist voll angepisst! Guck doch nur, was die für eine Fresse zieht!«

Lothar gab ihm recht und erhob sich vom Sessel. Mit flehendem Blick ging er auf sie zu und sagte: »Äm, nun wollen wir aber wieder brav sein, nicht wahr?« Dann hielt er ihr mit einer Hand den Mund zu, mit der anderen streichelte er ihre Brüste unter dem Tüll.

Frau Pilz wollte keine Schwäche zugeben und blieb regungslos.

»Sind wir ein Eisklotz geworden? Mal sehen, äm, ob es in Ihrem Inneren genau so aussieht!« Und schon schob er ihr seinen Mittelfinger in die Möse. Damit konnte er ihr ein Lächeln abringen und endlich hatte er sie so weit. Sie machte die Beine breiter als breit.

»Ja, Herr Kriminaler, ich wusste, Sie können nicht von mir lassen! Das kann keiner meiner Freier! Tja, Männer! Wenn die einmal ihre Finger in mir hatten …!« Sie lächelte schwach und wackelte nun auch wieder ein klein wenig mit dem Hintern.

Doch statt der von ihr erwarteten Fickerei ließ Lothar von ihr ab und herrschte sie derb an. »So und jetzt …, äm, weitermachen, Sie chinesische Sau! Weitermachen, mit der japanisch-chinesischen Dingsbums da …! Vorführen den Tüll, und zwar sehr feucht und mit Schmackes! Wir haben …, äm, unsere Waffen immer im Anschlag, sollte das hier …, äm, äm, in die Hosen gehen und nicht zu unserer Zufriedenheit ablaufen! Kapiert?«

»Das Wörtchen bitte scheinen Sie auch nicht zu kennen!«, motzte sie zurück, zog den gelben Tüllfummel aus und stieg wieder in ihr vorheriges Kleidchen, packte wortlos den gesamten Stapel mit den Hemdchen und wollte sie wegtragen.

Die Rechnung hatte sie ohne Lothar gemacht. »Was, äm, Sie wollen sich doch nicht etwa der Staatsgewalt widersetzen? Sofort legen Sie die Tülldinger wieder zurück!«, schrie er. »Sie werden unverzüglich mit der Vorführung weitermachen, und zwar jedes einzelne Teil!«

»Nein, Herr Kommissar, das mache ich nicht!«, wehrte sie sich. »Ich bin vielleicht nicht die geborene Intelli…, na, ich hab's gleich …«, überlegte einen Moment und schnippte dann mit den Fingern, »ja, genau, Intellektuenzbestie, aber etwas mehr Resistenz mir gegenüber darf ich Ihnen wohl schon abverlangen! Zudem müssen Sie auch mal sehen, dass es nur eine sehr erfahrene und geistig reife Frau verkraftet, oben und unten von polizeilichen Waffen traktiert zu werden und nebenbei mal eben locker einen Striptease hinzulegen!« Völlig unerwartet spitzte sie die Lippen und spuckte Lothar auf die Füße. »Erschießen Sie mich halt, wenn Sie meinen, dass Sie mich damit gefügiger machen können!«

Kommissar Klotz ahnte, dass sich Lothar dieses Benehmen keinesfalls von einer Frau bieten lassen würde, und versuchte, die Situation zu entschärfen. »Mein Kollege wird nicht Ihretwegen oder wegen Ihres außergewöhnlichen Körpers gleich aus der Haut fahren, Frau Pilz«, und er blickte aufgeregt zu Lothar, »sondern weil wir nun mal verpflichtet sind, den Mörder von Herrn Balzer zu finden! Sie müssen beweisen, dass keines Ihrer durchsichtigen Hemdchen mit Blutspuren versaut ist. Deswegen sollten Sie uns, in Ihrem eigenen Interesse, jedes Tüllding separat vorführen, und zwar von vorne und von hinten!«

Schon hörte er das typische Schnaufen seines Kollegen und das bedeutete stets Donnergroll vor dem Gewitter.

»Also …«, schrie Lothar unerbittlich los, »wenn mich mein steifer Sacksaurier nicht daran hindern würde, würde ich komplett in die Luft gehen!«, sprang auf, riss sich den Hosenlatz auf und zeigte Frau Pilz zum Beweis seinen zur Salami mutierten Penis. »Genau, wie Sie dafür verantwortlich sind«, und er deutete mit ausgestrecktem Zeigefinger mehrfach auf seinen Schwanz, »äm, äm, sind Sie allem Anschein nach die Mörderin, denn Sie hatten einen Grund, den alten Balzer zu eliminieren! Wenn …, äm, äm, wir, also Kotz, äm, Klotz und ich, wünschen, Sie sollen unter den farbigen Hemdchen mit Ihrem Arsch wackeln und Ihre Titten schwingen wie die Glocken von Rom, dann hat das Hand und Fuß! Ich habe es satt, äm, äm, dass Sie so tun, als hätten Sie von nichts eine Ahnung!«

»Moment, Moment, Couch, beruhige dich! Es wird alles gut!«, fiel Kommissar Klotz ihm ins Wort und drückte seinem Kollegen den Schwanz in den Latz zurück. »Du setzt dich nun besser hin, und Frau Pilz wird uns sicher gerne zeigen, wie die verschiedenen Kleidchen ihren Körper bedecken und wie sie damit auf Männer wirkt!« Er klatschte in die Hände und wendete sich an Frau Pilz: »Auf, Romina, wir warten!«

Doch sie stand da wie ein begossener Pudel und rührte sich nicht vom Fleck.

»Haben Sie mich verstanden, Frau Pilz, oder fehlt es Ihnen auch für die einfachsten Dinge …, äm, im Oberstübchen?«, schnauzte Lothar sie erneut an. Dann ließ er sich erschöpft in den Sessel zurückfallen.

»Mir fehlt nirgendwo etwas, im Gegensatz zu Ihnen!«, erwiderte sie barsch und schaute auf seinen Hosenlatz.

»Setzen Sie gefälligst Ihren Arsch in …«

Doch Lothar wurde jäh durch einen lauten Schrei unterbrochen. Frau Pilz hielt sich die Ohren zu und fing plötzlich wie ein Schwein an zu brüllen: »Ich mach es ja! Ich mach es ja!« Eilig holte sie eines der Tüllkleider, zog es hastig an und zeigte es von vorne und hinten. Drehte sich schnell, hob den Saum, der knapp über den Arschbacken hing, bückte sich hin und wieder und ließ ihnen Zeit, um nach Blutflecken zu suchen, während sie ganz gut ins Schwitzen kam.

Die beiden Männer verspürten mittlerweile mehr Leben zwischen den Eiern als in ihrem Gehirn, und so merkten sie gar nicht, wie die Zeit verging. Dunkelheit war über sie hereingebrochen, und erst als Kommissar Klotz sich zwischen den Waden der Pornodarstellerin wiederfand und zur besseren Sicht seine Grubenlampe aus dem Auto holen wollte, stellte Lothar die ganze Aktion ein.

Er gähnte ausgiebig, bevor er sagte: »Gut, äm, Frau Pilz, sind Sie noch da?« Denn auch er konnte nur noch schemenhaft ihre Bewegungen vom Sessel aus erkennen.

»Natürlich, wo sollte ich denn sonst sein?«, antwortete sie gestresst.

»Tja …, äm, wir haben nun viel Tüllkleider an Ihnen gesehen und konnten kein Blut finden. Äm, äm, trotzdem wäre es für uns von Vorteil gewesen, wenn Sie uns gesagt hätten, welches Sie denn nun am Tag des Mordes an Herrn Balzer getragen haben!«

»Danach haben Sie mich nicht gefragt, Herr Polizist!«, kam ihre Stimme aus der Dunkelheit zurück. »Ich habe das grafitgraue hier getragen!«

Lothar konnte nur noch schwer erkennen, wie sie es aus dem Stapel zog und es hochhielt.

»Könnten wir, äm, vielleicht Licht anmachen, Frau Pilz? Es ist mittlerweile stockdunkel und ich möchte mir in meinem unterbezahlten Job ungern auch noch die Augen verderben!«

»Drüben an der Tür ist der Schalter! Ich habe mich schon gewundert, wie Sie im Dunkeln so alles über mich beurteilen können!«

»Ich mach schon, Couch!« Kommissar Klotz machte das Licht an, und jeder musste die Augen fest zusammenkneifen, so sehr waren sie schon an die Finsternis gewöhnt.

»Fuck …, äm, wie grell!« Lothar hielt sich die Hand vor die Augen. »Dass man so lichtempfindlich sein kann – oder haben Sie hochwattige Birnen in der Lampe?«

»Was Watte? Nein, nein, die sind schon aus Glas, Herr Polizist!«

»Ach, Herrgott noch mal, Frau Pilz, äm, äm, lassen Sie's gut sein! Geben Sie mir doch mal den grauen Tüllfummel da! Ich möchte mir den unter Licht noch einmal genauer ansehen!«, sagte er, streckte bereits die Hand danach aus und erhob sich aus seiner Sitzposition. Er stellte sich neben seinen Kollegen unter die Lampe.

»Du, ich kann das Wort …, äm, Tüll für heute nicht mehr hören, Klotz!«, nahm das Hemdchen und fuhr mit den Fingern vorsichtig den zarten Stoff entlang. Akribisch prüfte er jede Stelle ganz genau. Einen Augenblick später gab er es an Frau Pilz zurück und sagte zu seinem Kollegen: »Nichts, Couch! Nicht der kleinste Fleck!«

»Hm, hm, hm, hm, hm …«, missmutig und übermüdet platzte Kommissar Klotz plötzlich der Kragen. »Sie blöde Pornokuh«, schrie er Frau Pilz an, »wichsen hier unseren Ast und halten uns gleichzeitig die ganze Zeit zum Narren! Mir knurrt der Magen! Ich bin hungrig und saumüde! Wer hat Ihnen bei dem beschissenen Mord geholfen? Sie wollen es ja angeblich nicht gewesen sein und kommen Sie uns nicht länger mit Ihrer ›Do it yourself‹-Fickscheiße!« Sein Blut kam richtig in Wallung, und er wusste nicht mehr, wohin mit seiner Wut über diese hirnlose Zeitverschwendung. Er schluckte ein paarmal tief und drehte sich dann mit dem Gesicht zur Wand.

»Klotz …, Klotz, was soll das werden?«, rief Lothar entsetzt.

Doch sein Kollege reagierte überhaupt nicht, sondern schlug wie wild mit den Fäusten gegen die Wand. Tränen liefen ihm über die Wangen und er schrie immer wieder: »Scheiße! Fuck! Scheiße, Scheiße! Fuck! Fuck!« Er hämmerte fester und schneller, bis ihm die Hände schmerzten und die Knöchel blutig waren.

»Mehr links!«, schrie Frau Pilz besorgt.

»Warum …, äm, äm, meinen Sie?«, fragte Lothar und hielt seinen Kollegen am Rücken fest, um ihn irgendwie von der wilden Aktion abzubringen.

»Wegen der Selbstschussanlage, Herr Polizist! Wenn Ihr Kollege mehr links schlagen könnte, dann löst sich mit großer Sicherheit ein Schuss, und gut ist!«

»Frau Pilz, ich muss doch sehr bitten!« Er versuchte, sich zwischen dessen Fäuste und die Wand zu quetschen.

Auch Frau Pilz bemühte sich darum, ihre Tapete zu schonen, und zog Kommissar Klotz verzweifelt an den Schultern. »Wenn ich etwas hasse, ihr Kriminalisten, dann sind es Männer, die sinnlos ausrasten! Typen, die sich und ihren Schwanz nicht mehr im Griff haben! Die könnt ich umbringen!«

Lothar spitzte die Ohren, denn er glaubte, übermäßigen Hass in ihrer Stimme gehört zu haben. »Äm, äm, ist das ein Geständnis, Frau Pilz?«

Daraufhin stellte Kommissar Klotz schlagartig seine Fausthiebe ein und hakte ebenfalls nach. »Ach! Ist Herr Balzer auch ausgerastet, ja, und haben Sie ihm deswegen mit einer Kugel Herz und Lunge zerfetzt?«

»Ja …, nein …«, druckste sie herum, »ja …, nein …, jein, nein …, jein …!«, und kletterte, erneut die Whiskyflasche im Visier, aus ihrem Tüllhemd. Wieder stand sie vollkommen nackt vor der Bar und schenkte sich ein Glas voll.

»Was nun, ja oder nein, oder jein?«, fragte Kommissar Klotz und starrte wie gebannt auf ihre Möse.

In dem künstlichen Lichtschein wirkte sie, zumindest in diesem Bereich, um einiges jünger, und durch den schmalen Schatten, der zwischen ihre Schamlippen fiel, war ihre Spalte auch aus Abstand heraus viel deutlicher ausgeprägt zu erkennen.

»Äm, ich bin stinksauer, Frau Pilz, dass Sie mit der Wahrheit hinterm Berg halten!«, unterbrach Lothar aufgebracht die Gedanken seines Kollegen. »Sie können froh sein, dass ich ein anständiger Mensch bin, sonst …, äm, wären meine Fäuste nicht, wie bei meinem Kollegen hier, auf Ihrer Tapete, sondern in Ihrer Pornofresse gelandet!«

Frau Pilz war den Tränen nahe. Noch mehr durch den Alkohol beeinflusst bedeckte sie rasch ihre Brüste mit beiden Händen. Lothar wollte gerade weiter auf sie einreden, als sie laut zu brüllen begann: »Jetzt reicht es mir, Herr Polizist! Ich habe mir im Laufe Ihrer bisherigen Ermittlungen ja schon einiges von Ihnen gefallen lassen müssen, aber das schlägt selbst meiner Möse das Fetzchen weg! Ich bin eine ehrbare Waagerechte und Sie behandeln mich wie eine dahergelaufene Senkrechte! Ich war Ihnen gegenüber untenherum offen, habe Sie willig rangelassen – und was ist der Dank? Sie ficken mies, vergreifen sich im Ton und erlauben sich mir gegenüber eine Art, die noch tiefer als tief unter einer Sau ist!« Kaum hatte sie zu Ende gesprochen, kehrte sie ihm den Rücken zu. Sie beugte sich leicht nach vorne, zog mit den Fingern ihre Arschbacken weit auseinander und zischte ihm einen kräftigen Furz vor die Nase. Der Gestank entwickelte sich so extrem, dass Lothar angewidert und nach Luft japsend den Raum verließ.

»Sie auch einen, Herr Polizist?«, fragte sie schnippisch und streckte Kommissar Klotz bereits ihren Arsch entgegen, als er noch rechtzeitig abwehren konnte.

»Um Himmels willen, verschonen Sie mich, Romina! Ihre …, puh, deutliche Körperreaktion, diese …, ekelerregende, puh, hoffentlich einmalige Ausdünstung sollte auch einmalig bleiben und sorry«, hustete er weiter, »aber unter solchen Bedingungen kann ich mit Ihnen keine klare Konversation mehr führen!«

»Hä, Konver…, was?« Sie schüttelte verständnislos den Kopf und schnappte sich erneut die Whiskyflasche. Plötzlich rülpste sie laut, brach das Einschenken ab und stellte das leere Glas zurück.

Sorgenvoll beobachtete Kommissar Klotz die bereits mehr als angeheiterte junge Frau. »Was ist mit Ihnen?«

»Nichts weiter, Herr Polizist, nur leider, leider kann ich Ihre Bitte nicht erfüllen!«

»Wie jetzt, Frau Pilz?«

»Mein Föhn schaltet sich gleich wieder ein!«, sagte sie und beugte sich leicht nach vorne.

Kommissar Klotz hörte nur noch, wie es zischte und dröhnte, dann war auch schon der halbe Raum von elendigem Gestank nach faulen Eiern erfüllt.

»Ich ersticke!«, rief er und seine Augen brannten tierisch. »Hilfe, ich ersticke, Tschernobyl kann da nicht schlimmer gewesen sein!« Mit zugehaltener Nase ertastete er die Wohnzimmertür und flüchtete auf den Flur. »Couch, Couch …, verdammt, Couch, bist du hier irgendwo?«

»Ich hocke gerade auf der Toilette der Tatverdächtigen, Klotz!«, hörte er seinen Kollegen rufen.

Ohne lange zu zögern, ging er ebenfalls in diese Richtung und fragte: »Und was machst du da?«

»Ich …, äm, musste mir nach der Pilz'schen Furzerei erst mal die Augen auswaschen, Klotz, und da habe ich das Praktische gleich mit dem Nützlichen verbunden und mich auch einmal richtig ausgeschissen! Komm doch rein, dann muss ich nicht so schreien!« Lothar zog am Klopapier und wischte sich den Arsch ab.

Kommissar Klotz öffnete die Tür, ohne anzuklopfen, und blieb schockiert stehen. »Huch, oh Gott, du bist ja ganz grün im Gesicht! Hast du die Partei gewechselt, oder was?«

»Boa …, mir ist ja so schlecht geworden, wie die mich angefurzt hat, Klotz! Glaube, mir war noch nie so zum Kotzen!«

»Die Alte hat echt was an der Waffel, Couch! Die säuft den Whisky wie Wasser und hat eben, direkt vor meinen Augen, so derart unbeherrscht ihren Darm entlüftet, dass ich rückwärts aus dem Zimmer bin! Du, ich hege fast die Vermutung, dass das Absicht war!«

»Krass! Die meint wohl, sie könne sich damit der Befragung entziehen! Da ist die aber schiefgewickelt!« Lothar machte seine Hose zu und drückte die Wasserspülung. »Klotz, obwohl wir eigentlich langsam an unseren Feierabend denken müssten, aber wir werden das Verhör mit ihr heute noch im Mordzimmer zu Ende bringen. Dort wird ihr Rede und Antwort bestimmt unangenehm sein und sie wird aufgeben wollen! Was glaubst du, wie blöde die dann aus der Wäsche guckt!«

»Genial, Couch, voll genial! Obwohl, da fällt mir ein …!«

»Was, Klotz, was fällt dir denn schon großartig dazu ein?«

»Ei …, die hat gar nichts an! Wie soll die da aus der Wäsche …?«

»Es ist mir scheißegal, wie die das macht! Dann soll die sich halt vorher was überzieh'n!«, regte sich Lothar auf.

»Warum bist du nur immer gleich so gereizt? Rück mal vom Klo ab, Couch! Ich muss auch mal!«

»Was heißt hier gereizt? Ich finde das alles hier …, äm, ziemlich anstrengend und ergebnislos! Allerdings war ich in der Zwischenzeit hier nicht ganz untätig. Habe nämlich nicht nur meinen Arsch auf die Schüssel gepresst, sondern nebenher auch meinen Riechkolben sensibilisiert! Bin ja nicht umsonst …, äm, äm, so erfolgreich im Job – und was soll ich dir sagen, Klotz? Ich habe tatsächlich etwas Verwertbares gefunden!«

»Na, da bin ich aber mal gespannt, Couch!«

»Hier!« Lothar hielt seinem Kollegen eine Hand voller Kondome entgegen. »Das Beste ist, Klotz, die sind alle noch brauchbar! Unsere Romina hat die wohl versehentlich in den Mülleimer gefeuert! Ablaufdatum: erst …, äm, November dieses Jahres!«

»Hm …«, Kommissar Klotz besah kritisch die kleinen Plastikhüllen, »noch fast ein halbes Jahr haltbar! Das ist allerdings äußerst merkwürdig! Warum tut die das?« Und er ließ sich nachdenklich auf die Klobrille nieder. Gewohnheitsgemäß drückte er seinen Penis tief in die Muschel und ließ den Druck aus seiner Blase.

Lothar lehnte sich mit dem Rücken an die Klotür und sagte: »Wir teilen uns die Dinger! Du für deine und ich für meine Freuden!« Er tat dabei so geheimnisvoll, als ob er damit eine Straftat beging.

Kommissar Klotz nickte dankbar, knallte den Toilettendeckel zu und friemelte seinen Penis zurück in die Unterhose.

Lothar beobachtete ihn stillschweigend dabei, bis ihm plötzlich ein Gedanke in den Kopf kam. »Du, Klotz, äm, mir kommt da gerade was!«

»Oje, da bin ich der falsche Mann, Couch! Wenn du so ein dringendes Bedürfnis hast, dann geh doch zu dem furzenden Tüllhemd ins Wohnzimmer!«

»Herrgott noch mal, es gibt auch noch andere, äm, Dinge als Sex, Klotz! Nein,

Frau Pilz sagte doch zu mir, ich sei ein Schwein und Männer wie mich wolle sie am liebsten abknallen oder so ähnlich …!«

Kommissar Klotz nickte und kratzte sich nachdenklich am Kopf. Auf einmal hielt er den Zeigefinger steil nach oben. »Couch, das ist es!«

»Was, was ist was?«

»Ich gehe sofort zu Frau Pilz! Die hat mit der Aussage doch quasi die Tat zugegeben!«

Schon rannte er aus der Toilette. Vor dem Wohnzimmer angekommen klopfte er kurz an und riss die Tür auf. Da er sie nicht gleich entdecken konnte, rief er mehrmals laut hintereinander nach ihr. »Frau Pilz, verdammt, wo sind Sie?«

»Ich liege auf dem Boden hinter der Theke, Herr Polizist!«, gab sie lallend zur Antwort.

»Fuck! Fuck …!«, rief er. Sie unbeaufsichtigt im eigenen Gestank zurückgelassen zu haben bereitete ihm sofort ein schlechtes Gewissen. »Fuck …, Frau Romina, ist es Ihr Kreislauf oder die Lunge? Sind Sie vom eigenen Gestank umgekippt?«

»Weder noch, Herr Polizist«, und sie fing zu weinen an, »bin dabei, es mir selbst zu machen! Ich brauche es halt mehrmals am Tag und heute durfte ich wegen Ihnen noch kein einziges Mal! Aber es ist zum Kotzen! Es wird nichts, so sehr ich mich auch bemühe! Meine Muschi bleibt gefühllos, wie der tote Herr Balzer!«

Wie sie so jammervoll onanierte, empfand Kommissar Klotz auf einmal Mitleid mit ihr. Mit hochrotem Kopf fummelte sie beidhändig und vollkommen entkräftet zwischen ihren Beinen herum. Entschlossen band er sich die Haare fester zu einem Zopf und kniete sich über ihren Bauch. Dann neigte er seinen Kopf weit über ihre Möse und schaute sich die Prozedur genauer an. »Heieieiei …!«, entfuhr es ihm, wie er mit Sorge feststellte, dass ihre Fotze knallrot gerieben und die Löcher knochentrocken waren. »Moment, Romina, hören Sie mal auf! Ich bin zwar keine Frau, aber so rubbeln Sie sich ja wund!« Er beugte sich noch tiefer über sie, sodass seine Nase dicht vor ihrem Loch war.

»Warum bist'n einfach abgehauen, Klotz?« Lothar stand auf einmal hinter ihm und schaute mit Interesse auf das, was sein Kollege da so mit vollem Körpereinsatz inspizierte.

Der fuhr erschrocken hoch und griff sich ans Herz. »Sack, wie kannst du dich nur so heimtückisch anschleichen?«

»Ei …, es ist doch immer wieder interessant, wie du …, äm …«

»Laber nicht! Du siehst doch, die Pilz vertrocknet uns hier!«

Lothar sah darin allerdings das geringste Problem und schubste seinen Kollegen weg von ihrem Bauch. Hörbar zog er Schleim durch die Nase in den Mund und spuckte ihn mit voller Kraft auf die Trockenpflaume der Verdächtigen. »Volltreffer!«, sagte er zufrieden. »Was gibt's sonst noch, Klotz?«

»Die hat sich die Hucken vollgesoffen, weil sie angeblich unsertwegen heute noch keinen Orgasmus hatte. Irgendwie plagen mich Schuldgefühle, Couch. Ich fick sie mal eben noch!«

»Äm, äm, so geht das nicht, Klotz! Du kannst ihr nicht deinen Knochen geben, wenn sie nicht bereit ist, die Tat zu gestehen!«

»So unmenschlich kannst selbst du nicht sein, Couch!«, bemerkte Kommissar Klotz und machte sich daran, mit seinen Fingern den Schleim auf ihrer Möse zu verteilen. Obwohl auch er schon tiefe Müdigkeit spürte, erfasste ihn hierbei die Geilheit. Mit leicht kreisenden Fingerbewegungen zog er ihre Schamlippen weit auseinander und bearbeitete ihren Kitzler, bis der richtig dick wurde. »Boa …, guck dir die Fotze an!«, hauchte er erregt. »Das erinnert mich an meine Ex! Die war mit ihrem Arsch auch immer sofort dabei!« In sein Gesicht schoss freudige Röte und seine Augen schienen leicht hervorzutreten.

Lothar beobachtete diese äußerliche Veränderung seines Kollegen mit Sorge und machte sich Gedanken, ob es nicht besser sei, der Fickerei ein Ende zu setzen. Letztlich entschied er jedoch, sich vorsichtig mit einzuklinken, um ihn zu entlasten.

»Äm, äm, ja, äm, dann will ich ihr auch mal meine Hilfsbereitschaft signalisieren, Klotz! Ich kümmere mich um die Titten, denn ihre Brustwarzen sind noch platt wie Flunder!«

Dafür wurde er von Frau Pilz mit einem dankbaren Blick bedacht, und so richtig in ihrem Element forderte sie mehr von den beiden. »Jaaaa, jaaaa …, endlich! Jaaaa …, ihr Staatswichser, besorgt es mir! Zeigt mir eucre Schwänze! Jaaaa, ja, ja, ja …!« Sie rekelte sich wohlig auf dem Fußboden, leckte sich immer wieder über die Lippen und führte, selbst in diesem alkoholisierten Zustand, Kommissar Klotz' Hände zielgenau dorthin, wo sie es gerade brauchte. Doch er ließ sich beim Sex ungern von den Weibern führen und machte sein eigenes Ding. Grob nahm er ihre Hände weg und steckte stattdessen seine Finger tief in ihre Möse, um es ihr noch schärfer zu machen. Frau Pilz reagierte auch prompt. Ihre Hüften kamen richtig in Schwung und rotierten regelrecht. Ihre Arschbacken klatschen dabei immer wieder auf den Boden. In Ekstase hängte sie sich um Lothars Hals und riss seinen Kopf näher zu sich herunter.

»Äm, äm, nicht so fest! Ich hab doch keinen Hals aus Gummi!«, schimpfte er und befreite sich aus ihrem unbequemen Griff.

Doch sie lachte nur, schlug mit ihrer nassen Zunge aus und schnalzte sie gegen das Kinn des verdutzten Polizisten. Lothar wischte sich angewidert ihren Speichel ab und war drauf und dran, aufzugeben. Zumindest eines hatte er erreicht, die Brustwarzen der Professionellen waren perfekt gereizt und standen ganz nach seinem Geschmack. Stolz und vollkommen entzückt von diesem Anblick stand er auf und ging einen Schritt von ihr weg. Ihm kam nämlich der Gedanke, die zwei steifen Rosetten ihrer Brüste mit seinem Handy abzulichten und als Bildschirmfoto für seinen PC zu verwenden. Doch da machte Frau Pilz nicht mit. Sie sah überhaupt nicht ein, so plötzlich auf seine geile Brustmassage verzichten zu müssen, und das so kurz vor dem Höhepunkt. Fickerig rutschte sie ihm auf ihrem Rücken hinterher und hängte sich mit beiden Händen an seine Fersen. Sie rüttelte an seinen Gelenken und fast wäre er auch umgefallen.

»Ei, ei, ei, ei, ei …, äm, äm, was zappelt die!«, fluchte Lothar und versuchte, ihr weiterhin standzuhalten. Fieberhaft suchte er nach einer Lösung, wie er Frau Pilz bändigen könnte. Während sein Kollege zwischen den Schenkeln der Verdächtigen für den Betrachter wie ein drittes Bein wirkte, kam Lothar eine Idee. Kurzerhand knöpfte er seine Hose auf und ließ sich mit dem nackten Arsch auf ihr Gesicht fallen. Nach einer Weile wurde Frau Pilz tatsächlich wesentlich ruhiger und bewegte sich nur noch träge. Das fiel sogar Kommissar Klotz auf, der immer noch wie eine Klette an ihrer Möse hing.

Der sprang auf die Füße und schaute deswegen kurz nach ihr. »Du, Couch«, rief er erschrocken, »die sieht irgendwie blau aus! Du solltest deine Arschbacken heben und sie Luft schnappen lassen, sonst verreckt die noch unter deinem Sack!«

»Nun, äm, bleib mal locker, Klotz!«, erwiderte Lothar und verharrte unberührt weiter in seiner hockenden Position.

»Wie du meinst, Couch, letztendlich trägst du hier für die mutmaßliche Täterin die Verantwortung!« Kommissar Klotz angelte sich seinen Schwanz aus dem Latz und mit Blick auf die feuchte Muschi begab er sich wieder freudig zwischen ihre Beine zurück.

»Wie …, äm, äm, was …, äm, äm, Verantwortung?«, stotterte Lothar und sprang auf die Füße. Er hörte, wie Frau Pilz schwer ein- und ausatmete, und warf ebenfalls einen Blick auf ihr Gesicht. »Fuck ..., äm, äm, Klotz! Das war wohl knapp!«

Sein Kollege war jedoch viel zu beschäftigt, um auf Lothar zu reagieren. Mit fleißigen Auf- und Abbewegungen massierte der sich den Penis. Schließlich klopfte er mit der Schwanzspitze an ihrer Möse und steckte seinen Steifen zwischen ihre Beine. Lothar sah seinem Kollegen dabei zu und Neid kam in ihm auf. Warum konnte Klotz ungehindert herumficken und er selbst hatte am Ende wieder nur die Arschkarte gezogen? Ein lustvoller Schrei von Frau Pilz riss ihn aus diesen düsteren Gedanken. Lothar sah noch, wie sie plötzlich ihre Krallen ausfuhr. Ganz tief kratzte sie Kommissar Klotz mit ihren scharfen Fingernägeln den Rücken entlang. Lothar grinste zunächst schadenfroh. Als er jedoch die langen blutigen Streifen auf dem Rücken seines Kollegen sah und dessen Schmerzensschreie hörte, wurde ihm doch unwohl in seiner Haut.

»Verdammte Scheiße«, stöhnte Kommissar Klotz, »was für Schmerzen! Aber ich bin stark! Ich bin stark!«, kniff die Augen zusammen und fickte weiter.

»Du kannst doch jetzt nicht ..., äm, weiterficken, Klotz! Du bist total blutig auf den Rippen!«

»Was? Boa, boa ..., Couch, ich bin ein Bulle, ja! Ein Bulle, ein gut gewichster Bulle! Boa, boa! Fuck, boa ..., ich bin ein ...«

»... Bulle, Klotz, ja! Aber meine Frage ist damit nicht beantwortet!«

»Aber voll..., vollkommen, Couch ...!«

»Du bist nicht mehr Herr deiner ..., äm, äm, Sinne, Klotz! Hör auf mit der Fickerei!« Lothar hätte auch gegen eine Wand sprechen können. Kopfschüttelnd zog er seine Hose hoch und setzte sich aufs Sofa. Gespannt wollte er von dort aus das erotische Geschehen weiter verfolgen. Noch nie hatte er den blanken Arsch seines Kollegen in Bewegung gesehen und war enttäuscht. Dieser behaarte Sitzschinken gefiel also Weibern wie Frau Pilz besser als sein muskulöses, leicht verpickeltes Hinterteil!

»Hammer ..., Hammer ..., boa, Frau ... Frau Pilz!«, keuchte Kommissar Klotz. »Ich bin ein ... Hund ..., ein wichsender, fickender Hund ..., boa, boa ..., ein fickender ...«

»Hund ...!«, unterbrach ihn Lothar und ihm war die Lust gänzlich vergangen. »Fällt dir ..., äm, nichts Schärferes ein, Klotz? Die Frau weiß ja gar nicht ..., äm, auf welches Tier sie sich mental einstellen soll!«

Daraufhin wechselte Kommissar Klotz völlig unerwartet seine Position. Anscheinend war er so in der Vorstellung gefangen, ihr den Hund machen zu müssen, dass er ihr seinen Schwanz in den Schlund stieß und dabei zu bellen anfing. Frau Pilz wurde kotzübel. Sie ruderte und fuchtelte wild mit den Armen um Hilfe. Leider gelang es ihr nicht, ihn auf ihre Luftnot aufmerksam zu machen, und ihr blieb keine andere Wahl. Sie machte das, was sie nur in absoluten Ausnahmen zu tun pflegte, und biss ihm mit aller Kraft in den Schwanz.

»Aaaatsch, au, au, au, au, au, du blöde Kuh!«, brüllte er schmerzerfüllt und zog sofort seinen Penis aus dem geschwollenen Hals der Verdächtigen. »Wie können Sie es … es wagen, Sie … Sie … blöde Fotze, Sie …, Sie Sau, Sie!« Sein Gesicht hatte jegliche Farbe verloren. Leichenblass packte er sein bestes Stück und betrachtete schwer besorgt die klaffende Bisswunde.

Lothar konnte sich das Lachen nicht mehr länger verkneifen, und während sein Kollege angepisst von Frau Pilz Abstand nahm, richtete sie sich auf und bedachte ihn mit vorwurfsvollen Blicken. Doch Kommissar Klotz war so sehr mit der Wundversorgung beschäftigt, dass er das gar nicht bemerkte.

»Sie, Herr Polizist«, rief Frau Pilz Lothar zu, »können Sie meine Möse anständig fertig ficken? Ich brauche nicht mehr lange!«

Lothar hörte auf zu lachen und sagte: »Wir sind Staatsdiener, Frau Pilz, äm, keine Liebesdiener!« Dann stand er auf, holte sich ein Tüllhemdchen vom Stapel, riss es mittendurch und wickelte den kleineren Teil als Tapeverband um den geschundenen Penis seines Kollegen. Anschließend half er ihm in die Unterhose zurück. »Besser du lässt den Latz auf, Klotz! Das könnte sonst drücken!«

»Was ist denn nun schon wieder?«, fragte sein Kollege, drehte die Augen zur Decke und suchte sich eine bequemere Liegeposition.

»Äm, äm, wir gehen, Klotz!«, entschied Lothar. »Frau Pilz, Sie kommen sofort vom Boden hoch! Suff …, äm, hin oder her! Außerdem, ich müsste noch von Ihnen wissen, äm, ob Sie Schmauchspuren an den Händen haben!«

»Wie …?«, fragte sie irritiert. »Schmauchspuren, hä? Hat Ihr Kollege was Gefährliches am Schwanz oder was meinen Sie?«

»Zeigen Sie mir einfach Ihre Handinnenflächen, Frau Pilz!«

Sie hielt ihm ihre Hände entgegen und Lothar betrachtete sich ihre Linien in der Hand. Da keine von ihnen geschwärzt war, kam er schnell zu dem Schluss, dass sie nicht geschossen haben konnte.

»Und, Couch«, fragte Kommissar Klotz, »hast du bei der Sau was gefunden?«

»Leider nicht, Klotz! Keine Schmauch-, wohl aber Wichsspuren, und die stammen eindeutig von einer bestimmten äm, männlichen Person!«, erklärte Lothar.

»Du Sack, jetzt willst du mich auch noch in die Sache mit reinziehen, und das alles wegen gekränkter Eitelkeit, oder was?«

Doch bevor Lothar etwas darauf antworten konnte, kam Frau Pilz auf beide zu. »Das ist ja reine Quälerei mit Ihnen, und ich hatte mich so gefreut, weil ich noch nie das Glück hatte, mich von echten Beamten durchficken zu lassen. Wenn ich gewusst hätte, von welcher schwierigen und umständlichen Sorte Sie sind, hätte ich mich Ihnen gegenüber bestimmt niemals geöffnet!« Sie sprang auf die Füße und wollte gerade wieder ihr Tüllkleidchen überstreifen, als sie mit großem Entsetzen einen Wichsfleck auf dem Teppichläufer entdeckte. »Oh nein, das darf doch nicht wahr sein! Welcher Arsch von Ihnen hat da nicht aufgepasst? So tun Sie doch was!« Sie wurde fast hysterisch. »Schließlich habe ich die klebrige Pampe Ihnen zu verdanken!« Sie schlug die Hände über dem Kopf zusammen. »Wer soll denn nun die Kosten für die Vollreinigung meines teuren Läufers bezahlen?«

»Sie können einen ja wirklich bis aufs Blut nerven, Sie bissige Sau!«, regte sich Kommissar Klotz auf. »Wie machen Sie's denn sonst mit dem männlichen Opferfluss?«

»Herrgott noch mal, Frau Pilz, was müssen Sie hier so hysterisch herumschreien!« Dann wandte Lothar sich an seinen Kollegen. »Äm, zu deiner Frage, wahrscheinlich bleibt die Soße üblicherweise im Kondom hängen, Klotz!«

»Logisch …, klar, Couch! Vergessen!« Plötzlich wurde ihm abwechselnd heiß und kalt und seine Stimmung war auf dem Nullpunkt. Nervös und gereizt zugleich kaute er an seinen Fingernägeln und stellte Frau Pilz die entscheidende Frage: »Bei meiner Großmutter, Sie haben doch wohl in Ihrem verwichsten Gehirn an Verhütung gedacht!« Wilde Gedanken kamen in ihm auf. Was, wenn seine Alte von einem unehelichen Kind erführe? Die würde ihn aus dem gemeinsamen Haus hinauskatapultieren, noch bevor er bis drei zählen konnte. »Ich habe Sie etwas gefragt, Himmel, Arsch und Zwirn! Schlucken Sie die Pille, verdammt noch mal, oder soll ich Ihnen die Frage aufschreiben?«

»Nein, ich nehme nicht die Pille«, gab sie betroffen zurück. »Und bevor Sie hier weiterhin die Mücken scheu machen, sollten Sie besser einen Wichs…, äh, Wischlappen aus dem Klo holen und Ihre klebrigen Nachfahren aus meinem teuren Flor

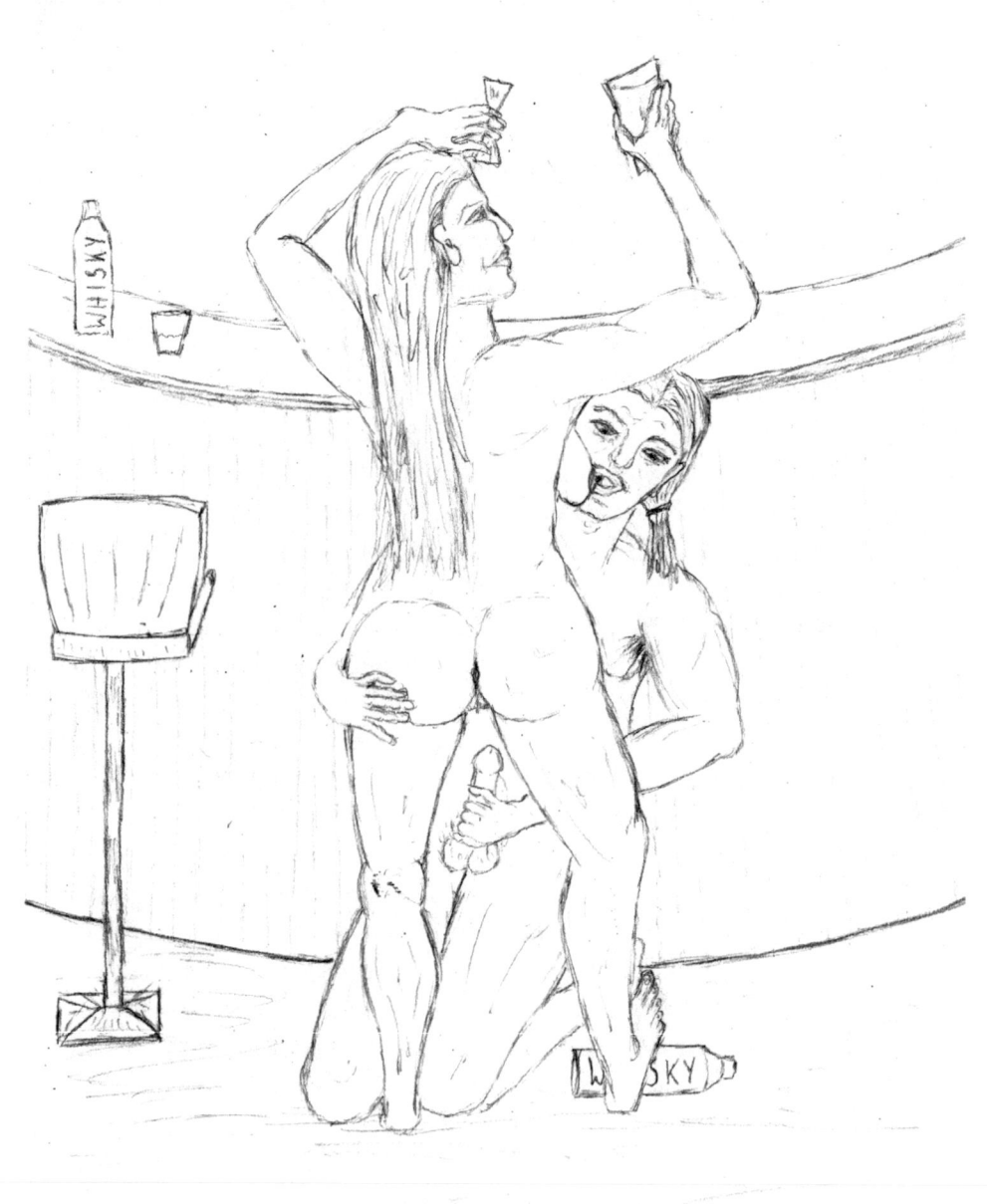

rubbeln! Wenn die Scheiße antrocknet, dann mache ich Sie persönlich dafür haftpflichtig!«

Kommissar Klotz war außer sich und bekam vor lauter Aufregung rote Flecken im Gesicht. Kapierte die Edelnutte denn nicht, dass ein uneheliches Kind für ihn tödlich sein könnte? Das galt es, unter allen Umständen zu verhindern. »Frau Pilz …!«, tobte er los.

»Ja, ja, ja …«, brüllte sie zurück, »ich weiß, wie ich heiße!«

»Was?«, schrie er weiter und wetzte wie ein Irrer von einer Zimmerecke in die andere.

Lothar lehnte sich bequem an eine Wand und war gespannt, wie das ausging. Frau Pilz zuckte nervös mit den Mundwinkeln und warf sich ein anderes Tüllhemd über.

Erneut ging Kommissar Klotz die Verdächtige an: »Warum, zum Teufel, nehmen Sie denn diese verdammte Pille nicht? Sind Sie selbst dazu zu blöd?«

»Gleich raste ich aus!« Sie hob drohend den Zeigefinger und ging gefährlich nahe auf ihn zu. »Es gibt ja noch andere Verhütungsmethoden, Sie Beamtenarsch!«

»Langsam, langsam, langsam, junge Frau, äm, äm …«, mischte sich Lothar ein, »Beamtenbeleidigung kann Sie teuer zu stehen kommen!«

»Fick dich, Herr Polizist! Das wird verrechnet mit den anfallenden Reinigungskosten der Sauerei da!« Sie umkreiste mit dem rechten Fuß den immer grauer und fester werdenden Wichsfleck. »Sie können gleich Ihre Spurensicherung kommen lassen, um das Ihrem Vorgesetzten, dem Theo, schriftlich vorzulegen!«

»Äm, äm …«, Lothar musste nun irgendetwas tun, um seinen Kollegen zu schützen, und sein Gehirn arbeitete dabei im Turbogang. »Frau Pilz, äm, äm, wenn Sie sich damit nicht mal ein Eigentor schießen! Man könnte es Ihnen so auslegen, dass Sie mit voller Absicht den Fleck haben auf diese Stelle wichsen lassen! Nämlich, weil … weil …, äm, äm, Sie damit eine andere und …, ja, äm, ältere Spur überdecken wollten! Spuren, die Sie im Mordfall Balzer schwer belasten könnten!«

»Ihre Gedanken sind genauso obstrakt und unverständlich wie die Pinselarbeiten vom berühmten Maler Pik Hasso!«

»Ehrlich gesagt, mir stinkt es gewaltig mit Ihnen, Frau Pilz!«, entgegnete Lothar und ging langsam um sie herum. »Geben Sie endlich zu, dass Sie Herrn Balzer, nachdem er mit Ihrer nach Bratfisch riechenden Möse nicht einverstanden war, in Ihr Büro gelockt haben. Weil Sie nicht wussten, wie Sie den immer dreister werdenden Freier bändigen konnten, haben Sie ihm einen gasähnlichen Furz vor die Nase gesetzt. Daraufhin ist der Arme bewusstlos zusammengesackt, und das war Ihre Chance, ihn für immer zum Schweigen zu bringen! Sie drehten den Wehrlosen auf den Bauch, holten Ihre Waffen aus der Bluse …, äm, äm …« Sein Blick blieb abermals auf ihren Titten hängen.

Kommissar Klotz hatte sich in der Zwischenzeit etwas erholt und erkannte sofort das Hemmnis seines Kollegen. »Ja«, übernahm er die Schilderung Lothars, »… und schossen ihm hinterrücks ins Zwerchfell, und zwar so knallhart, dass die Leber zerfetzt aus dem Rippenraum trat. Die Kollegen der Spurensicherung konnten daraus sogar noch einen hohen Anteil an Restalkohol in einem Messbecher auffangen! Alkohol, den Sie ihn vorher literweise abkippen ließen, Frau Pilz!«

»Sie verblüffen mich, Herr Polizist!« Sie vergaß ganz den Samenfleck und hockte sich auf den Tresen.

»Ich bin auch platt, Klotz!«, staunte Lothar.

»Ich habe nur das zu Ende geführt, was du angefangen hast, Couch!«

»Äm, ach, so ja, richtig! Das war ja dem Grunde nach meine Idee!«

»Tja, sehen Sie, Frau Pilz«, sagte Kommissar Klotz, »dafür ist mein Kollege weit über die Stadt hinaus bekannt. Durch seine ultraschnelle Kombinationsgabe und diese logische Denkweise löst der Mann mehr Kriminalfälle als der Papst Urinstein aus seiner Kloschüssel!«

»Was soll'n das jetzt, Klotz?«

»Also, ich kann nur sagen, Sie haben mit Ihrer Theorie nicht mehr alle Tassen im Schrank! Bitte überzeugen Sie sich von meiner Unschuld!« Frau Pilz winkte die Polizisten zu sich heran, öffnete weit ihre Beine und deutete mit dem Zeigefinger auf ihre rasierten Löcher. »Ja, schauen Sie, schauen Sie genau hin! Betrachten Sie meine Muschi ganz genau, und dann sagen Sie mir, warum die einem senilen alten Sack wie dem Balzer nicht hätte gefallen sollen!«

Kommissar Klotz nickte kurz und sagte: »Ei …, die ist jetzt noch verknustert von vorhin, aber wenn die gepflegt und feucht ist, kann ich mir gut vorstellen, Frau Pilz, dass gerade ein seniler Bock darauf abfährt! Was meinst du, Couch?«

»Äm, ich hab jetzt meine Brille nicht greifbar, Klotz! Die liegt noch im Wagen! Aber schließlich erging es uns ja auch nicht anders!«

»Sollten Sie Probleme mit der Optik haben, Herr Polizist, kann ich auch gerne eine Lupe holen. Mein verstorbener Ehemann war Briefmarkensammler und …«

Lothar winkte dankend ab. »Frau Pilz, äm, zum letzten Mal, was hat sich hier wirklich abgespielt? War es so, wie wir vermuten, und Sie haben ihn aus genannten Gründen niedergeschossen und damit ermordet?«

Frau Pilz sprang wortlos vom Tresen, streckte den beiden ihren Arsch zu und blieb in dieser Haltung regungslos stehen.

»Was soll das jetzt wieder, Frau Pilz?«, fragte Lothar und sah leicht verunsichert zu seinem Kollegen. Der konnte sich das auch nicht erklären.

»Frau Pilz«, fing Kommissar Klotz an, »Ihr Arsch ist in der Tat schön anzuschauen, und ich muss zugeben, wenn Sie sich mehr breitbeinig stellen, wirken Sie, zumindest von hinten, viel erotischer. So fest, wie Sie Ihren Arsch jetzt zusammenkneifen«, und er zeigte seinem Kollegen die einzelnen Stellen, »hat der mehr Dellen als die Schrottkarre meiner Mutter!«

»Schwabbel hin oder her, Klotz!«, motzte Lothar. »Es ist schon spät und ich …, äm, will auch irgendwann mal ins Bett! Also, Frau Pilz, machen Sie endlich das Maul auf!«

Doch sie verhielt sich weiterhin so merkwürdig und sagte kein Wort. Lothar schnaufte wild, holte mit der rechten Hand aus und klatschte ihr mit voller Wucht auf die Arschbacken. Kommissar Klotz litt richtig mit ihr und musste sich sogar für einen Moment die Augen zuhalten.

»Mensch«, schrie Lothar sie an, »tragen Sie Ihren Verstand eigentlich nur …, äm, äm, nur im Schlitz, Frau Pilz? Warum sprechen Sie nicht mehr mit uns? Soll ich Ihnen noch einen Hieb auf die Fresse geben, damit Sie wach werden, oder sollen wir Ihr Schweigen als Geständnis werten und Sie sofort inhaftieren?«

Diese Worte hatten sie wohl beeindruckt. Schweigend drehte sie sich den beiden wieder zu und öffnete kurz ihren Mund, sagte aber nichts. Stattdessen beugte sie sich weit vornüber, streckte Lothar wiederum ihren blanken Arsch entgegen und deutete auf ihre Löcher. Erst dann sagte sie streng zu ihm: »Da Sie mir ja doch nicht glauben, dürfen Sie's gerne mal mit meinem Arsch probieren! Vielleicht versteht der Sie ja besser!«

Donnerwetter, dachte Kommissar Klotz bei sich, endlich ist da mal jemand, der dem selbstherrlichen Kollegen Couch-Eck hier einmal richtig die Meinung geigt! Innerlich frohlockend machte er sich es auf einem der Sessel bequem. Wusste er doch nur zu genau, dass Lothar sich das nicht bieten lassen würde und konnte.

»Ihr Arsch …, äm, äm, kommt in der Tat intelligenter rüber als der Rest Ihres Körpers, Frau Pilz!«, erwiderte Lothar und kniff verärgert die Augen zusammen.

»Doch anstatt uns permanent Ihre Gebirgsspalte anzupreisen und Ihre Löcher zu präsentieren … äm, äm, sollten Sie endlich Farbe bekennen!«

Blind vor Wut trat Frau Pilz mit den Füßen auf der Stelle. Wirr fielen ihr die roten Haare ums Gesicht, ihre Miene verfinsterte sich zusehends.

»Sie sehen aus wie ein böser Wischmopp, Frau Pilz! Wenn ich mir die Bemerkung erlauben darf!«, sagte Kommissar Klotz, dem beim Anblick der jungen Frau etwas mulmig zumute geworden war.

Lothar besah sich indes noch einmal die Tüllkleidchen, als er plötzlich wütend alle vom Hocker fegte. Zwischen seinen Augenbrauen zeigte sich eine tiefe Zornesfalte. Dann packte er Frau Pilz fest am Arm und schüttelte sie durch. Ihre Brüste wackelten dabei schnell von links nach rechts.

»Coole Idee, Couch! Moment, ich helfe dir, Sahne in ihren Milchglocken zu schlagen!«, rief Kommissar Klotz und sprang begeistert vom Sessel hoch.

»Ich kann das alleine, Klotz! Schließlich habe ich …, äm, beim Militär gedient und war anschließend fünf Jahre lang Zeitsoldat!«

»La…, la…a…a…ssen Sie mich lo…o…o..ssss!« Die stark Vibrierende konnte nur noch abgehackte Laute von sich geben. »Mir tun scho…o…on die Tit…ten weh, Sie A…A…Arsch!«

Kommissar Klotz fiel auf, wie das den Zorn in seinem Kollegen noch mehr steigerte und er sie immer heftiger durchschüttelte.

»Stopp, Couch! Das ist doch nun wirklich übertrieben! Du solltest aufhören! Der fällt sonst noch die Birne ab, wenn du so weitermachst!«

Zunächst winkte Lothar unwirsch ab. Erst als ihm langsam die Puste ausging und nicht mehr länger die Kraft aufwenden konnte, hatte er ein Einsehen mit ihr. Er ließ sie los und taumelte geschwächt mit der Stirn gegen die Hausbar. Frau Pilz zuckte noch eine Weile von alleine weiter und sackte dann vollkommen erschöpft zu Boden. Kommissar Klotz konnte sich nur noch an den Kopf fassen. Er schnaufte ein paarmal tief durch und entschied sich kurzfristig für einen Schnaps.

Lothar bekam das aus den Augenwinkeln mit und hielt sich die Schläfen, während sein Kollege sich tief über die Bewusstlose beugte. »Weiber!«, sagte er. »Die halten heutzutage einfach nichts mehr aus, oder, Couch?«

»Ich …, äm, äm, boa, Klotz, war das anstrengend! Ich, äm …!«, schnaufte er.

»Ei …, du wolltest dir ja auch nicht helfen lassen!«, unterbrach ihn Kommissar Klotz und grinste breit.

Plötzlich fing Frau Pilz an zu spucken, hustete und schlug die Augen auf. »Wo bin ich? Was mach ich?«, fragte sie und drehte ihren Kopf langsam hin und her.

»Wo bin ich? Was mach ich?«, äffte Lothar sie wütend nach. »Wir sind hier nicht beim … äm, äm, heiteren Beruferaten, Frau Pilz! Sie stehen sofort auf und ziehen sich etwas Blickdichtes an, kapiert?«

Kommissar Klotz gähnte lautstark und bot ihr die Hand, um sie nach oben zu ziehen. In diesem Moment war ein schwerer dumpfer Schlag über ihnen zu hören. Frau Pilz, die gerade seine Hand fassen wollte, fiel erschrocken wieder zurück auf den Rücken. Lothar wechselte einen schnellen Blick mit seinem Kollegen und zog daraufhin sofort seine Pistole aus dem Waffengurt.

»Klotz, du Trottel«, flüsterte er, »sind in diesem Haus noch mehr Räumlichkeiten als nur Büro, Toilette und …, äm, Wohnzimmer? Hast du das checken lassen?«

»Mir stinkt dein überhebliches Getue langsam, Couch! Warum sollte ich das checken lassen? Der Tote ist schließlich hier unten gefunden und ermordet worden!« Leicht angesäuert kaute er auf der Unterlippe. »Ein bisschen kriminalistische Erfahrung kannst du mir nach zehn Jahren auch zuschreiben!«

»Mensch, äm, äm, äm, Idiot! Die versteckt den Täter vielleicht da oben, Klotz!«

»Ach Gott, ja, der Täter!«, gab der gelangweilt zurück. »Der ist doch schon längst über alle Berge, und wenn du deinen Ficktrieb nicht so auf die lange Bank geschoben hättest, dann …!«

»Halts Maul, Klotz, und sieh zu, äm, dass du die Alte hier auf die Füße stellst!«

Doch Frau Pilz war inzwischen von selbst wieder auf die Beine gekommen. Sie schwankte zwar noch leicht, war aber ansprechbar.

Lothar ging sofort auf sie zu und packte sie an den Armen. »Frau Pilz, äm, sagen Sie uns sofort …«

Doch sie ließ ihn nicht ausreden und unterbrach seinen Satz. Mit wild schüttelndem Kopf bat sie: »Nicht schon wieder, Herr Polizist, nicht schon wieder! Lassen Sie mich los! Ich weiß schon nicht mehr, was bei mir oben und unten, geschweige denn hinten und vorne ist!«

»Nun, wenn es weiter nichts ist, das können wir Ihnen gerne zeigen, Romina!« Schon unternahm Kommissar Klotz Anstalten, um ihr behilflich zu sein.

»Schluss jetzt!«, schrie Lothar dazwischen und wandte sich wieder an Frau Pilz. »Sind über dem Wohnzimmer noch Zimmer? Also ist da noch eine, äm, Etage, von der wir nichts wissen?«

»Ja schon, aber die sind unwichtig! Der Tote lag hier unten!«

Kommissar Klotz nickte bestätigend. »Prima, Frau Pilz, Romina, ganz meine Rede! Sie könnten direkt bei uns anfangen!«

»Klotz, halt endlich die Schnauze!«, zischte Lothar. Der sah betreten zu Boden. »Schon gut! Der Klügere gibt nach, Couch!«, gab er zurück und entschloss sich dazu, nichts mehr zu sagen.

Lothar nickte und sah Frau Pilz erneut fragend in die Augen: »Wie sieht's nun über uns aus?«

»Da ist nur noch mein Schlafzimmer und ein paar verschiedene Fickräume, weil die Geschmäcker der Kunden unterschiedlich sind! Das ist rein privat und hat nichts mit dem Mordfall zu tun! Was das Geräusch angeht, so haben Sie sich mit Sicherheit getäuscht. Das kommt vor, wenn man übermütig gepoppt hat so wie Sie!«

»Wie bitte …, äm, äm …«

»A Popo, Herr Kommissionar, könnten Sie nicht mal langsam ihren Arsch von meinem Teppich schieben? Ich bin mittlerweile auch sehr müde geworden!«

»Na, wenn es so ist!«, sagte Kommissar Klotz und ließ sich auf einen der Sessel nieder.

»So leicht geht das nicht, Frau Pilz!«, schrie Lothar wieder los und fuchtelte mit der Waffe vor ihr herum. »Was ist, wenn der Mörder sich oben versteckt hält? Wenn …, äm, äm, wenn der Schuss nicht Bruno Balzer, sondern Ihnen gegolten hat? Haben Sie sich das nicht einmal gefragt?«

Plötzlich lachte Frau Pilz lauthals auf. »Nein, nein, Herr Polizist, da liegen Sie vollkommen falsch! Der Schuss war ganz klar für Herrn Balzer gedacht! Es wäre ja hirnrissig, mich zu erschießen! Wen hätten Sie denn sonst vernehmen sollen?« Sie hielt sich schnell die Hände vor den Mund. »Huch, huch …«, stotterte sie und versuchte, vom Thema abzulenken, »habe … habe ganz vergessen, mir etwas Keusches anzuziehen! Ich gehe rasch nach oben! Es dauert nicht lange und danach komme ich gleich wieder nach unten! Nehmen Sie sich in der Zeit doch was zu trinken!« Schon hetzte sie zur Wohnzimmertür und schlüpfte hinaus.

»Die hat aber auch einen verdammt geilen Arsch!«, bemerkte Kommissar Klotz, der ihr hinterherschaute.

»Vergiss den Arsch, Klotz, und schalte dein Gehirn ein! Hier stimmt was nicht! Das rieche ich auf zehn Kilometer gegen den Wind!«

»Das sind die Reste Ihrer analen Ausdünstungen, Couch, mehr nicht!«

»Nein, nein, meine Nase juckt! Das bedeutet für mich: wachsam sein! Wir schleichen ihr hinterher, Klopp …, äm, Klotz, hopp!«

»Soll ich vorher meine Waffe rausholen, Couch?«

»Hast du immer noch nicht genug? Nein, dein Hosenlatz bleibt zu! Äm, mir nach!« Lothar öffnete vorsichtig die Wohnzimmertür und spähte hinaus. Als er sah, dass die Luft rein war, gab er seinem Kollegen das Zeichen zum weiteren Vormarsch. »Wo ist'n die Treppe, Klotz?«, flüsterte Lothar und ging auf Zehenspitzen nach rechts den Flur entlang.

»Ei …, die kann nur da sein, wo auch das Klo ist! Auf dem Weg zum Schreibzimmer dahinten ist mir nichts aufgefallen!«

»Gut, dann schleichen wir in dieser Richtung weiter!« Lothar ging ungefähr fünf Schritte, als er plötzlich stehen blieb und das rechte Ohr nach vorne drückte. »Klotz, Klotz, hörst du auch, was ich höre?«

Der blieb sofort stehen und konzentrierte sich. Dann zuckte er mit den Schultern und antwortete: »Nö, ich hör da nichts! Was hörst du denn?«

»Stimmen, du Depp!«

»Du brauchst nicht gleich ausfällig zu werden, Couch!«

»Ach, ist doch wahr!«, flüsterte Lothar. »Fickst dir bei der fast den Schwanz vom Sack, aber, äm, äm, wenn's um unsere Arbeit geht, stoße ich bei dir auf taube Ohren!«

»Ich warne dich, Couch! Pass auf, was du sagst! Du kannst auch gerne alleine weiterlaufen!«

»Psst, Klotz!«, zischte Lothar plötzlich. An der Treppe angekommen hielt er sich am Geländer fest und horchte. Auch Kommissar Klotz konnte nun hören, was sein Kollege wohl zuvor gemeint hatte.

Da war die Stimme von Frau Pilz, die zu jemandem sagte: »Nein, nein, das ist kein guter Zeitpunkt! Ich dulde hier keine Eigenmächtigkeiten, sonst schwärze ich dich an!«

Lothar wagte sich die erste Treppenstufe hinauf. »Wen meint die wohl, Klotz?«

»Ei …, die spricht mit ihrem Fetzchen!«, gab Kommissar Klotz leise zur Antwort und musste sich kichernd die Hand vor den Mund halten.

»Sehr witzig, Klotz!«

»Gelle?«

»Ich schleiche nun die Stufen rauf und du, äm, gibst mir von hinten Deckung, und damit meine ich nicht den Mastbullen in dir!«

»Ja, ja!«, murmelte Kommissar Klotz und zeigte ihm hinter dem Rücken den Vogel.

Lothar atmete noch einmal tief durch und nahm auf Zehenspitzen mutig eine Stufe nach der anderen, bis er oben war. Sein Kollege folgte ihm unauffällig, aber wachsam.

»Du bist ein durchtriebenes Luder! Wie konnte ich mich nur auf die ganze Geschichte einlassen?«, hörten sie nun eine männliche Stimme sagen.

Kommissar Klotz zog Lothar an den Schultern zurück. »Du, Couch, die Stimme kommt mir irgendwie bekannt vor!«

»Hm!«, überlegte Lothar, sah seinen Kollegen an und legte den Zeigefinger auf die Lippen, denn Frau Pilz sprach weiter: »So ist das nun einmal, mein Lieber, wenn einem vor lauter Ficken der Blick fürs Wesentliche verloren geht! Hier oben so einen Krach zu machen, während die Beamtenärsche mich da unten ins Kreuzfeuer nehmen, das ist einfach nicht okay!«

»Das war die Pilz!«, flüsterte Kommissar Klotz. »Du, die Tür steht offen! Versuchen wir, uns direkt hinter dem Türrahmen zu positionieren!«

»Ganz mein Gedanke, Klotz!«

12.

»Du warst es doch, die meinen Schwanz wollte!«, hörten sie den Mann ganz aufgeregt erwidern. »Du hast mich auf nackten Knien angefleht, hast meinen Pinsel zwischen deinen Brüsten eingequetscht und mir sogar deinen Arsch für diese Bitte angeboten. Jeder x-Beliebige wäre darauf eingegangen und hätte dir in so einem Moment alles versprochen. Ich werde einen Teufel tun, den beiden Pennern da unten auch nur einen einzigen Hinweis zu geben! Aber wenn ich mal pissen muss, muss ich mal pissen, und das kann ich ja wohl schlecht hier in deinem Schlafzimmer tun! Dass ich dabei fast über deinen Schemel gefallen wäre, lag nur an der Dringlichkeit. Ich konnte es einfach nicht mehr einhalten und habe gedacht, du bist so schlau und wimmelst die Idioten viel früher wieder ab!«

»Ihr Typen habt aber auch ständig irgendwelche Ausreden! Mal ist es die mangelnde Standfestigkeit, mal sind es omoniöse Pistatabeschwerden! Mal ist es dies, mal ist es das!«

»Das ist doch jetzt egal, Romina! Da wird es sicherlich noch mehr geben! Hau'n die Bullen da unten bald ab oder wie soll das weitergehen?«

»Denke schon! Die haben beide abgefickt und müssen müde sein! Der mit dem Zopf war sogar ganz gut, aber der andere …!«

»Klotz!«, unterbrach sie der Mann.

»Ja, Klotz, und der andere, der mit dem eierförmigen Glatzkopf, hatte solche Hemmungen, dass es ihm vor lauter Aufregung den Hodensaft abgeklemmt hat!«

»Das ist Couch-Eck, dieser eingebildete Fatzke! Wenn der das hören könnte, würde dem nicht nur der Kragen, sondern auch der Sack platzen!«, erwiderte der Mann lachend.

»Nicht so laut!«, ermahnte ihn Frau Pilz.

Lothar schwoll in der Tat mehr als nur der Kamm. Er hatte genug gehört. Unüberlegt und ohne Vorwarnung stürmte er mit vorgehaltener Waffe das Schlafzimmer. Selbst Kommissar Klotz war so überrascht, dass er keine Möglichkeit fand, rechtzeitig zu reagieren.

»Sie perverse Sau!«, schrie Lothar und richtete bereits seine Pistole auf Frau Pilz, als sein Blick auf den Mann fiel, der halb nackt auf dem Bett saß. »Sie …, äm, äm …?!«

Vor lauter Schreck fiel ihm die Waffe aus der Hand, und er fühlte sich unfähig, auch nur einen Finger zu rühren.

Kommissar Klotz wollte nun endlich auch wissen, wer der Unbekannte war, und stieß Lothar unsanft beiseite. Sobald er allerdings sah, um wen es sich handelte, blieb er ebenso schockiert auf der Stelle stehen.

»So sprachlos?«, sagte der Mann und schlüpfte nebenbei, bedacht langsam, in seine Schuhe. »Da seid ihr platt, was?«, redete er weiter und ließ dabei Lothars Waffe nicht aus den Augen, die immer noch auf dem Boden lag.

»Ich glaub's nicht! Äm, äm …«, Lothar schien erst jetzt bewusst zu werden, wen er da vor sich hatte. »Äm, um Himmels willen, Karl, Sie? Was machen Sie hier? Warum sind Sie hier und wie lange hält Sie die Fotze schon in ihrem Schlafzimmer gefangen?«

»Karl von … von d-der Spur…, Spurensicherung«, plapperte Kommissar Klotz geschockt dazwischen, der eben wieder zu sich kam, »Karl, von … von der Spuren… sicherung …! Karl von der … der Spuren…!«

»Herrgott, krieg dich wieder ein, du Vollidiot!«, unterbrach ihn Karl. »Ich weiß, wer ich bin!«

»Du? Seit wann duzen wir uns?«, fragte Kommissar Klotz immer noch verblüfft.

»Halts Maul!«, schrie Karl, während er plötzlich aufsprang und sich mit dem ganzen Körper auf Lothars Pistole warf. Sicher zog er die Waffe unter seinem Bauch hervor und richtete sie zielgenau auf die beiden Männer. Noch bevor Lothar oder Klotz erkannte, warum Karl sich so spontan bäuchlings auf den Boden fallen gelassen hatte, war es schon zu spät.

»So, und nun die Flossen hoch!«, rief Karl und spannte mit zitternden Fingern den Abzug.

»He, Karlchen«, rief Frau Pilz auf einmal, »du kannst doch nicht in meinem Schafzimmer auf deine Kollegen zielen und munter drauflosballern! Ich will nicht noch mehr Sauerei in meiner Villa!«

»Halt ja deine blöde Maulmöse im Zaum! Sonst knallt es hier gleich tierisch!«, brüllte Karl und fuchtelte wild mit der Waffe zwischen den Anwesenden hin und her. Sein Kopf war mittlerweile puterrot und Schweißperlen rannen ihm über die Wangen.

Lothar ging einen großen Schritt auf ihn zu. Er wollte versuchen, die ganze Sache auf diplomatischem Wege zu lösen. »Mensch, Karl, äm …«, fing er an, »überlegen

Sie doch mal! Wie viele Jahre kennen wir uns nun schon, eins, zwei, äm, drei, vier, fünf, sechs, sieben, acht, neun, zehn, äm, äm, hm? Was um alles in der Welt ist denn nur …, äm, in Sie gefahren?« Er wollte Karl geschickt die Waffe entreißen, aber der reagierte heftig.

»Stehen bleiben, du Kameradenschwein! Nur zu deiner Info, wir kennen uns fast 20 Jahre! Da siehst du mal, was du für ein schwaches Gehirn hast!«, schrie er und schien immer nervöser zu werden.

Kommissar Klotz überlegte nicht lange, hielt heimlich seine Pistole griffbereit und ging ebenfalls näher an ihn heran. »Karl«, sagte er, »bevor Sie uns um die Ecke bringen, sagen Sie uns bitte, was in Ihrem kranken Kopf vor sich geht! Wenn Couch-Eck und ich erst einmal tot sind, können wir's doch eh keinem weitererzählen!«

»Du bleibst genau so stehen wie das Kameradenschwein, Kollege, sonst gehe ich einfach einen Schritt rückwärts. Schließlich habe ich drei Semester Mathematik studiert, bevor ich zu dem Sauhaufen nach Frankfurt kam. Ich weiß ganz genau, dass der Abstand sich dadurch wieder ausgleicht! Natürlich kann ich dir auch aus der Nähe das Gehirn rauspusten!«

Frau Pilz nahm entsetzt beide Hände vor den Mund. »Karlchen, du bist nicht normal! Huch …, ich meine, das ist doch nicht normal, was du da veranstaltest! Wenn du nichts erzählen willst, kann ich doch! Es ist doch gehoppt wie gepoppt!«

»Ich verbiete es dir!«, ging Karl sie an und wischte sich mit einem Taschentuch den Schweiß von der Stirn.

Doch Frau Pilz setzte sich einfach über seinen Kopf hinweg. »Okay, dann will ich mal!«, fing sie an und schlang sich die roten Haare zu einem Knoten. »Sie müssen wissen, Sie Polizisten, dass der Bruder von Ihrem Chef erschossen wurde, Schicksal ist, und dass das auch noch in meiner bescheidenen Hütte passierte, war auch kein Zufall!«

»Klappe!«, brüllte Karl und hielt ihr den Waffenlauf direkt zwischen die Brüste.

Die beiden Kommissare sahen sich an und gaben sich das Zeichen, noch abzuwarten.

»Das ist das falsche Rohr, du Depp«, schimpfte sie, »sonst hätte ich deinen Einwand eventuell noch einmal überdacht! Also, wo war ich denn …, ach ja, also …, tja, ob Sie es glauben oder nicht, aber Theo Balzer hatte seinen Bruder, Bruno Balzer, absichtlich zu mir geschickt. Theo wollte mit ihm abrechnen, weil Bruno ihm das Erbe seiner Eltern streitig machte. So hatte er seinem Bruder zum Schein der Güte den Termin mit mir verschafft. Ihr Kollege Karl hier«, und sie schaute kurz zu ihm, »kam, so wie die meisten Ihrer Kollegen regelmäßig zu mir, um sich die Langeweile auf Ihrem Revier zu vertreiben.«

»Was? Äm, äm …« Lothar fragte sich, warum denn ausgerechnet er vorher noch nichts von dieser fickfreudigen Möglichkeit erfahren hatte.

»Ja«, hörte er Frau Pilz fortfahren, »am Mordtag war also auch Karl bei mir. Er bat mich auf Knien und mit gefalteten Händen um einen schnellen, geilen Fick. Da er angeblich kein Geld mehr in diesem Monat übrig hatte, wollte er mir stattdessen einen Wunsch erfüllen. Mir fiel sofort die mit reichem Geldsegen behaftete Bitte Ihres Polizeipräsidenten ein, ich solle doch seinen Bruder töten und verschwinden lassen. Karl war überhaupt nicht überrascht und half mir sofort dabei!«

»Karl, wie konnten Sie das tun, verdammt?«, fragte Kommissar Klotz und sah ihn entsetzt an.

Der seufzte, ließ sich auf das Bett zurückfallen und sagte: »Na gut, Jungs, dann sollt ihr alles erfahren. Unser Chef hatte mich schon Tage zuvor wegen des geplanten Verbrechens angerufen. Ich solle alle Spuren verwischen und sicherstellen, dass kein Schwein, auch ihr nicht, irgendeinen Beweis in die Hände bekäme. Sollte das schiefgehen, wollte er das gesamte Revier ausräuchern lassen! Unter diesen Bedingungen konnte ich nicht anders und tat alles, um diese Katastrophe zu vermeiden!«

Die beiden Kommissare glaubten Karl.

Lothar kratzte sich fest am Kopf. »Darf nicht wahr sein! Diese alte Präsidentensau! Äm, äm, Frau Pilz, wie viel Geld hat Theo Balzer Ihnen für die Tat geboten?«

»Das darf ich gar nicht laut sagen, Herr Polizist«, flüsterte sie, »aber es waren 80 Euro!«

»Wie viel? Was?« In der Annahme, sich gewiss verhört zu haben, fragte Lothar noch einmal nach. Er bog sein rechtes Ohr extrem weit nach vorne, um ihre Antwort besser verstehen zu können.

»Achtzig!«, wiederholte sie langsam. »Das ist mehr als ein Stundenlohn, und das für nur eine Viertelstunde Arbeit. Fick und Schuss und weg!«

»Äm, äm, Frau Pilz, sorry, äm, aber sind Sie nicht mehr ganz dicht?« Lothar war fassungslos, und obwohl Karl die Pistole wieder auf die beiden Männer gerichtet hatte, fragte er weiter: »Karl, waren Sie auch so …, äm, deppert oder warum haben Sie da mitgemacht?«

Der zuckte mit den Schultern und antwortete: »Ich konnte mit dem alten Balzer, also unserem Chef, nie besonders gut, genau wie mit dir! Balzer hat jegliche Anträge von mir grundsätzlich abgelehnt, und ich dachte, damit müsse er mir ja künftig freundlicher begegnen. Künftig müsse er mir ja einen Vorschuss zahlen, künftig müsse er auch einmal meinem Urlaubsantrag zustimmen, künftig müsse er ja einer Beförderung zustimmen, künftig müsse er …«

»Ihre Platte hängt, Karl!«, bemerkte Kommissar Klotz. »Wo ist die Tatwaffe, wenn Sie schon alle anderen Spuren so penibel beseitigt haben?«

»In meiner Hose! Wollt ihr sie sehen?« Plötzlich wurde Karl viel zugänglicher und legte sogar die Pistole beiseite.

»Wir brauchen die Waffe, Karl, und Sie beide müssen sich …, äm, stellen!«, sagte Lothar.

Karl nickte, zog Frau Pilz näher zu sich heran und öffnete seinen Hosenlatz. Nachdem er eine Weile darin gewühlt hatte, holte er seinen Schwanz hervor und ließ ihn aus dem Reißverschluss hängen. Dann stellte er sich neben Frau Pilz in Reih und Glied auf.

»Äm, äm, was soll das jetzt?« Verwundert zog Lothar die Stirn kraus.

»Du hast doch gesagt, du brauchst meine Waffe, und wir sollen uns dabei stellen! Ich habe nichts dagegen. Ich kann mit Mann und Frau! Und wenn du uns beide im Stehen nehmen willst, nur zu, Couch-Eck! Bin gespannt, wie du das hinkriegen willst, wo du laut Romina ein einziger Schlaffi bist!«

Frau Pilz nickte bestätigend und Kommissar Klotz konnte sich ein hämisches Grinsen nicht verkneifen.

Lothar ging auf Karl zu und drohte ihm mit der Faust. »Sie geben mir jetzt erst mal meine Pistole zurück, Karl und dann …, äm, äm, werden alle Mann«, und er zeigte auf jeden Einzelnen, »unsere Pornoluzi hier durchficken! Das mit dem Schlaffi will ich zum guten Abschluss dieses Kriminalfalles nicht auf mir sitzen lassen!« Nachdem er seine Waffe von Karl anstandslos zurückerhalten hatte, wandte er sich an Frau Pilz. »Wenn Sie uns zu diesem Zwecke aus der Beugestellung heraus noch einmal Ihre Pflaume zeigen könnten, wären wir Ihnen sehr verbunden!« Und schon knöpfte er sich den Hosenlatz auf.

Sie war sofort dabei. »Gerne, nehmen Sie mich richtig in Beugehaft, meine Herren!« Sie zwinkerte ihnen zu und zeigte, was sie zwischen den Beinen zu bieten hatte.

Karl war sofort begeistert und legte sich nackt aufs Bett. Gleichzeitig befahl er Lothar zu sich. »Komm, du Kameradenschwein, und pack dir meinen Schwanz!«

»Äm, äm, sorry, aber sind Sie schon immer so behaart gewesen, Karl? Sieht aus, als wenn eine Banane im Urwald steigt!«

»Du sagst es, Couch-Eck, Banane und kein Kümmerling wie bei dir!«, gab er zurück, lächelte und deutete auf seinen Penis.

»Gut Ding …, äm, will Weile haben, nicht wahr?«, erwiderte Lothar. Noch etwas unsicher über die ganze Situation, griff er sich Karls Penis mit der linken und packte Kommissar Klotz' Schwanz mit der rechten Hand.

Frau Pilz fand das offensichtlich mehr als nur geil. Sie offenbarte sich in alle Richtungen und setzte sich in den Schneidersitz. Lustvoll zog sie ihre Schamlippen auseinander und steckte sich die Finger in das feuchte Loch. Begeistert fing Lothar an, beide Schwänze in seinen Händen zu wichsen, während Karl Frau Pilz aufforderte: »Romina, tiefer, ja, mehr, mehr …, ja, gut so! Weiter aufmachen, zeig uns deine Muschi! Zeig uns alles, was du hast!« Dann verlor er sich ganz in seinen Gefühlen.

Bei Kommissar Klotz kam keine rechte Stimmung auf, denn er war müde, gähnte unaufhörlich und wollte nach Hause. Er musste sich überwinden, vor seinen Kollegen so zu tun, als ob ihn das alles tierisch aufgeilte. Zudem hatten Karl und Romina Dreck am Stecken und einen Auftragsmord ausgeführt. Lothar jedoch schien wieder einmal an seiner Begriffsstutzigkeit zu scheitern und vor der Wahrheit die Augen zu verschließen. Blieb er also als einzig Objektiver in diesem Raum übrig, der Karl und die Pornotante überwältigen musste. Leise nahm er seine Pistole aus dem Gurt, ließ seine Hosen ganz fallen und warf sich dann auf Karl. Der schnallte zunächst nicht, was passierte. Erst als er das Eisen auf sich gerichtet sah, fing er an, herumzutoben, und entwickelte ungeahnte Körperkräfte.

Er schubste Kommissar Klotz mit einem Dreh von sich hinunter, sprang auf die Füße und schrie: »Fotze schließen! Sofort Fotze schließen!« Außer Rand und Band riss er Frau Pilz vom Boden hoch.

»Warum denn das, Karlchen? Es lief gerade so gut! Sieh nur!« Mit einem bedauerlichen Gesichtsausdruck hielt sie zum Beweis ihren nassen Mittelfinger in die Höhe.

»Die haben uns reingelegt!«, tobte er. »Die haben uns reingelegt!«

»Was …, wer hat uns reingelegt?«, fragte nun auch Lothar, der endlich dazu kam, sich um seinen steifen Schwanz zu kümmern.

»Dein Kumpel, die Sau! Es wird immer besser! Die Kumpelsau gegen das Kameradenschwein!«, schrie Karl und stemmte wütend die Arme in die Hüften.

»Willst du jetzt keinen Fick mehr, Karlchen?«, fragte Frau Pilz. Ihre Stimme klang leicht überstrapaziert und verschreckt zugleich. Durch das viele Fingerlecken hatte sie ihren Lippenstift weit über den Mund hinaus verschmiert, die Wimperntusche war durch die Tränen aufgelöst und hatte ihr schwarze Ränder um die Augen gezeichnet.

»Äm, äm, äm, Frau Pilz, verzeihen Sie mir die Bemerkung, aber jetzt sehen Sie wirklich aus wie eine billige Nutte!« Lothar bekam bei diesem Wort einen richtigen Hitzeschub in seinen Sack, und schneller als gehofft und von den anderen erwartet, spritzte die Soße durch sein Rohr mitten ins Zimmer.

»Boa … Fuck …, ist das irre!«, schrie er erfreut. Irgendwie stolz auf sich wurde er mit einem Mal ruhiger und selbstbewusster. Beschwichtigend hob er beide Hände. »Okay, okay, okay …, äm, äm, äm, äm …!«, holte tief Luft und stieg schweigend in seine Jeans zurück.

Kommissar Klotz schüttelte den Kopf über seinen Kollegen. Wie konnte der sich im Beisein des Mörders noch über seine Erektion freuen? »Jetzt ist Schluss mit lustig, Couch! Du rufst sofort Verstärkung, damit die beiden Mörder endlich abgeführt werden können. Und Karl, Romina, ihr packt ein paar Sachen für die Untersuchungshaft ein!«

»Aber mein Orgasmus, Herr Polizist, ohne kann ich nicht klar denken!«

»Sie können auch mit Orgasmus nicht klar denken, Romina!«, erwiderte Kommissar Klotz und gab Lothar sein Handy. Der wählte leicht betreten sofort die Nummer der zuständigen Kollegen.

»Guten Abend, Frau Kleister, Kommissar Couch-Eck hier, äm, äm, bitte einen Streifenwagen in das Dichter-Viertel! Wir haben hier zwei Täter, die zusammen eine Tat begangen haben und …!« – »Hä, äm, was?« – »Natürlich weiß ich, dass der Streifenwagen nicht von allein fährt! Geben Sie mir bitte den diensthabenden Kollegen!« – »Auf dem Klo? Tja, dann müssen Sie sich eben merken, was ich sage! Äm, der Kollege soll zu der Villa von der Pornodarstellerin Pilz kommen! Er war bestimmt auch schon mal hier, wie die meisten Mitarbeiter vom Frankfurter Revier! Äm, äm, und er soll zwei Paar Handschellen und zwei Zwangsjacken mitbringen!« – »Was? Nein, nein, nein, Frau Kleister! Den Alten informieren wir selber und nun setzen Sie gefälligst Ihren breit gesessenen Büroarsch in Bewegung!« Dann beendete er das Gespräch.

»Gut gemacht, Couch!«

»Das weiß ich selber, Klotz!«

Während die beiden Kommissare auf den Kollegen warteten, suchten die Verdächtigen ein paar Sachen zusammen und stopften sie in Plastiktüten.

Nachdem einige Zeit vergangen war, schaute Kommissar Klotz ungeduldig auf seine Armbanduhr und sagte: »Kinder, Kinder, wo bleibt der Depp von Kollege denn? Der wird doch nicht noch vorher irgendwo eine Nummer schieben, Couch?«

»Das würde durchaus ins Raster Ihrer Frankfurter Einheit passen, Herr Polizist!«, bemerkte Frau Pilz und verschwendete keinen Gedanken daran, sich zu bekleiden.

Lothar gefiel ihre Bemerkung gar nicht. Vorwurfsvoll sah er sie an und sagte mit strengem Unterton: »Bevor Sie über etwas urteilen, äm, äm, von dem Sie nichts verstehen, sollten Sie sich an die eigene Nase packen und sich gewaltig schämen, Frau Pilz! Letztlich ist doch alles deswegen passiert, weil Sie nämlich Ihre fickerigen Arschbacken nicht zusammenhalten konnten! Der Mord an Bruno Balzer wäre überhaupt nicht erst geschehen, wenn Sie den Polizeipräsidenten, unseren Chef, äm, nicht hierher in Ihre perverse Sexhöhle gelockt hätten!«

»Nun mal halblang, Sie Ingredienzbolzen«, wehrte sie sich, »so war das Ganze bestimmt nicht! Was wissen Sie schon? Ihr Chef war hinter mir her wie der Teufel hinter der Seele, seit er meinen letzten Pornofilm im Kino gesehen hatte. Er setzte mich unter Druck und wollte mich ins Gefängnis bringen, sollte ich ihm nicht Sonderkonditionen fürs Ficken einräumen. Was konnte ich dagegen tun? Nach einiger Zeit befal er mir letztendlich, hier Freier zu empfangen und das so verdiente Geld an ihn abzugeben. Glauben Sie allen Ernstes, mir wäre die Idee, aus meiner Villa einen Puff zu machen, von alleine gekommen? Oh nein, ohne seine ständige Nerverei und wie ertragreich so ein Entenblisse…, äh, -blissement in der Nähe des Frankfurter Polizeireviers sei, hätte ich dem niemals zugestimmt! Letztlich habe ich es nur getan, weil er mich beschwor! Denn zu seinem erbärmlich bezahlten Bullenjob musste sich der arme Typ ein drittes Standbein schaffen und hat nebenher ein paar Laufhennen für sich arbeiten lassen! Nur um zu überleben!«

»Äm, äm, es ist wirklich unglaublich, was Sie uns hier weismachen wollen, Frau Pilz! Spielen hier das …, äm, äm, Unschuldslamm, scheuen sich aber nicht davor, einen Mord anzuzetteln!«

Sie schüttelte wild den Kopf. »Ich habe mich gescheut, sehr sogar! Aus diesem Grunde hat Theo, also Ihr Chef, mir ja auch eueren Karl hier empfohlen! Ich selber habe nicht geschossen! Ich kann ja nicht mal eine Pistole von einer Waffe unterscheiden!«

»Stimmt es, was Frau Pilz erzählt, Karl?«, fragte Kommissar Klotz und hielt ihn fest im Blick.

»Ja, bei den Göttern, es stimmt!«, antwortete er schuldbeladen. »Wenn ihr uns verhaftet, müsst ihr auch den Alten in den Knast bringen!«

Lothar schluckte tief und warf seinem Kollegen einen vielsagenden Blick zu, dann zog er Frau Pilz zur Seite und sagte: »Sie müssen sich nun endlich etwas überziehen! Die werden auf dem Revier noch ein Protokoll anlegen, und das kann dauern!«

»Dauert das sehr lange, Herr Polizist? Ich habe morgen bereits sehr zeitig in der Frühe einen Stoßtermin mit einem Würstchenbuden-Magnaten! Da muss ich meine Löcher geschmiert haben, während Sie Ihren Morgenständer noch nicht mal ansatzweise abgebaut haben!«

»Noch so eine blöde Bemerkung und ich kann nicht mehr an mich halten!«, schrie Lothar auf einmal los. »Klotz, wo bleibt der Vollidiot vom Revier! Vielleicht kümmerst du dich mal darum, anstatt hier Maulaffen feilzuhalten!«

»Ich kann nicht rechts Karl im Griff halten und links telefonieren, du Sack! Du kannst auch nur herumstänkern!«

»Herrgott noch mal! Sind wir jetzt unter die Mimosen gegangen, oder was? Handy her!« Doch in diesem Moment war auch schon die Polizeisirene zu hören. »Na, endlich!«, sagte Lothar erleichtert. »Ich gehe gleich nach unten an die Tür, Klotz, und du hältst hier weiter die Stellung!«

»Ja, ja!«, gab der zurück und lenkte seine Aufmerksamkeit auf die Kurven der nackten Täterin. »Diese drallen Proportionen, Frau Pilz, Romina, haben Sie da wirklich kosmetisch nichts machen lassen?«

»Denken Sie da an etwas Bestimmtes, Herr Polizist?«, fragte sie und fuhr andeutungsweise mit den Händen ihre Kurven auf und ab.

»Nun ich … ich dachte … dachte«, und er kam ins Stottern, »an Ihren Arsch! Der ist so unnatürlich prall aufgestellt!«

»Spinnst du, Kommissar Klotz?«, unterbrach ihn Karl, der sich über dessen Verhalten, trotz seiner eigenen misslichen Lage, sehr wundern musste.

Plötzlich hörten sie Stimmengewirr und Schritte auf der Treppe. »Da lang, du Flachwichser!«, sagte jemand, und das war eindeutig Lothar.

Kommissar Klotz seufzte hörbar auf, als er die beiden in der Tür stehen sah. »Endlich! Mir schläft gleich der Arm ein, Couch!«

»Schlimmer als das Bierglasstemmen letztes Jahr auf dem Oktoberfest …, äm, wird es ja nicht sein, Klotz! Also stell dich nicht so an!«

Plötzlich kamen drei weitere männliche Kollegen hinter ihm herein. Natürlich blieben auch sie beim Anblick des Täters erst einmal fassungslos.

»Ist das hier das Opfer?«, fragte einer von ihnen und schmiegte sich tänzelnd an die nackte Frau Pilz.

»Huch, bei der wäre ich auch gerne Täter!«, sagte ein anderer.

»Aber du warst doch schon bei mir, du hast sogar deine Plastiktüte mit den Einkäufen bei mir vergessen!«, sagte sie und streckte den Herren ihren Arsch hin.

Während sich die Kollegen vom Revier um Frau Pilz scharten, hörte Lothar plötzlich eine unbekannte weibliche Stimme zaghaft fragen: »Wen, Herr Kommissar Couch-Eck, sollen wir denn nun festnehmen?«

Lothar fuhr erschrocken herum. Hinter ihm stand ein junges blondes und gut genährtes Mädchen, das ihn mit großen blauen Augen anblickte.

13.

»Äm, äm, äm …!«, staunte Lothar und betrachtete die Kleine genauer. Keine sichtbare Taille, dafür breites Becken und riesige Titten! Wie er fand: ein Muster an weiblicher Kastaniengestalt. So hatte er sich in seiner Fantasie immer die Frau an seiner Seite vorgestellt und sich des Nachts oft dabei einen runtergeholt – und nun stand sie vor ihm.

»Ei …, wer bist du, äh, Sie denn?«, fragte Kommissar Klotz, während er seine Pistole wieder in den Schultergurt zurückschob.

»Ich bin die neue Azubine! Mein Name ist Jessika Flötner! Ihr könnt aber alle Jessy zu mir sagen! Heute ist mein erster Einsatztag auswärts!«, antwortete sie brav.

Lothar glaubte zu bemerken, dass sie ihn irgendwie besonders ansah. Hatte sie sich nicht eben über die Lippen geleckt? »Jesses, Jessy …, äm, du, äm, du, Sie …, Flötner, äm, äm, können mir gerne mal einen flöten! Oh, äm, äm, ich meinte …, Sie sind …«

»Nur die Azubine, Herr Couch-Eck! Ich habe noch nicht ausgelernt!«, vollendete sie seinen Satz. »Vielleicht können Sie mir sagen, wer hier was verbrochen hat und wen die Kollegen nun festnehmen sollen? Und wenn Sie es nicht wissen, dann vielleicht Sie?« Sie wandte sich an Kommissar Klotz, der ebenso sprachlos dastand.

»Ei …, die beiden da halt!«, sagte der gewichtig, machte ein extremes Hohlkreuz und stellte sich leicht auf die Zehenspitzen. Das war die Gelegenheit, ihr gleich zu zeigen, dass er selbstständig denken und handeln konnte und keinesfalls abhängig von Weisungen seines Kollegen Couch den Dienst ausüben musste. Seine Stimme überschlug sich fast, als er seinen Kollegen den Befehl erteilte: »Den Karl sofort in Haft nehmen, abführen! Die nackte Wichse da auch nehmen, und dann ab in den Knast!«

Die Beamten gehorchten sofort. Ein Polizist legte Karl die Handschellen an und brachte ihn zum Polizeiauto. Die anderen beiden Polizisten rissen sich die Kleider vom Leib und stürzten sich mit Freudengeschrei auf Frau Pilz.

Lothar erwachte durch den Krach aus seiner Geistesstarre. »Äm, äm, was ist denn hier los?«, schrie er, als er die nackten, teilweise altgedienten Polizistenärsche über Frau Pilz herumschwänzeln sah.

»Kommissar Klotz, können Sie mir sagen, ist so eine Orgie im Dienst denn zulässig?«, fragte Jessika leise und bekam bei der Frage rote Wangen.

»Ei …, bei den älteren Diensthabenden ist das meistens so Usus, Jessy! Die langwierige Laufbahn eines Polizisten lässt ihn unter anderem auch in solchen Situationen zum Spürhund werden!«, erwiderte er und nickte ihr lächelnd zu.

»Verstehe, aber sind das nicht zu viele männliche Penisse für Frau Pilz?«, fragte Jessica weiter und schaute verlegen zu Boden.

»Ach, keine Sorge, die schafft noch weitaus …!« Aber Kommissar Klotz konnte nicht zu Ende ausführen, denn Lothar schrie wie hysterisch dazwischen. »Bei allem Gespür, Klotz, aber ich dulde diese …, äm, Massensauerei hier nicht! Zur Aufklärung eines Falles ist das in Ordnung und wir haben den Fall so weit geklärt! Aber vor den Augen eines unschuldigen, minderjährigen Lehrmädchens mit solchen Kurven ist das nicht zu verantworten! Die alte Pilz soll endlich ihre Arschbacken zusammenpetzen und aufs Revier gebracht werden! Können wir uns dahin gehend ausnahmsweise einmal einigen?« Er ging nervös im Zimmer auf und ab.

Jessika zuckte vor lauter Schreck über sein Geschrei zusammen und klammerte sich Hilfe suchend bei Kommissar Klotz an die Hosenbeine. Mit weinerlicher Stimme sagte sie: »Herr Couch-Eck, ich bin schon volljährig, habe Abitur und eine Haftstrafe wegen Diebstahls hinter mir!«

»Da siehst du, was du angerichtet hast mit deinen hirnlosen Gefühlsausbrüchen!«, schnauzte Kommissar Klotz seinen Kollegen an und streichelte Jessika beruhigend über den Blondschopf.

Das war jedoch das Letzte, was Lothar jetzt sehen wollte, und richtete plötzlich seine Dienstwaffe gegen die Wohnzimmerdecke. Ohne Vorwarnung gab er einen Schuss auf die Schlafzimmerlampe ab. Die fickenden Polizisten sprangen sofort von Frau Pilz hoch und salutierten gehorsam. Lothar nickte.

»Anziehen, ihr Idioten, allesamt und damit meine ich auch … äm, Sie, Frau Pilz!«, brüllte er. Doch bei Jessika erreichte er damit nur das Gegenteil. Sie ließ Kommissar Klotz nicht los, sondern krallte sich noch fester an seine Oberschenkel, dass ihn die Schmerzen letztendlich in die Knie zwangen.

»Den Auftritt hättest du dir echt schenken können, Couch!«, keifte Kommissar Klotz ihn an, während Frau Flötner ihm wieder auf die Beine half. Er bedankte sich bei ihr für die Hilfe und sagte: »Sie können sich jederzeit gerne wieder an mir festhalten, Jessy, und wenn es nicht die Beine sind …, ich hab da noch ganz andere Dinge, die Sie krallen können!«

»Wehe dir, Klotz, du versaute Sau, du bist verheiratet!«, schrie Lothar völlig außer

Kontrolle, denn er sah bei Jessika schon seine Felle wegschwemmen. »Jessika, ich bin der Einzige hier, der noch ledig ist! Ich bin der Einzige, der unseren weiblichen Lehrlingen zur Stütze entsprechende Halterungen anbieten darf! Verdammt noch mal, ich, ich, ich!« Voll Frust schleuderte er die Waffe nach den beiden Polizisten, die gerade Frau Pilz beim Ankleiden behilflich waren. Einer von ihnen wurde am Kopf getroffen. Er sackte in sich zusammen und blieb wie tot auf dem Boden liegen.

»Pietro, Pietro …, ach, du Scheiße, wenn der jetzt daran stirbt?«, jammerte dessen Kollege und schrie Lothar an: »Was sind Sie nur für ein rücksichtsloser Tyrann, Kommissar Couch-Eck! Verstehen Sie das unter Kollegialität, oder was?«

»Halts Maul! Gerade du, du kannst doch auch nur ficken und damit die Zeit totschlagen!« Lothar holte mit der rechten Faust zum Schlag aus, als Frau Flötner nicht lange überlegte und sich mutig dazwischenwarf.

»Herr Couch-Eck, bitte«, flehte sie ihn an, »ich habe neben all den schlechten Dingen auch etwas Gutes über Sie gehört, dass ich Sie unbedingt kennenlernen wollte, und bin so froh, Ihnen heute und hier begegnen zu dürfen. Bitte, bitte machen Sie nicht alles kaputt!«

»Äm, äm, kaputt? Wieso kaputt? Hör mal, Kleine, Sie sind ja ein nettes Ding, aber die Sache hier ist noch überhaupt nichts für Sie! Sie sollten ein paar Nummern kleiner anfangen!«

»Ist das so, Kommissar Couch-Eck?«, erwiderte sie keck. »Dann bitte zeigen Sie mir doch, was für mich die richtige Nummerngröße ist!« Sie baute sich vor ihm auf und starrte auf seinen Hosenlatz.

Kommissar Klotz drehte die Augen zur Decke. So viel dämliche Unbeholfenheit hatte er bei Lothar überhaupt noch nicht erlebt. Kurzerhand beschloss er, die Kollegen und die Täter hinaus zum Polizeiwagen zu begleiten und damit für einen Moment frische Luft in den Kopf zu bekommen.

Lothar war immer noch durcheinander. Der Tag hatte ihm bislang ganz schön zugesetzt. Sollte er Jessika wirklich die Startnummer zeigen? Nun, schließlich fungierte er als Vorbild. Ja, und als bester Kriminalist des gesamten Reviers sozusagen verpflichtet, Jessika in sämtliche Geheimnisse einzuweihen. Schließlich fasste er sich ein Herz: »Äm, äm, äm, Fräulein Jessika, also Jessy, äm, sind Sie denn …, äm, noch voll konserviert, also spritzdicht?«

»Ich verstehe nicht, Kommissar Couch-Eck!« Verwirrt nahm sie seine Hand.

»Äm, äm, ja, wie auch!«, erwiderte er und schaute verlegen auf den Boden, bevor er weitersprach: »Sorry, wie ungefickt …, äm, oh Gott, ungeschickt von mir! Äm, äm, besser ich bleibe direkt! Also …, äm, Fräulein …, Dings, sind Sie …, äm, unten Jungfrau?« Bei dieser Frage konnte er ihr nicht in die Augen sehen.

»Man hat doch nicht oben herum ein anderes Sternzeichen als unten – oder ist das eine Voraussetzung für größere Nummern, Kommissar Couch-Eck?« Sie klimperte unschuldig mit den Augendeckeln und drückte seine Hand etwas fester.

Lothar spürte, wie sein Schwanz sich meldete, und Hitze stieg in ihm auf. Die Kleine mit den übergroßen Brüsten wusste nicht einmal um diesen gravierenden Unterschied.

»Nein, äm, nein, nein …, ich müsste das nur wissen, damit ich weiß, wo ich bei Ihnen …, äm, ansetzen kann!«, stotterte er und hüstelte künstlich mehrmals hintereinander. »Äm, äm, Ihre Entjungferung, die würde ich gerne umgehend in Angriff …, äm, äm …!«

»Couch, Couch!«, hörte er auf einmal Kommissar Klotz von der Treppe her rufen. »Couch, der Chef spielt verrückt. Er will uns sofort sprechen! Wir müssen dringend zurück!«

»Aber es ist bald Mitternacht, Klotz!«

»Da scheißt der drauf, Couch!«

Lothar packte Frau Flötner an den Schultern und sagte: »Äm, Fräulein Jessika, sorry, der Dienst ruft! Aber aufgehoben ist nur später reingeschoben, nicht aufgehoben. Das …, äm, Ficken bringe ich Ihnen auf jeden Fall bei!«

»Was ist, Herr Kommissar?«, fragte Frau Flötner und schüttelte sich, als ob sie damit im Nachhinein seine Worte richtig sortieren könnte.

»Sie fahren mit uns im Wagen zurück, Fräulein …, äm, Jessy!« Lothar prüfte noch einmal, ob sein Hosenlatz geschlossen war und rief die Treppe hinunter: »Wir kommen, Klotz!«

Frau Flötner fragte nicht mehr, ließ seine Hand los und lief vor nach unten. Lothar sah ihr sehnsuchtsvoll hinterher und verließ das Schlafzimmer. Seine Gedanken kreisten noch um den Mordfall: Meine Güte, hoffentlich war das für die nächste Zeit der letzte komplizierte Kriminalfall! Hatte ich Karl nicht eigentlich gefragt, wo die Tatwaffe ist? Hm, hm, was hat Karl noch gesagt? Scheiße, mein Gedächtnis, ich weiß es nicht mehr! Na ja, dann wird es auch nicht so wichtig gewesen sein! Was mir jetzt noch Sorgen macht, ist der Alte. Wie sollen wir dem Wasserkopf Zuhälterei und Anstiftung zum Mord nachweisen? Lothar schloss die Haustür und ging zum Wagen.

14.

»Brauchst du eine Sondereinladung, Couch? Was hast du denn noch so lange gemacht? Ich hab dir doch gesagt, der Alte ist auf 180!«

»Frau Flötner, halten Sie sich jetzt mal die Ohren zu!«, sagte Lothar und wartete, bis sie seiner Anordnung gefolgt war. »Klotz, verdammt! Der Alte hat uns nichts mehr zu sagen! Sollte sich das, was Frau Pilz uns erzählt hat, bestätigen, dann war er die längste Zeit …, äm, Polizeipräsident! Der kann sich nur noch um einen Posten im Puff-Viertel bewerben! Den Polizeidienst kann der für immer abhaken!«

»Daran hab ich auch schon gedacht! Trotzdem, bevor das nicht eindeutig bewiesen ist, gilt der weiterhin als unbescholten und bleibt unser Chef!«

»Schon, aber er wird bestimmt mit sofortiger Wirkung vom Dienst freigestellt, Klotz!«

»Gut, Couch, dann fahren wir!«

Sie waren bereits schon länger unterwegs, da warf Kommissar Klotz einen Blick in den Rückspiegel. »Oh Gott, sind denn bei uns alle bescheuert?«, entfuhr es ihm.

»Wieso?«, fragte Lothar.

»Ei …, die Kollegin Flötner sitzt da hinten und hält sich immer noch die Ohren zu!«

»Was?« Lothar schaute auf die Rückbank. »Jessika, äm, passen Sie auf, dass Sie keinen Blutstau in den Armen bekommen!«

»Verdammt, Sie können Ihre Arme wieder von den Ohren nehmen, Frau Flötner!«, rief Kommissar Klotz ihr zu. »Aber Ihren Rock könnten Sie dafür etwas höher ziehen! Das müssen Sie auch noch lernen, Jessy, selbstständiges Mitdenken und Handeln!«

»Das mit dem …, äm, Rock lohnt nicht mehr, Klotz! Da drüben ist schon das Revier!«

»Dann soll ich jetzt nicht?«, fragte Frau Flötner und hielt den Rocksaum hoch.

»Später, Jessy«, bemerkte Kommissar Klotz zufrieden, »später kann ich da gerne mal …, wie gesagt!« Dann parkte er ein.

Lothar öffnete die Beifahrertür und stieg aus. Den beiden Männern wurde unwohl bei dem Gedanken, gleich vor dem Chef Rechenschaft ablegen zu müssen. Das war einfach nicht ihr Ding.

»Fräulein Jessika, aussteigen!«, sagte Kommissar Klotz, öffnete die Tür und bot ihr seinen Arm.

Sie hängte sich freudestrahlend ein, während Lothar stinksauer hinter ihnen herlief und ab und zu etwas Unverständliches in seinen Bart brummelte.

15.

»Ach, die Herren Schnüffler, die berühmten Schnüffelnasen!«, rief Polizeipräsident Balzer beim Anblick der beiden Kommissare. Er hatte einen hochroten Kopf und die Adern an seinen Schläfen waren dick geschwollen. »In mein Büro, alle! Bis auf … Wer ist denn bitte dieses unförmige Weib an Ihrer Seite, Kommissar Klotz?« Er warf einen abfälligen Blick auf Frau Flötner. »Couch-Eck, wenn Sie mit solchen Kühen Ihre Arbeit tun, dann könnten wir unser Revier auch auf einer Alm stationieren!«

Kommissar Klotz drehte sich zu Frau Flötner herum. »Machen Sie sich nichts draus! Früher oder später werden Sie seinen Wutausbruch verstehen. Außerdem zählt bei einer Frau nicht ihr Äußeres, sondern ihr Unterstes. Gehen Sie nun bitte in mein Büro! Dort liegt ein weißes Blatt Papier, unbeschrieben wie Sie. Davon machen Sie mir bitte 150 Kopien und danach … zehn Kniebeugen, das lockert schon mal die Mösenmuskulatur. Anschließend gehen Sie nach Hause! Sie sind bestimmt müde! Alles verstanden?«

»Ja, mache ich! Danke, Herr Kommissar Klotz!«, antwortete sie, machte einen tiefen Knicks und ging davon.

»Wie konnten Sie nur so …, äm, uncharmant sein, Herr Balzer! Das ist unsere Auszubildende, Jessika Flötner!«, sagte Lothar vorwurfsvoll.

»Wer hat denn so einen jungfräulichen Panzer eingestellt?«, donnerte er los. »Aber jetzt zum eigentlichen Punkt: Es ist bei den Kollegen im Revier schon durchgesickert, wie die Tat angeblich verlaufen sein soll. Frau Pilz muss wohl zu Protokoll gegeben haben, dass ich da irgendwen beauftragt hätte! Das ist natürlich vollkommener Quatsch! Ich werde mich hüten, neben meiner Stellung als Polizeipräsident, einen Hurenring aufzubauen und als Zuhälter in einem Harem zu fungieren!«

»Äm, was wollen Sie uns damit sagen, Herr Balzer?«, fragte Lothar mit ernstem Gesicht und sah seinen Chef streng an.

»Ich will damit sagen«, schrie Herr Balzer los, »dass Sie beide sich einen anderen Täter suchen müssen! Es gibt genug solcher Typen in unserem Täterregister. Recherchieren Sie im Computer! Befassen Sie sich damit! Ich akzeptiere nicht, dass aufgrund unklarer Aussagen von irgendwelchen Deppen meine Existenz auf dem Spiel steht!«

»Das ist nun …, äm, leider zu spät, Herr Balzer!«, gab Lothar zu bedenken. »Die …, äm, Staatsanwaltschaft hat bereits Haftbefehl gegen Sie erlassen! Die Kollegen müssten, trotz der fortgeschrittenen Stunde, jeden Moment hier sein. Frau Pilz hat alles gestanden, und Karl von der Spurensicherung, den Sie ja auch manipuliert haben, hat ebenfalls ausgesagt! Zwei gegen einen, Chef! Das sieht immer schwarz aus …, äm, sieht also für Sie schwarz aus!«

Herr Balzer wurde immer nervöser. »Dass diese hirnrissige Idee mit der Staatsanwaltschaft von Ihnen stammt, hätte ich mir denken können, Couch-Eck! Sie waren ja schon immer irgendwie durchgeknallt und scharf auf meinen Stuhl!«

»Keinesfalls, Herr Balzer, da ist mir ein …, äm, einfacher Kuhfladen vom Lande wesentlich lieber!«

Noch bevor der Polizeipräsident kapierte, was sein Mitarbeiter damit gemeint hatte, waren feste Tritte im Flur zu hören. Die Bürotür flog auf und mehrere Polizeibeamte stürmten schwer bewaffnet den Raum. Herr Balzer widersetzte sich jeglicher Anklage und fing an, wild herumzuboxen. Doch das ließen sich die Männer nicht lange gefallen. Sie streckten ihn mit einem Faustschlag nieder und legten ihm, ohne zu zögern, Handschellen an. Anschließend stellten sie ihn grob auf die Füße und führten ihn ab.

»Das werdet ihr bitter bereuen!«, schrie Herr Balzer noch im Flur.

Lothar schaute seinen Chef vorwurfsvoll an und sagte zu seinem Kollegen: »Wie kann man nur …, äm, so tief einsinken, Klotz! Schämen würde ich mich an seiner Stelle!«

Der stimmte ihm zu. »Das muss man sich mal vorstellen, Couch! Macht der wochenlang einen auf Saubermann und frönt nebenbei der Prostitution!«

»Ich kann ein solches Verhalten auch nicht billigen, Klotz! Du, was ganz anderes, jetzt, wo der Alte erst mal in Haft kommt, werde ich mich …, äm, der kleinen Breithüftigen annehmen! Die ist nämlich noch Jungfrau!«

»Wer jetzt, die Heißluft?«

»Gott bewahre, Klotz! Äm, doch nicht diese Zimtziege! Die wird mich demnächst noch richtig kennenlernen! Nein, ich meine die Jessy, die Azubine, du Arsch!«

»Ach so? Ei …, die steht bestimmt noch am Kopierer und kopiert fleißig … 150 weiße Blätter!«

»Weiße Blätter, wieso denn das, Klotz?«

»Das fiel mir halt so ein! Weißt du, das Papier ist ja nicht verloren und ich kann das immer wieder zum Drucken verwenden. Ich wusste auf die Schnelle halt nicht, wie ich die kleine Flötner zu so später Stunde hätte sonst in unserer Nähe halten können!«

»Das …, äm, ist ja …, also genial, Klotz! Komm mit! Ich sorge dafür, dass sie sich nicht noch länger die Füße am Kopierer platt stehen muss!«

»Sau …! Aber nach deinem Premierenfick mit der Flötner gehen wir doch wohl noch einen in der Bar nebenan auf den gelösten Fall heben, oder?«

»Gute Idee, Klotz! Manchmal bist du ja doch …, äm, zu gebrauchen!« Lothar grinste breit und wühlte sich vor lauter Vorfreude auf seinen Einsatz als routinierter Büchsenöffner schon einmal kräftig in der Hose.